FANTÔMES

CHRISTIAN KIEFER

FANTÔMES

roman

Traduit de l'américain
par Marina Boraso

TERRES D'AMÉRIQUE

ALBIN MICHEL

« Terres d'Amérique »
Collection dirigée par Francis Geffard

Retrouvez toute l'actualité de Terres d'Amérique et de ses auteurs
sur la page Facebook officielle de la collection :
www.facebook.com/Terres.Amérique

Édition originale américaine parue sous le titre :
PHANTOMS
Publiée par Liveright Publishing Corporation,
une division de W. W. Norton & Company, New York, États-Unis

Avec tout mon respect, je dédie ce roman aux individus et aux familles de Newcastle qui ont été déportés à Tule Lake en mai 1942 :

Asazawa
Daijogo
Endo
Enkoji
Hada
Hamaoka
Harada
Hashiguchi
Hikida
Hirabayashi
Hiraiwa
Hiranaka
Hironaka
Hirota
Hirozawa
Horiuchi
Ichikawa
Imamoto
Itano
Kanda
Kawahata
Kawayoshi
Kojima
Kono
Kurimoto
Kurosawa
Kushida
Masuda
Matsuda
Matsumoto
Mitani
Moriguchi
Muraoka
Nagafuji
Nakadoi
Nakagawa
Nakamura
Nakao
Nakashima
Nakata
Nakatomi
Nakayama
Namba
Nimura
Nishikawa
Noda
Nodohara
Nomura
Okusako
Omoto
Ooka
Osaki
Saeki
Sakai
Sakakihara
Sakamoto
Sakatani
Shinkawa
Sunada
Tahara
Takata
Tanaka
Tanihana
Tanno
Tokutomi
Tomita
Uyeno
Watanabe
Yamane
Yasuda
Yokota
Yonemura
Yoshida
Yoshikawa
Yoshimoto

« Dans le cœur du soldat, la souffrance de la guerre ressemblait étrangement à celle de l'amour. C'était une espèce de nostalgie, pareille à l'infinie tristesse d'un monde au crépuscule. Une tristesse et un manque, une douleur capable de vous projeter brusquement dans le passé. »

Bảo Ninh

1

Ray Takahashi revint au mois d'août. À ce moment-là nous avions relégué cette histoire dans le passé – ou du moins avions-nous essayé de le faire –, et ce que l'on pouvait éprouver d'inquiétude ou même de culpabilité avait cédé la place à un mélange d'exultation et de désespoir, car nos garçons étaient maintenant de retour, transformés par la guerre. Chez certains, il ne subsistait plus qu'une absence là où s'était trouvé un bras ou une jambe ; d'autres revenaient brisés par des expériences dont nous ne saurions jamais rien. Et puis il y avait ceux, bien sûr, qui ne rentreraient pas, et dont les familles recevaient via la Western Union un télégramme signé par un général au nom inconnu de nous tous. Plus tard arriverait le cercueil drapé dans les plis de la bannière étoilée. Mais ce n'étaient là que de simples remous, des moments de silence et de recueillement dans le flot continu des célébrations : parades et pluies de confettis, déploiement de drapeaux et de fanions et, avec cela, le sentiment d'avoir accompli une action honorable, car les garçons de chez nous avaient mis leur bravoure à l'épreuve en Europe et dans le Pacifique, et la victoire leur avait été octroyée en récompense. Nous nous sentions fiers d'eux, fiers de nous-mêmes.

Ce jour-là, Frank Marston fut le premier à voir Ray Takahashi – un soldat de petite taille, qui descendait de l'avant-dernier wagon du train pour pénétrer dans le tourbillon de poussière illuminé de la grand-place –, et ce fut aussi Marston qui, beaucoup plus tard, fit remarquer que ce convoi semblait en tout point ordinaire : identique à celui qui s'était arrêté la veille près du hangar à fruits, et pareil à celui qui arriverait le lendemain, prêt à embarquer dans ses wagons les piles de cageots de pêches, de prunes et de poires qui dressaient leurs colonnes compactes dans la pénombre affairée du long bâtiment. Ce jour-là, en effet, tandis que le grondement de la motrice s'atténuait en un ronronnement sourd, les ouvriers commençaient déjà à enfiler leurs gants dans l'atmosphère saturée de gaz d'échappement et d'odeur d'essence, chargée du parfum omniprésent et un peu écœurant des fruits.

La beauté de Ray Takahashi avait toujours eu un côté héroïque et tragique, mais ce fut seulement au moment de son retour que la tragédie et l'héroïsme, qui relevaient jusque-là de l'imagination, entrèrent dans le domaine de la réalité. Ses cheveux noirs, qu'il portait autrefois ramenés en arrière en un mouvement souple, étaient coupés court, et son corps mince et élastique, déjà ferme et musclé dans le temps, s'était endurci dans des proportions qu'une saison entière de travaux agricoles n'aurait pu donner ; et si son teint était aussi hâlé que le nôtre, son expression était devenue plus distante, comme si son regard, lorsqu'il se tournait dans notre direction, nous traversait sans nous voir et contemplait un paysage qui nous resterait à jamais inaccessible. Le garçon qui nous avait quittés était un homme, désormais, un soldat qui scrutait à travers la brume de chaleur le hangar d'où jaillit, alors qu'il tentait de distinguer des formes nettes dans l'éblouissement du soleil, le timbre strident de la femme qui faisait office de contremaître. « On se bouge, bande de feignants. C'est parti. » Et il sut, forcément il le sut, sans avoir besoin de les voir, que les ouvriers s'étaient attelés au chargement des wagons. Le mois d'août marquait la fin de la saison des pêches, à quoi succédaient les premières prunes et les premières poires, un fait qu'il ne pouvait pas ignorer, un savoir et une compréhension enracinés dans son sang et ses os autant que dans les nôtres, avec son odeur caractéristique – l'arôme sucré des fruits frais mêlé aux relents douceâtres de la pourriture – indissociable des tâches estivales de sa jeunesse.

Il y eut un moment de flottement pendant lequel il se tint immobile dans l'ombre, à observer les allées et venues des manœuvres entre les piles de caisses et le train. Dans un compartiment, un soldat marmonnait. « Bon Dieu, ce que j'ai envie de rentrer chez moi. Bon Dieu, ce que j'ai envie de rentrer chez moi. »

Le nuage de poussière à ses pieds. Le parfum de l'air. La silhouette de Frank Marston dut lui faire l'effet d'un spectre noir surgissant d'un autre monde.

« Bienvenue au pays, soldat, lui dit-il.

– Merci bien, Mr Marston. »

Frank Marston s'arrêta net. Dans un premier temps il se contenta de fixer l'uniforme avec une profonde perplexité, puis, à mesure que s'éveillaient les souvenirs, une lueur commença à briller dans ses yeux éteints, alors voilés par l'ombre du train dont la puissante motrice, tournant au ralenti, ne cessait de vrombir, de tousser et de cliqueter.

« Mince ! Mais c'est le fils de Tak. » Il s'interrompit, et prononça son prénom dès que celui-ci lui revint en mémoire. « Ray. Avec cet uniforme, je t'avais pas remis. » Et déjà il s'avançait vers lui, les lèvres retroussées par un sourire imbécile, la main tendue.

Ray la serra dans la sienne, et Marston recula ensuite d'un pas pour le détailler de la tête aux pieds, en opinant du chef.

« J'ai lu quelque part que certains d'entre vous avaient eu la permission de s'engager.

– Certains d'entre nous ? »

La voix provenait d'une des voitures, où un soldat abaissait le regard vers les deux hommes à l'extérieur, les paupières mi-closes, comme s'il n'avait pas daigné se réveiller tout à fait.

Marston leva brièvement les yeux avant de revenir à Ray, puis regarda de nouveau vers la fenêtre du compartiment.

« Tu sais bien ce que je veux dire. Enfin quoi… c'est juste que j'ai bien connu le papa de ce garçon, à une époque. Pas vrai ?

– Mais si, Mr Marston, bien sûr », fit Ray avec un mouvement de la main vers la vitre ouverte.

Le soldat haussa les épaules mais ne retourna pas à sa place, s'entêtant à observer les deux hommes tout en mâchonnant énergiquement son chewing-gum.

Frank Marston persistait à hocher la tête, comme s'il était incapable de s'arrêter.

« Bon Dieu, Ray. » Son regard continua à se promener entre lui et la fenêtre du wagon. « Content de te voir rentré sain et sauf.

– Ça fait du bien d'être de retour », répliqua-t-il simplement.

Une seconde passa, puis une autre, Ray tenant Marston sous ce regard inflexible que l'homme fut bientôt incapable de soutenir, baissant les yeux vers la poussière.

« Il faut que j'y aille, dit finalement Ray.

– Tu ne vas pas... » Il s'interrompit pour dire autre chose, mais suspendit de nouveau sa phrase lorsque la femme contremaître l'appela depuis le hangar.

« Frank ! Où est passé Frank ? »

L'espace d'une fraction de seconde, Marston pivota en direction de la voix, et quand il reporta son regard sur Ray Takahashi, il vit le soldat qui s'éloignait sans hâte dans la rue poussiéreuse, tournant lentement la tête à droite et à gauche comme s'il voulait enregistrer la scène qui s'offrait à lui : le rectangle de gravier et de terre battue qui faisait office de grand-place, flanqué d'un côté par le hangar long et bas coiffé d'un toit en tôle, et bordé de l'autre par le petit groupe de bâtiments qui formaient la ville, les cubes bien nets des maisons et quelques demeures de style victorien. Des chênes poussaient au milieu, ainsi que des pins aux silhouettes grisâtres et contorsionnées, et un palmier ici ou là, essence étrangère à la région, planté en des temps lointains pour témoigner d'une aisance depuis longtemps disparue.

On aurait cru voir un relevé topographique, chaque repli du terrain impeccablement défini, singulier, connu et reconnu, une géographie qui tissait entre nous des liens dont nous n'avions même pas conscience avant la fin de la guerre. Au fond de la gorge, la petite Japantown délabrée se nichait dans l'ombre des peupliers de Virginie, dominée par les pentes des vergers des Tokutomi, sur les flancs de Chantry Hill. Au sud-ouest, les monts dévalaient par vagues successives vers le temple bouddhiste de Penryn et l'église méthodiste de Loomis, des localités pas plus grandes que Newcastle mais auxquelles les rassemblements dominicaux conféraient un statut spécial, chacun attendant impatiemment de s'y rendre dans ses plus beaux atours, non pas pour la cérémonie en elle-même, mais parce que c'était l'occasion de voir ses amis du dimanche, pour les enfants en particulier, eux qui partageaient la curieuse expérience de grandir simultanément en Amérique et au Japon, sous cette double influence qui rythmait leur vie comme les marées. Tout demeurait à la même place – matériellement, tout au moins –, inchangé en apparence malgré ce qui s'était produit.

Aperçu d'un peu loin dans les tournants de la route gravillonnée, Ray ne devait pas sembler bien différent de tous les autres soldats qui rentraient au pays alors qu'il descendait jusqu'au canal d'irrigation et bifurquait vers l'ouest pour s'enfoncer dans les collines, où l'ombre des chênes s'allongeait vers l'est au ras des herbes jaunies ; de temps à autre, un camion passait sur la voie en terre battue, le conducteur ralentissant parfois pour mieux regarder ce soldat en uniforme kaki avec son paquetage sur l'épaule. Peut-être l'un d'eux lui a-t-il proposé de monter, simplement parce qu'il s'agissait d'un soldat et que c'était l'époque du retour de la guerre, mais Ray a certainement décliné avec un signe de tête poli, prétextant qu'il avait envie de fouler le sol de ses pieds, de goûter la qualité de l'air et de sentir qu'il n'évoluait plus au milieu d'un rêve ou d'une illusion, qu'il avait enfin retrouvé le pays où il était né. Combien de fois avait-il gravi cette route à flanc de colline, et combien de fois l'avait-il descendue en compagnie de Jimmy, ou même d'Helen, à bord du pick-up Ford emprunté à Mr Wilson, roulant vers la vallée jusqu'au confluent de la rivière, durant ces longues années au cours desquelles il ne s'était jamais senti différent, simple jeune homme partageant la vie des autres jeunes gens ? Mais c'était cela, justement, qui s'était révélé un mensonge. Il y avait d'abord eu Tule Lake, puis le camp d'entraînement dans le Mississippi, après qu'il eut rejoint l'armée, et finalement Anzio et la sombre terreur de la guerre. Si Ray avait décidé de s'enrôler, c'était en réaction à ce que son père, sa mère et ses sœurs avaient subi, comme si la possibilité de ce choix pouvait effacer d'un coup tous ceux qui lui avaient été refusés. Cette route qui grimpait dans les collines aurait peut-être dû être semée de mines et de nids de mitraillettes. Si cela avait été le cas, Ray n'en aurait pas été plus surpris que de la trouver si exactement conforme à ses souvenirs.

Il se peut bien qu'en pénétrant dans la cour, lorsqu'il avisa enfin les visages étrangers, les visages blancs, derrière les vitres poussiéreuses du seul foyer qu'il eût jamais connu, une sensation de réalité ait fini par s'imposer à lui.

Il s'arrêta là, devant la petite maison rectangulaire dans laquelle il avait grandi, avec ses murs peints en blanc – Ray, son père et Jimmy Wilson avaient abattu en une seule journée la corvée de peinture, pendant que sa mère et ses sœurs les ravitaillaient en citronnade –, son carré d'herbe et sa chambre à air en guise de balançoire, toujours accrochée à l'arbre qui leur donnait de l'ombre. Il voyait aussi, un peu plus loin, la première rangée des cinq arpents de pruniers que son père avait plantés quand il n'avait que six ans ou sept ans, leurs silhouettes désormais noueuses, malmenées par le temps. Son père avait eu l'idée de les transplanter, et ils s'étaient lancés dans cette tâche en 1941, l'année avant Tule Lake, arrachant les arbres situés au fond du verger pour les remplacer par des arbrisseaux.

Découvrir qu'on avait négligé de terminer l'ouvrage, voir reparaître aux fenêtres ces visages étrangers qu'il avait aperçus en arrivant, tout cela contribua à nourrir le sentiment de révolte qui enflait dans sa poitrine de seconde en seconde, et qui continua de s'accroître jusqu'à ce qu'il redoute une véritable explosion. Et pourtant son regard, pareil à celui des soldats dans le train, n'exprimait rien du tout, mais cela n'avait rien à voir avec l'expression caricaturale qu'on prête aux Asiatiques, ce stoïcisme et cette force d'âme face aux deuils et aux épreuves que son père aurait pu qualifier de *gaman* ; c'était plutôt le regard du soldat qui avait survécu à la bataille d'Anzio et aux horreurs des Vosges, de Bruyères, de la ligne gothique et de tout le reste, un soldat qui en avait réchappé alors que tant d'autres avaient imprégné de leur sang cette terre d'Europe qui ne signifiait absolument rien pour eux.

Ce retour ne faisait que lui confirmer ce qu'il savait déjà : ils n'avaient vécu là qu'à titre de locataires, cette terre n'appartenait ni à lui ni à son père, mais à Homer Wilson et à sa famille, qui leur avaient cédé une parcelle sur la base d'un contrat et se réservaient un pourcentage sur la valeur des récoltes. Ils n'en étaient peut-être pas les propriétaires, certes, mais cet endroit n'en demeurait pas moins le foyer des Takahashi. Si on nous avait demandé notre avis, aucun d'entre nous n'aurait songé à remettre la chose en question, même si Tak avait reconnu à Homer Wilson le droit de transférer le bail à un tiers – de fait, il l'avait accepté –, un droit aussi inaliénable, aussi essentiellement américain que celui que nous revendiquions sur la nourriture, l'eau et l'air.

Tak s'en était accommodé, mais pas Ray. Il s'y refusait.

« Qui êtes-vous ? »

Une jeune femme venait d'apparaître à l'angle de la petite maison, à demi camouflée par le véhicule garé dans la cour, poussiéreux et criblé de rouille. Elle était un peu plus âgée que Ray, les cheveux couleur de paille desséchée, le visage si maigre qu'il semblait lui manquer une dimension.

« Ray, fit-il. Je m'appelle Ray.

– Vous êtes… », commença-t-elle, avant d'ajouter précipitamment : « Mon mari est juste là, derrière. »

Il la dévisagea, et même quand elle détourna les yeux, il continua à la fixer.

« Depuis quand est-ce que vous habitez ici ?

– Qu'est-ce que vous me voulez ?

– Je regarde, c'est tout. »

Et c'était exactement ce qu'il faisait, suivant cette femme des yeux comme on peut suivre la flamme d'une bougie dans une pièce obscure, et ce regard était assez semblable à celui qu'il avait posé sur Frank Marston dans l'ombre du hangar à fruits, ferme et appuyé, d'une concentration si entière qu'elle en devenait perturbante, et si insistant qu'il semblait contenir une vague menace.

« Il est juste là, derrière », répéta la femme, avant de battre en retraite avec des mouvements saccadés et nerveux.

La porte claqua au fond de la maison – la porte-moustiquaire. Il n'en revenait pas qu'une femme inconnue puisse être à l'origine de ce bruit, cette femme et non sa mère ou ses sœurs, ou même son père. Ou bien Helen et Jimmy. Derrière la vitre, les deux figures enfantines qu'il avait vues un peu plus tôt le surveillaient avec une franche curiosité, puis on rabattit brusquement le rideau.

Il est peu probable que cette scène du retour ait été pour lui une réelle surprise. Sans avoir connaissance des détails, nous savions tout de même que Ray, pendant les années de guerre, avait très certainement correspondu avec son père, et que celui-ci l'avait informé qu'il ne trouverait plus sa famille sur le terrain qui jouxtait la propriété des Wilson, mais dans la ville d'Oakland, en Californie, où ils s'étaient entassés en catastrophe dans l'appartement d'un cousin éloigné que Ray n'avait jamais rencontré. D'ailleurs, c'était peut-être la destination qu'il avait eue en tête avant de quitter l'Europe, alors que les survivants de son unité attendaient le départ à Nice, sous un soleil de plomb. Mais quelque chose changea pendant cette période d'attente et au cours de ce long été suffocant, après qu'ils eurent enfin embarqué sur le *Liberty* qui les déposa à Fort Dix, où Ray, par un heureux hasard, se trouva une place dans un véhicule de transport de troupes qui traversa rapidement le continent d'est en ouest. Ray enchaîna ensuite avions et véhicules militaires, puis un dernier vol l'emmena jusqu'en Californie, à Camp Pendleton tout d'abord, avant qu'un nouveau coup de chance, à San Francisco, le conduise à bord d'un navire en partance pour Fort Mason. Lorsqu'il débarqua au mois d'août, ce fut pour apprendre qu'une bombe d'une puissance colossale avait ravagé la ville japonaise d'Hiroshima.

Si nous avions pris la peine d'y réfléchir, nous aurions probablement parié qu'il rejoindrait immédiatement sa famille, mais au terme de ce périple entre la France et San Francisco, via New York et San Diego, après cette longue période de réflexion où il avait pu méditer sur le contenu des lettres paternelles, Ray fit exactement l'inverse de ce à quoi nous nous serions tous attendus, l'inverse de ce que son père lui-même avait pu escompter : ainsi, au lieu de rallier directement Oakland pour retrouver les siens, ou de se rendre simplement à Newcastle, il demeura une journée entière à San Francisco et y resta encore le lendemain, non pas à la base militaire mais dans un asile de nuit sur les docks, là où les prostituées et les marins étrangers faisaient notoirement affaire en toute liberté, sans craindre une intervention de la police. S'il l'avait voulu, il lui aurait suffi de trois ou quatre heures de marche tranquille pour rejoindre sa famille à sa nouvelle adresse. Ils n'avaient certes pas le téléphone, mais il aurait pu appeler un voisin ou un commerçant et demander que le message soit transmis. Sauf qu'il n'y eut aucun appel, et ses parents ne surent donc même pas que leur fils était rentré sinon chez lui, du moins dans le pays qui était le sien, bien qu'il ne subsistât concrètement pas grand-chose de son ancien chez-lui – une réalité clairement exposée par le courrier que lui avait envoyé son père, rédigé dans un anglais précis et dépourvu d'ambiguïté : *Nous ne sommes plus les bienvenus dans notre maison de Newcastle. Là-bas nous n'avons plus aucun ami. Viens nous retrouver chez le cousin Ida.* L'adresse était inscrite en dessous, mais elle aurait aussi bien pu être écrite en allemand, en italien ou même en japonais, une langue que Ray parlait à peine et ne lisait pas du tout. Nous ne sommes plus les bienvenus. Là-bas nous n'avons plus un seul ami. Il ne pouvait y croire.

Et pourtant se manifestait chez lui une sorte de prudence, jusque dans l'itinéraire qu'il avait choisi. Maintenant qu'il avait vu de ses propres yeux cette femme aux cheveux blond paille et ses enfants, la lettre de son père gagnait peut-être en crédibilité. Avant l'ordre d'évacuation, avant l'été 1942, Ray aurait simplement traversé le verger en suivant le chemin qu'empruntaient non seulement sa famille mais aussi Mr Wilson, Helen et Jimmy ; il aurait longé une rangée de pêchers, tout droit jusqu'au bout avant de tourner à gauche en direction de leur maison. Mais entre-temps il y avait eu le printemps 1942, puis deux autres années s'étaient écoulées et à présent, en ce mois d'août, la guerre était en train de s'achever – en Europe, pour commencer, et puis au Japon, avec le largage d'une deuxième bombe atomique –, et même si la piste d'autrefois était toujours visible, elle aurait tout aussi bien pu ne pas exister.

Ray renonça donc à la prendre et fit demi-tour vers la route en pleine chaleur, au milieu des feuillages verdoyants. L'endroit où il se trouvait lui offrait une vaste perspective sur la partie nord de la région, sur les collines qui s'étageaient au flanc d'Auburn Ravine, leur relief dissimulé, un arpent après l'autre, par les rangées bien ordonnées d'arbres fruitiers entre lesquelles il distinguait les maisons claires et douillettes des fermiers. Il savait qu'ils étaient en train de récolter les dernières pêches de la saison, et les premières poires, mais depuis cette route il ne percevait aucun signe d'activité. Le paysage qui se déployait vers le nord lui semblait tout droit sorti d'un rêve – et de nouveau, il éprouva l'étrange sensation d'être assoupi et de ne voir qu'en songe ces choses qui pourtant se tenaient devant lui, vivantes et tangibles. Un vent venu du sud se leva sur les collines, soufflant sur Red Ravine et sur les vergers qui bordaient la route de campagne jusqu'aux hangars de Penryn et de Loomis, aux carrières de Rocklin et à l'immense gare de triage de Roseville, un endroit qu'il n'avait vu qu'en une seule occasion, le jour, précisément, où le train de San Francisco y avait fait halte pendant une manœuvre d'aiguillage. Le train, encore aujourd'hui, ferraillait dans les montagnes : Dutch Flat, Donner Summit et l'immensité bleue du mythique lac Tahoe, avant de plonger en plein désert. Près d'un an plus tôt Ray se trouvait à Bruyères et maintenant il était là, de retour chez lui, quoique cette notion n'eût plus beaucoup de sens. Comme il devait se sentir seul, à ce moment-là.

L'allée de la maison des Wilson produisit sur lui le même effet que tout le reste, si parfaitement semblable à ses souvenirs qu'elle en paraissait purement factice, les feuillages sombres au bord de la route d'une immobilité totale. Le dos de sa chemise, imprégné de sueur, lui collait toujours à la peau ; gêné par le poids de son paquetage, il le déposa au sol contre le tronc bas d'un pêcher depuis longtemps dépouillé de ses fruits.

Quand les pêchers dénudés cédèrent la place aux poiriers, chargés de leurs fruits plus tardifs, il vit apparaître les premiers ouvriers et coula un regard entre les rangées d'arbres, où les échelles se dérobaient dans les feuilles des hautes branches. Il ne s'attarda pas à les observer, pressant si bien l'allure qu'il marchait quasiment au pas militaire. Il sentait maintenant leurs yeux braqués sur lui et, sans pouvoir justifier clairement la raison de son malaise, il évita de leur rendre leur regard, poursuivant son chemin dans l'écho décroissant de leurs conversations, leurs yeux toujours posés sur lui – le soldat en uniforme.

Et alors il entendit son nom retentir derrière son dos, porté par une voix joyeuse et cordiale. Il se retourna, même s'il craignait que ce geste ne confirme un avenir dont il ne voulait pas.

Un adolescent se tenait devant lui, un gamin blond à la tignasse ébouriffée. Comme Ray ne réagissait pas, il lui dit avec un large sourire : « C'est moi, Bish Kenner. Bishop, quoi. Tu te rappelles pas de moi, Ray ?

– Bish, répéta doucement le soldat. Mais si, bien sûr. C'est juste que tu as bien grandi depuis la dernière fois.

– Ben oui, je vais sur mes quinze ans.

– Je vois.

– Tu as été à la guerre ?

– Un peu, oui.

– Au Japon ? »

Les mots avaient jailli de sa bouche, mais le gamin parut embarrassé et détourna aussitôt les yeux, ses épaules osseuses se soulevant rapidement dans un mouvement qui ressemblait à un vague geste d'excuses.

« Non, dit Ray, pas au Japon. Surtout en France et en Italie.

– C'est pas vrai ? répondit le garçon, dont la gêne s'était envolée. Mon frangin, il est allé dans le Pacifique, à Okinawa.

– Ah oui ? Et qu'est-ce qu'il devient ?

– Ça doit faire un mois qu'il est rentré. Les Japs lui ont chopé une jambe. » Il y eut silence, puis le gamin ajouta : « Mince, je voulais pas dire ça.

– T'as pas besoin de t'excuser. Ces foutus Japs ont chopé la jambe de Chet, un point c'est tout. Qu'ils aillent brûler en enfer, pour ce que j'en dis. »

Soulagé, le gamin se mit à rire. Dans le groupe qui se tenait derrière lui, Ray vit que ses paroles provoquaient quelques sourires.

« C'est ça, renchérit Bish d'un air réjoui, que les Japs aillent brûler en enfer.

– Dis, tu voudras bien passer le bonjour à Chet de ma part ?

– J'y manquerai pas, promit le garçon sans cesser de sourire.

– Y a un problème ? lança quelqu'un.

– C'est Ray, cria Bish. Il est de retour.

– Et alors ? Ça pourrait être Jésus que j'en aurais quand même rien à cirer. »

C'était toujours la même voix, mais cette fois elle venait de plus près, se rapprochant à travers les fruitiers chauffés par le soleil.

« Allez, remuez-vous maintenant. »

Les ouvriers – des jeunes gens, hommes et femmes confondus, dont Ray se souvenait pour les avoir côtoyés au lycée – s'étaient déjà égaillés vers les arbres ou vers les camions à plateau, déversant avec précaution les nouvelles poires par-dessus la cargaison en attente. Bish fut le dernier à s'éclipser, avec un salut silencieux de la main, juste avant que le contremaître – car c'était lui qui avait parlé, bien évidemment – ne surgisse d'entre les arbres.

Ray ne le reconnut pas tout de suite – trente-cinq ans environ, maigre et bourru, le visage rasé de près, sa casquette marron laissant deviner des cheveux coupés ras. Puis il l'identifia et dit : « Bob Campo.

– C'est moi, ouais. Qu'est-ce que tu cherches ?

– J'allais voir la maison.

– Écoute, je te laisse encore une chance de me dire ce que tu fiches ici, et après...

– Et après, quoi, Bob ? »

Sans attendre la réponse, Ray tourna les talons et reprit son chemin.

Tout était si paisible dans les vergers. La chaleur embrasait les arbres, montant de la terre et inondant tout à travers eux.

« On me parle pas sur ce ton, répliqua Bob Campo derrière lui. Surtout pas un... » Il semblait maintenant considérer l'uniforme, comme s'il s'interrogeait sur sa valeur. Il exprima tout de même le fond de sa pensée : « Surtout pas un foutu Jap. »

Ce qui se produisit ensuite fut au centre des conversations pendant le restant de la soirée, et aussi pendant toute la semaine qui suivit, alors même que nous savions tous, chacun à notre façon, que chaque reprise et répétition de l'histoire ne faisait qu'envenimer la situation, que chaque fois nous le poussions un peu plus loin sur la voie qu'il paraissait avoir choisie, mais dont nous avions en fait décidé à sa place : Ray n'interrompit même pas sa foulée, il fit simplement volte-face comme si son commandant lui avait ordonné un demi-tour, et envoya son poing dans la mâchoire de Bob Campo.

Le contremaître s'effondra sans un mot. Lorsque Ray ouvrit la bouche, ce fut pour appeler Bish Kenner dans le verger. Et comme il n'obtenait pas de réponse, il lança, juste assez fort pour être entendu : « Tu ferais bien d'apporter de l'eau à ce gars. »

La réponse vint alors, une voix calme à travers les arbres. « D'accord, Ray, je m'en occupe. »

Ray baissa de nouveau les yeux vers le sol, où Bob Campo se tordait de douleur, le souffle court et le nez dans la poussière.

« On m'appelle sergent Takahashi. »

Il se peut aussi que Ray n'ait rien dit du tout. Dans le fond, nous tenions cette histoire des gamins perchés sur leurs échelles, et on imagine bien qu'ils attendaient de cet incident une digne conclusion. Si vraiment il nous fallait une preuve de ce qu'il avait accompli outre-Atlantique, elle était visible sur son uniforme, toute l'histoire étant plus ou moins résumée par les trois chevrons superposés sur ses galons, pointe dressée vers le haut. Le sergent Takahashi venait de rentrer au pays.

Lorsque Ray se trouva enfin à proximité de chez les Wilson, les lieux, comme tout le reste, s'accordaient si parfaitement à l'image conservée par sa mémoire qu'il y convoqua la famille du passé, pensant qu'ils allaient apparaître et lui souhaiter la bienvenue, heureux de le savoir de retour. Mr Wilson et sa femme, et aussi Helen et Jimmy. Cependant, quand il s'approcha plus près de la maison victorienne posée sur la colline – une maison bien tenue, l'éclat de sa blancheur filtrant à travers les feuilles vertes et pointues des arbres –, il ne perçut ni bruit ni mouvement. Les rideaux n'étaient pas tirés, mais la réverbération du soleil rendait les vitres opaques, et au moment où il gravit les marches du perron, les fenêtres n'étaient que des plaques incandescentes à la luminosité aveuglante.

Il aurait pu se déplacer sur le côté, pour observer à l'étage la fenêtre de la chambre d'Helen, ou bien passer du côté opposé et lever les yeux vers celle de Jimmy, mais au lieu de ça il se dirigea vers l'entrée principale et toqua à la porte. Il patienta un moment, frappa de nouveau.

Dans son esprit – et il avait maintes fois imaginé la scène –, c'était forcément Mr Wilson, Jimmy ou même Helen qui viendraient l'accueillir. Il n'avait pas prévu que ce serait Mrs Wilson – elle se prénommait Evelyn, mais il l'avait toujours appelée par son nom de famille –, si bien qu'il fut pris de court. La voir là devant lui – la silhouette fine, les cheveux châtain foncé, les traits aquilins, la peau mate après toutes ces longues journées d'été – lui causa toutefois moins de surprise que l'expression de son visage, que ce trouble et cette dureté mêlés de rage et de chagrin, autant d'émotions qui effleurèrent ses traits comme des variations climatiques, des nuages qui différaient par leur position, leurs teintes, leur texture et leur dangerosité, et puis le brouillard et la pluie, la grêle et la tempête, à tel point qu'il lui fallut un moment avant de pouvoir articuler son nom, en aligner les quatre syllabes.

« Mrs Wilson. »

Elle semblait tellement sidérée que, pendant un moment, il fut incapable de dire autre chose.

« Est-ce que Mr Wilson est là ? reprit-il enfin.

– Toi, dit-elle simplement.

– Oui, Mrs Wilson, c'est bien moi. Ray. Ray Takahashi.

– Ray Takahashi », répéta-t-elle doucement, sans détacher les yeux de lui, son regard brillant d'une émotion qu'il ne parvenait pas encore à comprendre.

Et il conclut alors que Mrs Wilson, de la même manière qu'il avait échoué à déchiffrer l'expression de son visage, n'était pas en mesure de le reconnaître, que ses cheveux courts et son uniforme faisaient de lui un étranger.

« J'étais dans l'armée », lui dit-il. Il retira son chapeau en toile kaki et le tint devant lui à deux mains, comme s'il manipulait un objet fragile. « J'ai combattu les nazis en Europe.

– Les nazis ? répéta Mrs Wilson d'un ton ouvertement interrogateur.

– Oui, madame. J'avais simplement envie de parler à Mr Wilson. Et à vous aussi, bien sûr. Et Jimmy et Helen, ils sont à la maison ? »

Lorsque enfin elle lui répondit, il y avait dans sa voix quelque chose qu'il n'avait jamais entendu, ni chez elle ni chez quiconque. Une espèce de bruissement essoufflé, comme si l'air menaçait de lui manquer.

« Va-t'en d'ici », siffla-t-elle.

Il resta muet en entendant cela, la bouche arrondie et le chapeau serré dans sa main, le pouce sur la couture de son pantalon.

« Va-t'en de chez moi ! » Elle avait haussé le ton mais sa voix tremblait, maintenant. « Va-t'en de chez moi !

– Mrs Wilson ? » Il recula d'un pas alors qu'elle s'avançait vers lui.

« Il n'est pas question que tu t'approches de cette famille. C'est clair ? Tu m'as bien entendue ?

– Je ne comprends pas.

– Va-t'en, je te dis. Pars ! »

Elle s'approchait de lui mains tendues, les paumes ouvertes, mais dans un mouvement si violent qu'il dut s'abriter de ses propres mains pour éviter les coups qui pleuvaient sur son visage tandis qu'il descendait la dernière marche. Elle ne le poursuivit pas quand il fut sur la pelouse, elle resta simplement là-haut, la respiration haletante, et, sous les rayons obliques du soleil ardent, dans l'ombre moirée de lumière, elle ressemblait à quelque créature mythologique, mère ou épouse vengeresse, Onryō, Ame-onna ou une autre entité tout aussi redoutable, bien qu'il ignorât pour quelle raison elle réclamait vengeance. Était-elle incapable de le reconnaître ? Ne voyait-elle donc pas qu'il s'agissait de Ray, ce même Ray qu'elle connaissait depuis qu'il était né ou presque, qu'elle avait accueilli à sa table aussi souvent que sa mère à lui avait invité Helen et Jimmy à la sienne ? Rien de tout cela n'avait empêché ce moment de confusion et, oui, de terreur aussi.

« Mrs Wilson ! » s'écria-t-il. Et là, pour la première fois, il prononça ce prénom qu'il n'avait jamais osé employer au cours des années passées auprès d'elle, et qu'il prononçait maintenant sous l'effet d'une sorte de désespoir, afin d'être reconnu et d'avoir une chance de comprendre. « Evelyn. »

Mais déjà elle lui avait tourné le dos, sa petite silhouette frêle engloutie par la fraîche obscurité de la maison, et quand la porte claqua derrière elle, le monde qui la séparait de lui retomba dans le silence, herbe, soleil, vergers. Pendant un long moment, le soldat s'attarda sur la pelouse, espérant, croyant peut-être que la porte allait se rouvrir sur Helen ou Jimmy, son grand ami d'autrefois, ou même sur Homer Wilson, le bienveillant patriarche, se figurant encore que toute cette affaire n'était qu'un malentendu.

Cependant la porte demeura close et la maison silencieuse, et il finit par rebrousser chemin vers le sud, à travers le jardin et le verger d'où il apercevait le ruban lumineux de la route parmi les ombres des arbres si lourds de fruits qu'il lui aurait suffi d'avancer les lèvres pour régaler d'une prune sa bouche impatiente. Peut-être l'a-t-il fait, d'ailleurs. Ou alors il a simplement passé son chemin, solitaire et affamé, déjà nostalgique d'une existence qu'il se savait par avance incapable de reconquérir un jour.

2

J'ai rédigé les pages qui précèdent en mai 1969, à l'âge de vingt et un ans, en pensant qu'elles pourraient déboucher sur un livre, alors que l'ouvrage que je m'efforçais d'écrire, une œuvre de fiction inspirée par l'année que j'avais passée au Vietnam et que j'imaginais déjà dans la veine du roman *Les Nus et les Morts*, de Norman Mailer – alors que ce livre, mon livre, semblait se dérober à moi chaque jour un peu plus. Depuis mon retour d'Asie du Sud-Est, je n'avais réussi à rédiger qu'un seul chapitre sans suite, et que j'avais eu la chance – ou plutôt la malchance – de le faire paraître dans le magazine *Esquire*. Le rédacteur en chef, Harold Hayes, avait repêché mon manuscrit dans le bourbier que la marée quotidienne du courrier déposait probablement sur son bureau, et il avait choisi d'inclure mon texte dans un magazine où s'étaient déjà exprimés des auteurs de la trempe de Norman Mailer, Joyce Carol Oates, John Updike, William Burroughs, Susan Sontag et Gay Talese – pour ne citer qu'eux. Avec l'extrême naïveté propre à la jeunesse, j'avais alors cru avoir atteint mon but, m'imaginant trop vite membre à part entière de la sélective et prestigieuse confrérie des écrivains.

En réalité, la publication de ce court texte ne fit que tarir complètement l'encre de ma plume, et mon grand roman vietnamien se refusa tout bonnement à mes timides sollicitations. Je me demande, avec le recul, si je n'étais pas à l'époque encore trop proche de mon sujet, mais sur le moment, une telle proximité me semblait constituer la matière des romans d'exception, si bien qu'après mon retour au pays, je passai des mois à compulser ma réserve de fiches, d'idées, de fragments et de cauchemars, d'une façon si obsessionnelle qu'elle me remplissait parfois de terreur. Ma mémoire et mon imagination, farouchement emmêlées l'une à l'autre, avaient formé un écheveau inextricable.

Depuis, j'ai écrit de nombreux romans, dont quelques-uns, peut-être, méritent de rester dans les mémoires, mais je n'ai toujours pas réinvesti la guerre – ma guerre. Après toutes ces années, il me semble parfois que mes expériences au Vietnam ont été racontées en boucle des dizaines de fois : la boue les canaux les hélicoptères l'ennemi camouflé – dépourvu de nom et de visage, et peut-être même d'humanité – les pièges et les frappes aériennes.

La trame élémentaire de cette histoire a été portée à l'écran à maintes reprises et, plus important encore à mes yeux, racontée dans des documents et des œuvres de fiction rédigés pour certains par des amis et des collègues, qui souvent m'ont aidé à mieux comprendre ce qui s'était produit là-bas, et pourquoi ce que j'y ai vécu s'obstine, telle une lourde pierre, à troubler de ses remous une existence qu'agitent aussi ses propres courants invisibles.

La plupart du temps, la guerre se résumait à une forme d'ennui dont j'ai peine à rendre compte. Mais six semaines d'ennui ne sauraient justifier tant de cauchemars : ce qui les provoque, ce sont les images fulgurantes des combats meurtriers, lorsque nos balles traçantes déchiraient les ombres bleues du clair de lune et que j'appelais le feu du ciel dans le récepteur de mon PRC-10.

S'il est vrai que le type d'expérience qui fut la mienne au Vietnam s'est déjà transformée en un mythe national galvaudé, objet d'une pléthore d'analyses et de récits, alors il se pourrait bien que mon entreprise soit pleinement légitime : en effet, ce n'est pas pour enfin évoquer la guerre que j'explore mes souvenirs de 1969, mais pour relater le parcours d'un être que je n'ai pas connu, quoique sa présence à Placer County soit devenue à mes yeux inséparable de ma propre histoire. Le fait que Ray Takahashi soit une personne réelle et non le produit de mon imagination a sérieusement compliqué mon projet : parce que de larges pans de son histoire échappent à toute certitude, il m'a fallu recourir à l'imagination lorsque les simples faits ne suffisaient pas à la narration. Cependant, j'ai mené des recherches assez exhaustives pour savoir avec précision à quelle date il est descendu du train et avec qui il a parlé, pour connaître aussi les mots que cette femme, à qui je donne ici le nom d'Evelyn Wilson, lui a adressés ce jour-là, sur le perron de la maison où il s'était rendu sitôt après son retour de la guerre.

Plusieurs événements récents expliquent que je n'aie achevé l'histoire de Ray Takahashi ni en 1969 ni au cours des quatorze années suivantes, et que j'aie attendu cette année 1983 pour y mettre le point final. Je citerai en particulier la disparition des acteurs principaux de cette histoire, et tout particulièrement le décès de celle que j'appelle parfois ma tante, bien qu'elle ne fût en réalité qu'une cousine éloignée. Le lecteur trouvera entre ces pages une tentative pour recréer des faits survenus à la fin de l'été et à l'automne 1945, dont les détails, pour la plupart, ne furent connus de moi qu'en 1969, et sont aujourd'hui pour la première fois couchés sur le papier.

Parmi tous les textes que j'ai écrits, rares sont ceux qui m'aient touché d'aussi près que celui-ci, qui recoupe si souvent l'histoire de ma propre famille. Mon arrière-grand-père John Frazier, à qui je dois mon nom, compta parmi les pionniers de Placer County et, si l'on en croit la légende familiale, il fut aussi le premier à planter des pêchers dans la région. Au fil du temps, sa descendance s'éparpilla à travers l'État de Californie, certains s'établissant dans le sud ou dans la baie de San Francisco, pendant que d'autres, à l'instar de mes parents, demeuraient à Placer County sans pour autant rester cultivateurs ; ainsi, ma mère travailla comme enseignante à l'école élémentaire d'Auburn jusqu'à la naissance de son troisième enfant, tandis que mon rêveur de père, constamment obnubilé par des projets et des plans qui n'aboutissaient jamais, ne nous assurait que des revenus irréguliers à des dates imprévisibles, qu'il tirait pour l'essentiel de la réparation d'appareils électroménagers.

Au début des années soixante, mes parents nous embarquèrent en Californie du Sud, où ma mère avait trouvé un nouveau poste d'enseignante, et mon père un emploi dans une usine d'assemblage. Quand vint mon adolescence, je me sentais là-bas comme chez moi. Pourtant, les vieux souvenirs de ma petite enfance, parmi les forêts de chênes dispersées autour d'Auburn et de Newcastle, m'adressaient quelquefois leur mélodie étrange et insistante, qui rayonnait littéralement de nostalgie : les collines dorées, les pins gris de Californie, la fraîcheur et la limpidité des rivières dans la chaleur de l'été. Ces lieux remémorés me semblaient parfois d'une perfection excessive, d'une pureté et d'une splendeur trop intenses. Ainsi, lorsque je me découvris incapable, au retour de la guerre, de renouer avec mon quotidien d'autrefois autant que d'affronter le jugement de mes parents qui, tous deux partisans de la guerre, échouaient à faire coexister, malgré leur affection pour moi, leurs opinions politiques et la sombre réalité qui avait pris place à leur table, je décidai de me pencher une fois de plus sur mes paisibles souvenirs d'enfance à Placer County. Depuis la ville d'Alhambra où je vivais alors, dans le sud de l'État, il ne fallait qu'une journée de bus pour s'y rendre.

J'étais toutefois confronté à un problème plus grave et peut-être plus urgent : une dépendance à la drogue qui datait de mon séjour en Asie, et que je m'évertuais à dissimuler à mes parents tout autant qu'à moi-même ; je ne voulais surtout pas qu'ils partagent mes angoisses, eux qui sans doute ne comprenaient absolument pas pourquoi j'oscillais entre des crises de panique incontrôlable et des phases d'abattement où je glissais dans le sommeil. Plus que tout, je cherchais un lieu sûr où je pourrais m'isoler, à l'abri de moi-même et de mes démons, pour m'arracher tant bien que mal au nuage blanc de fumée âcre qui semblait m'envelopper comme un serpent, tandis que les échos assourdis du *Huntley-Brinkley Report* sur Channel 4 filtraient à travers la cloison de ma chambre. Bonne nuit, David ; bonne nuit, Chet.

N'eût été la gentillesse de ma grand-mère, je me demande bien ce qu'il serait advenu de moi. Je n'exclus pas du tout que j'aurais pu mourir, ou finir misérablement à la rue en couchant sous les ponts. Quand elle est venue m'accueillir, à la porte de sa paisible maison de Newcastle, j'ai su immédiatement qu'elle n'avait pas reçu ma lettre – d'ailleurs celle-ci ne devait jamais lui parvenir –, mais son visage n'en a pas moins rayonné de bonheur dès qu'elle m'a vu sur le seuil.

Je n'ai jamais compris comment cette femme si généreuse et si affable avait pu donner naissance à ma propre mère, cette stricte et tyrannique enseignante dont le système de valeurs réduisait la totalité du monde à une opposition tranchée entre le bien et le mal. Peut-être les rigides certitudes morales de mon père avaient-elles déteint sur elle. Toujours est-il que le sourire et les larmes de ma grand-mère se sont communiqués à moi tandis qu'elle m'entraînait dans la pénombre de son petit salon et me faisait asseoir, avant de m'offrir une tasse de thé et un biscuit rassis.

« Tu es à la maison, maintenant », m'a-t-elle dit.

Lorsque j'ai demandé à passer quelques jours chez elle – seulement quelques jours, vraiment –, ma grand-mère m'a invité, comme je m'y attendais, à prolonger mon séjour aussi longtemps que je le voudrais. Je me suis de nouveau effondré en entendant ces paroles, et elle m'a tapoté le dos en répétant : « Tu es à la maison, maintenant. En sécurité. Tout va bien se passer. » Elle l'a répété si longtemps que j'en suis presque venu à la croire.

Pendant les jours qui ont suivi, j'ai réussi à surmonter la pire étape du sevrage, submergé par la férocité du monstre et sans autre secours que celui de ma grand-mère qui, présumant sans doute que j'avais rapporté des jungles d'Asie quelque maladie mortelle, a appelé à mon chevet le médecin du coin. Dans les visions fébriles de mon cerveau halluciné, le visage du docteur se brisait en morceaux chaque fois que je posais les yeux sur lui. Cependant la terreur s'est dissipée, et il se peut même que j'aie fini par guérir. De telles choses sont difficiles à identifier quand on se livre à l'inventaire de son propre cœur.

Dès que je m'en suis senti la force, j'ai installé mon antique machine à écrire sur la petite table de la chambre exiguë que j'occupais chez ma grand-mère ; sa maison victorienne, minuscule mais charmante, était coincée entre deux logements identiques, tout près du centre de ce qui avait dû autrefois être la ville, et dont la modeste animation avait déjà été plus ou moins réduite à néant par le tracé de l'autoroute au moment de mon arrivée. Depuis la véranda, je pouvais assister au défilé clairsemé de ce qui restait d'habitants, circulant sur la place principale. Même pour mon regard cynique, les scènes que j'y observais semblaient être tirées d'un film des années cinquante. La porte d'entrée donnait sur un petit bout de terrain vide et récemment pavé, bordé, sur le côté opposé à la maison, par un édifice bas dont la toiture en pente était colorée par une rouille très ancienne. J'ai appris par ma grand-mère qu'il s'agissait à l'origine d'un hangar à fruits, desservi dans le temps par un tronçon de voie ferrée qui passait juste devant ses larges portes grandes ouvertes. Je n'ai pas cherché à savoir pourquoi il ne subsistait nulle trace de cette activité, car les anecdotes locales n'avaient alors pas d'autre charme pour moi que d'être sans lien avec les rivières du Rung Sat étouffées par la mangrove, là où ma division avait arpenté la jungle pour traquer un ennemi invisible et où je retournais chaque nuit, la forêt de mes cauchemars plus terrible encore que la vraie, avec ses maisons aux toits de chaume consumées par un feu perpétuel.

Je ne crois pas exagérer en disant que l'Amérique était devenue pour moi – comme, peut-être, pour tous les soldats de retour d'Asie du Sud-Est – un lieu complètement étranger, où les passants aperçus semblaient interpréter un rôle qu'on leur aurait attribué, déambulant sur les avenues propres et blanches d'une Amérique propre et blanche. J'étais incapable de me faire à l'idée que ce monde-là et celui dont je revenais pouvaient exister simultanément et sans contradiction apparente.

Ma grand-mère était une femme posée aux habitudes bien réglées, et je ne savais donc pas trop à quoi m'occuper lorsque je ne contemplais pas une nouvelle feuille blanche sans réussir à coucher par écrit les phrases capables de donner – je l'espérais encore – un minimum de sens à ce que j'avais traversé et aux choses que j'avais faites. La plupart du temps, je passais la journée à marcher au hasard sur les petites routes de campagne, cherchant simplement à tuer le temps, et ce fut dans ces circonstances que je tombai sur mon premier emploi d'après-guerre.

À l'est, de l'autre côté de l'autoroute, le relief montagneux dessinait une sorte de bulbe qui, d'après ma grand-mère, portait le nom absurdement gracieux de Chantry Hill, et au pied duquel se dressait le bâtiment minuscule d'une station-service en parpaings ; une ombre fraîche semblait régner à l'intérieur, et un distributeur Coca-Cola était installé devant l'entrée. Mes pas m'y ont conduit au cours d'une chaude après-midi d'été, et je me suis retrouvé à fouiller mes poches en quête de monnaie, puis à regarder la bouteille basculer dans la conduite métallique avant d'atterrir, fraîche et embuée, au creux de ma main. À cet instant seulement, j'ai remarqué l'annonce affichée sur la vitrine : CHERCHE EMPLOYÉ.

« Il fait chaud, hein ? »

Dans l'ombre de l'auvent se tenait un homme entre deux âges au crâne dégarni, et dont la chemise blanche était trempée de sueur.

« C'est pas faux », lui ai-je répondu en ouvrant ma bouteille au décapsuleur vissé sur un côté de la machine.

À la manière dont il se présentait, j'ai compris que l'homme cherchait à me faire parler et, ne voyant aucune raison de lui cacher la vérité, j'ai nommé ma grand-mère en indiquant vaguement où elle habitait, montrant du doigt la ville derrière mon dos.

« Tu es un vétéran ?

– Pardon ?

– De guerre, je voulais dire. »

Je n'avais pas eu besoin de cette précision pour comprendre, mais je ne voyais pas pourquoi il me posait cette question. J'ai toutefois fini par répondre par l'affirmative.

« C'était bien mon impression, a dit l'homme.

– Qu'est-ce qui vous fait dire ça ? »

Il a alors désigné mon chapeau, que j'avais bien évidemment oublié. Un chapeau de brousse kaki à bord souple, que je portais au Vietnam lorsque je ne cuisais pas en pleine jungle sous mon casque métallique.

Soulagé qu'il ne m'interroge pas davantage sur mon passé militaire, je l'ai entendu à ma grande surprise me demander si je cherchais un emploi.

J'ai dû hésiter trop longtemps à lui donner une réponse, car il s'est lancé dans une longue tirade à propos de la jeune génération – il entendait par là les gens plus jeunes que moi, même si je n'avais, comme je l'ai dit, que vingt et un ans à l'époque –, qui ignorait tout du respect et de l'éthique du travail. Ce laïus, je l'avais maintes fois entendu, sous une forme ou une autre, dans la bouche de mon père, mais quelque chose dans la sollicitude de cet homme, dans son envie manifeste de m'embaucher, m'a incité à me renseigner sur le salaire (pour le moins anecdotique) et sur les responsabilités qui seraient les miennes (à peine plus conséquentes). L'affaire fut rapidement conclue.

Cet été-là, la station-service a été ma bouée de sauvetage. Je suis passé, naturellement, par une période d'adaptation – tâchant de corriger mes horaires de sommeil pour pouvoir me lever avant onze heures –, mais je m'en suis tiré honorablement. Chaque matin, ma grand-mère me souhaitait une excellente journée, et je lui souhaitais la même chose avant de sortir dans la fraîcheur piquante du matin clair, passant devant l'entrepôt à fruits reconverti, verrouillé et silencieux, la place déserte, le calme de la ville troublé seulement par la rumeur intermittente des véhicules sur l'autoroute.

La route en pente amorçait un virage devant la banque et le bureau de poste, puis passait devant une des rares maisons victoriennes toujours debout, grande bâtisse majestueuse située au coin de l'ancienne nationale, en bordure du pont de l'Interstate. Il m'arrivait de faire halte sur ce pont pour regarder filer les voitures en direction de Sacramento ou même de San Francisco. Il me venait parfois l'envie de me planter au bord de la bretelle d'accès, le pouce tendu, et de faire du stop jusqu'au Haight-Ashbury, mais je n'ai jamais cédé à la tentation, même s'il s'en fallut de peu.

La première apparition de ma tante a eu lieu quelques semaines plus tard. Cet été-là, j'avais entrepris la lecture des *Confessions de Nat Turner*, soulignant ou marquant d'une croix tel ou tel passage de manière quasi inconsciente, griffonnant quelques notes dans la marge, à ce point captivé par le style de Styron que j'ai failli ne même pas lever les yeux en entendant le véhicule s'arrêter devant les pompes à essence.

Pour dire la vérité, j'avais plus ou moins oublié qu'en dehors de ma grand-mère, il me restait encore des parents dans les environs, et lorsque j'ai aperçu la femme par la vitre ouverte de la voiture, je n'ai pas su immédiatement à qui j'avais affaire. Nous avons échangé quelques mots pendant que je remplissais le réservoir de sa Pontiac. Je situais son âge autour de soixante-cinq ans – dix de moins que ma grand-mère –, et pour le peu que je voyais d'elle dans le cadre de la vitre, elle m'a paru curieusement à la mode, étant donné la taille de la bourgade et son isolement relatif. Ses cheveux étaient couverts d'un foulard en mousseline bleu clair, et ses yeux masqués par des lunettes de soleil, accessoire encore exotique à cette époque. Eût-elle conduit une voiture plus coûteuse, j'aurais même soupçonné avoir sous les yeux une ancienne star de cinéma qui était sortie de l'autoroute pour faire le plein, impression que renforçait un sentiment de familiarité. J'ai bientôt compris toutefois que les souvenirs que j'avais de ce visage ne se rapportaient pas au grand écran mais à ma propre enfance, et je n'ai pu m'empêcher alors de prononcer le nom que je gardais en mémoire.

« Tante Evelyn. »

Le réservoir rempli, je me suis approché de la voiture tandis qu'elle inclinait son visage vers moi, ses énormes lunettes noires lui donnant vaguement l'air d'un insecte.

Elle m'a simplement répondu : « Vous devez me confondre avec quelqu'un d'autre. »

J'aurais pu, à ce moment-là, me borner à lui présenter des excuses et rentrer chercher sa monnaie, avant de la laisser partir et de me replonger dans mon livre ; pourtant je lui ai dit mon nom, sans trop savoir pourquoi, ainsi que celui de ma grand-mère.

« Mon Dieu ! Tu es le petit-fils de ma cousine Jenny ? »

J'ai acquiescé tandis qu'elle retirait ses lunettes. J'avais gardé le souvenir d'un visage plus jeune, mais sa beauté était toujours aussi frappante. Mince, les traits ciselés, le nez aquilin et les yeux d'un bleu pâle, comme si un lointain ancêtre scandinave était tapi dans son arbre généalogique.

Elle a voulu savoir si mes parents étaient revenus dans la région, et a paru étrangement soulagée quand je lui ai répondu que non.

« Où est-ce que tu habites, alors ?

– Chez ma grand-mère.

– Ah, très bien. Ce fut un plaisir de te revoir. Il faudra que tu passes à la maison avec elle un de ces jours.

– Ça marche. »

J'ai regretté soudain de m'être présenté, n'ayant pas la moindre envie de lui rendre visite. Elle a démarré après quelques mots de plus, et je suis rentré me mettre à l'ombre dans le bureau, épongeant mon visage en sueur avant de me rasseoir. À travers la vitre, j'ai regardé la Pontiac reprendre l'autoroute et bifurquer vers le nord juste avant la grande maison ancienne qui marquait la limite de la ville. Le pare-chocs a étincelé un bref instant, englouti par l'ombre épaisse du hangar à fruits, et une gerbe de lumière a fait miroiter l'espace vacant au-dessus de la circulation incessante de l'autoroute. L'apparition ressurgie du monde perdu de mon enfance venait de s'évanouir, et je me retrouvais de nouveau seul avec Nat Turner et la fureur grandissante de son esprit perturbé.

J'ai depuis eu l'occasion de m'interroger longuement sur cet événement : si je n'avais pas adressé la parole à cette femme, si je m'étais contenté de faire le plein de sa Pontiac et de la laisser repartir, je ne serais jamais tombé sur l'histoire de Ray Takahashi, et son fantôme n'aurait pas exercé un tel ascendant sur mon cœur. En 1969, je ne parvins à rédiger que cet unique chapitre, mais l'emprise qu'il avait sur mon imagination n'avait en rien décliné ; si j'échouais à poursuivre mon récit, c'est que je ne voyais pas comment écrire sur Evelyn Wilson, Kimiko Takahashi et tous les autres, pas tant qu'ils étaient toujours en vie et que leur histoire leur appartenait, même si l'argument inverse me semblait tout à fait recevable : ils méritaient bien, selon moi – en particulier ma tante, ou celle que j'appelle Evelyn Wilson dans ce livre –, de voir la vérité toute nue imprimée à l'encre indélébile.

Cependant, j'en suis venu plus tard à comprendre que cette tragédie a aussi été une histoire d'amour, non seulement pour Ray Takahashi mais également pour Evelyn qui, en posant les yeux sur un enfant, sentit jaillir en elle une émotion si déroutante qu'elle faillit en perdre le souffle, et qui pourtant se détourna de lui et le laissa à Seattle, comme si, en l'abandonnant, elle avait pu annihiler tout un pan de son histoire, le supprimer à la fois de sa mémoire et de celle de sa famille, et même, peut-être, de la mémoire de la ville. Personne ne savait alors tout ce qui s'était passé – pas même elle, et encore moins les membres de la famille Takahashi –, mais Evelyn s'assura que son pâle fantôme ne viendrait jamais hanter les jours sereins qui pouvaient lui rester à vivre. Et cela fonctionna pendant vingt-cinq années, pour ma tante autant que pour la ville entière, qui croyait si ardemment à son noble sacrifice qu'elle soumettait sa propre histoire aux exigences de cette conception, préservant certains faits alors que d'autres étaient commodément rejetés dans l'oubli. Les bus et les camps qui jouent un si grand rôle dans l'histoire à venir, je n'ai pas souvenir d'en avoir entendu parler une seule fois au cours de mon enfance, pas plus à l'école qu'à la maison. Jamais nous n'évoquions ce qui était arrivé et ce que nous avions fait, pas plus que nous ne mentionnions ces familles déplacées qui, dans leur immense majorité, avaient choisi de ne pas revenir à Placer County. Leur bannissement avait été si radical que ces gens n'entraient même plus dans notre champ de conscience : n'ayant plus de place dans l'esprit des générations qui avaient été les témoins directs de cette évacuation, ils n'occupaient pas davantage les pensées de leurs descendants. Aussi aisément qu'elle avait oublié sa famille, la ville avait effacé Ray Takahashi, dont le retour n'avait pas duré plus de quelques semaines, et dont l'absence offrait à la conscience collective une forme de soulagement. Ils avaient disparu, il n'y avait rien de plus à dire. C'était l'ordre exécutif 9066 qui les avait emportés, mais ce décret n'était rien d'autre que l'ultime concrétisation d'un sentiment déjà présent de différence et de clivage.

Même après tout ce qui s'est passé, je reste pleinement convaincu que ma tante n'aurait pas approuvé l'écriture de ce livre, malgré le soin que j'ai mis, tout en gardant constamment à l'esprit un souci de vérité, à travestir, selon l'usage, une partie des faits : j'ai modifié les noms et quelques détails significatifs, n'engageant au bout du compte que ma seule responsabilité. Kimiko Takahashi et elle faisaient des protagonistes improbables, et leurs retrouvailles me parurent, une fois que j'eus compris la situation, purement invraisemblables : vingt-cinq ans après la Seconde Guerre mondiale, en pleine guerre du Vietnam et au lendemain dramatique des assassinats de Martin Luther King et de Robert Kennedy, alors qu'elle devait sentir se déchirer le tissu même de son pays, il semblait incroyable qu'Evelyn Wilson soit revenue vers Kimiko Takahashi comme si un fil puissant mais invisible les liait l'une à l'autre, et qu'elle ait décidé d'exhumer, outre sa terrible histoire personnelle, celle, tout aussi effroyable, de la ville. La chose paraît à peine concevable, et pourtant tous les éléments s'étaient parfaitement alignés : il a fallu que je me trouve en ville et que je travaille ce jour-là à la station-service (ou, plus largement, que j'occupe un emploi dans une station-service), et que la femme que je connaissais, ou que j'avais connue, sous le nom de tante Evelyn s'y arrête juste au bon moment pour faire le plein d'essence. Je suppose qu'elle réfléchissait déjà au moyen de se rendre à San José, et elle a dû avoir l'impression que c'était la providence qui m'avait placé sur sa route, chose dont je ne me suis avisé que quelques jours plus tard, lorsqu'on a frappé à la porte de ma grand-mère.

À ce moment-là j'étais assis à mon bureau, le regard rivé à ma machine à écrire délaissée et poussiéreuse, près de laquelle reposait la petite pile de fiches bristol couvertes de pattes de mouche quasiment illisibles qui contenaient, je l'espérais encore, l'ébauche de mon futur roman. J'ai perçu tout d'abord le timbre feutré de ma grand-mère, puis une deuxième voix que je n'ai pas identifiée.

Je n'avais pas l'intention de sortir de ma chambre, présumant que la visiteuse était une amie de ma grand-mère, puisque son salon servait chaque après-midi de lieu de rencontre pour tous les septuagénaires et octogénaires de la ville. Aussi me suis-je étonné d'entendre la fine main pâle de ma grand-mère toquer discrètement à ma porte, et sa voix grêle m'appeler.

La visiteuse, bien entendu, n'était autre qu'Evelyn. Sa présence m'a surpris, car j'avais interprété son invitation à venir la voir avec ma grand-mère comme une courtoise formule d'adieu. Dans le fond, cette femme m'était pratiquement inconnue en dépit de nos vagues liens de parenté, si lointains et si ténus que leur nature exacte m'échappait, à supposer d'ailleurs qu'ils aient réellement existé. Et pourtant elle était bien là, dans le salon de ma grand-mère, assise sur le petit canapé près de la fenêtre, les genoux étroitement serrés, son sac à main posé à ses pieds. Elle s'est levée à mon entrée, en prononçant mon nom, puis m'a présenté sa main, paume tournée vers le bas – je l'ai prise sans trop savoir qu'en faire, et elle l'a laissée retomber après une poignée de main maladroite. Pendant un moment elle n'a rien dit de plus, elle n'a fait que sourire en hochant la tête, et nous sommes restés ainsi face à face, tels deux lycéens timides et empruntés le jour du bal de fin d'année. Enfin elle m'a prié de m'asseoir, d'un ton aimable mais ferme.

« Excuse-moi si j'ai eu l'air bizarre, l'autre jour à la station-service.

– Mais non, certainement pas... Je n'ai rien trouvé de bizarre, je veux dire.

– Je ne m'attendais pas à te voir, tu comprends.

– Bien sûr.

– Je ne te retiendrai pas longtemps, j'avais simplement un service à te demander. »

Ma grand-mère, à cet instant, est revenue de la cuisine avec un plateau chargé d'une petite théière et d'une assiette de biscuits. Je me demandais d'où elle avait sorti ces gâteaux, que j'aurais sans nul doute dévorés jusqu'au dernier si j'étais tombé dessus lors d'une de mes razzias nocturnes sur le placard à provisions. Ma grand-mère s'est jointe à la conversation, et elles ont échangé quelques nouvelles – mes parents installés dans le sud de la Californie, Evelyn qui vivait seule depuis que son mari avait succombé à une crise cardiaque, des années plus tôt.

« Ce doit être difficile, lui a dit ma grand-mère.

– On s'habitue avec le temps, Jenny, tu le sais aussi bien que moi. »

J'avais cessé de me préoccuper du service que voulait me demander ma tante, me préparant à quelque chose de franchement anodin – tondre sa pelouse, par exemple, ou effectuer de menues réparations à son domicile, à moins qu'elle n'ait eu en tête de me faire examiner sa Pontiac ; sachant que je travaillais dans une station-service, elle avait pu me prêter à tort des compétences en mécanique automobile. La question qu'elle a fini par soulever allait dans le sens de cette hypothèse, puisqu'elle m'a interrogé, sans que cela ait le moindre lien avec la conversation, sur mes qualités de conducteur. Quand je lui ai répondu que je débrouillais plutôt bien, elle a précisé ses intentions : « C'est un immense service que j'ai à te demander. Il faut que j'aille voir quelqu'un à San José, et j'espérais que tu accepterais de m'y conduire.

– À San José ?

– Ma vue n'est plus aussi bonne qu'autrefois. »

J'ai un peu tardé à réagir, désarçonné par sa requête. Un trajet de deux heures et demie pour conduire une parente éloignée que je connaissais à peine exigerait largement plus de mon temps que ce que j'avais escompté. D'un autre côté, je n'avais pas dans ma vie d'engagements bien pressants, même si je persistais à me bercer d'illusions sur les progrès de mes travaux littéraires.

Ma grand-mère m'a devancé : « Je suis certaine qu'il le fera avec plaisir, Evelyn. »

Mis devant le fait accompli, je me suis trouvé forcé de lui faire écho. « Mais oui, sans problème. Je serai ravi de vous aider. »

Chaque fois que je questionnais ma tante sur notre destination précise, elle me répondait simplement qu'elle devait rendre visite à quelqu'un, ou plutôt qu'elle avait une sorte de rendez-vous, et devant ses réticences à fournir davantage d'explications, j'ai fini par abandonner. Je me suis étonné par la suite que la majeure partie du voyage se déroule en silence, ayant prévu, sur la seule base de mes expériences avec ceux que je classais parmi les *adultes*, d'être soumis à une espèce d'interrogatoire sur ma vie privée et mes décisions personnelles. Evelyn, cependant, n'a quasiment pas ouvert la bouche, et au cours des six heures ou presque que nous a pris l'aller-retour, notre échange le plus poussé s'est porté sur ma vitesse de conduite. Elle voulait savoir si nous allions assez vite à mon goût, et quand je lui ai proposé de ralentir, elle m'a répondu ceci : « Oh non, j'allais plutôt te suggérer d'accélérer un peu. »

J'ai donc foncé sur l'Interstate dans le petit matin, la route dévalant les collines avant de filer d'un trait à travers Central Valley, bifurquant enfin vers le sud, juste avant les collines dorées, pour longer la baie. De temps à autre, nous apercevions fugacement l'océan et le pont, les bateaux de plaisance aux voiles triangulaires éclatantes de blancheur, tendues par l'infatigable vent marin, et, un peu plus loin, de lourds chalands qui se dirigeaient vers le port de San Francisco ; la silhouette de la ville évoquait une cité fantôme émergeant d'une nappe de brouillard gris foncé, que frangeait, dans sa partie haute, une bande de lumière d'un blanc pur qui m'a rappelé, une fois de plus, les volutes de fumée de mon addiction. Je savais que je pourrais acheter de la drogue dans cette immense métropole grise, une perspective dont la seule évocation a suffi à m'inonder de sueur.

Evelyn ayant tiré de son sac à main une petite carte routière, elle m'a bientôt fait quitter l'autoroute et m'a guidé ensuite à travers les rues, l'énorme capot bleu ciel de la Pontiac pointant en avant tel le plongeoir d'une piscine. Ignorant encore si nous cherchions un particulier ou un commerce, je n'ai pas trop su, au moment où elle m'a prié de me garer le long du trottoir, si nous étions parvenus à destination ou si elle souhaitait juste faire une pause pour se repérer – je l'ai compris seulement quand elle m'a dit de couper le contact. Le miroir du pare-soleil orienté vers son visage, elle a longuement inspecté son reflet, puis elle m'a réclamé les clés du véhicule, qu'elle a glissées dans son sac à main, et m'a demandé si je voulais bien l'accompagner.

Elle n'a pas attendu mon accord pour sortir de voiture, mais je l'ai suivie de fait sur le trottoir, regardant à ses côtés la maison devant laquelle nous nous étions arrêtés. Une maison jaune d'une absolue banalité, dans le style dit « bungalow californien », avec un petit perron blanc qu'encadraient deux larges piliers à base carrée. Je l'ai dit, je ne connaissais pas bien Evelyn à cette époque – j'ai d'ailleurs conclu depuis lors que personne ne la connaissait vraiment –, mais même un parfait étranger aurait pu percevoir son désarroi en cet instant, sa façon de se ressaisir et de démêler ses pensées, s'attardant si longtemps dans la rue que j'ai fini par lui demander si elle avait besoin d'aide.

C'est alors que j'ai vu, sur le seuil de la maison jaune, celle qui avait totalement accaparé l'attention de ma tante, une femme dont le visage et les épaules étaient plongés dans l'ombre de sorte qu'il était impossible de distinguer ses traits. Evelyn ne m'a pas répondu, et elle n'a pas fait non plus le moindre mouvement jusqu'à ce que ma main se porte timidement vers son bras et l'attrape avec délicatesse, sentant sous sa prise la finesse de son ossature. Alors seulement s'est-elle décidée à avancer vers la maison, sous le regard de la femme qui n'a pas esquissé un geste ni prononcé un mot, puis elle s'est immobilisée au bas des marches en béton.

« Kim ? a-t-elle dit. Vous vous souvenez de moi ? »

La femme a baissé vers nous ses yeux impassibles – je constatais à présent qu'elle était asiatique, pas vietnamienne mais assurément asiatique – sans que rien dans son visage n'indique qu'elle la reconnaissait ou même qu'elle avait conscience de sa présence.

« Je suppose que vous vous demandez ce qui m'amène ici, a repris ma tante.

– Qui est-ce ? » a demandé la femme sur le seuil.

Evelyn a jeté un coup d'œil vers moi et j'ai compris, à l'expression de son visage, qu'elle m'avait momentanément oublié.

« Oh, c'est le fils de ma cousine. John. Il m'a servi de chauffeur. »

J'ai lancé un bonjour embarrassé, et la femme m'a répondu par un signe de tête. Je voyais maintenant qu'elle avait, à peu de chose près, le même âge que ma tante et qu'elle était vêtue avec moins d'élégance qu'elle, d'un pantalon et d'un chemisier ordinaires, ses cheveux noirs auréolant son visage comme un nuage de barbe à papa – une coiffure assez proche de celle de ma tante, exception faite du foulard. Pendant quelques instants, j'ai cru qu'elle allait nous congédier en rentrant tout simplement dans sa petite maison, mais elle a finalement hoché la tête en disant doucement : « Mrs Wilson », comme pour se donner confirmation de l'identité de sa visiteuse. « Vous feriez mieux d'entrer. »

3

Ma tante m'a présenté la maîtresse de maison sous le nom de Mrs Takahashi. À ce moment-là, j'étais loin de saisir l'étroitesse des liens qui les unissaient, l'existence de ce fil rouge qui, en plus de relier leurs vies, celles de leurs maris et celles de leurs enfants, traçait dans le cours de l'histoire une brutale ligne de démarcation. Cependant, il faut un certain recul pour pouvoir attribuer au destin ou à la providence le premier contact entre ces deux femmes et entre leurs familles respectives – un rapprochement dont leurs maris, plutôt qu'elles-mêmes, furent les instigateurs ; et même la coïncidence que l'on pourrait y voir n'acquiert toute sa portée que par une vision rétrospective des événements, avec tout ce qu'ils ont engendré par la suite de souffrance, de chagrin et même de deuil, si bien qu'il vaudrait mieux, pour définir ce qui a permis leur rencontre, parler de simultanéité que de coïncidence. Et encore – il aurait très bien pu se faire qu'Homer Wilson, ce jour-là, n'exprime pas tout haut sa colère, et que Kimiko Takahashi, même s'il avait parlé, passe tout bonnement son chemin sans se soucier de ces mots d'anglais, suivant son mari dans la poussière et la touffeur de l'après-midi.

L'histoire m'a été dévoilée des années plus tard, peu après les obsèques de Mrs Takahashi, alors que je confiais à ses filles adultes, Doris et Mary, tout ce que j'avais découvert sur leur famille et sur la mienne : elles me rapportèrent à cette occasion la rencontre initiale – dont j'ignorais encore les circonstances –, à l'ombre des pêchers malades d'Homer Wilson, décrivant aussi les années qui l'avaient précédée, en remontant dans le passé jusqu'à la période japonaise. Cette première rencontre ne leur fut révélée que tardivement, car si l'on évoquait les années à Newcastle chez les Takahashi, on n'y prononçait jamais le nom des Wilson, pas après Tule Lake, Jerome, Oakland et San José. C'était une affaire du passé et une trahison, qu'il fallait effacer des mémoires.

Le récit qui me fut livré nous renvoyait en 1923, et il est très probable qu'Hiro Takahashi ait cru cette année-là voir s'envoler en poussière son rêve d'Amérique, pareil au nuage pâle qui montait de la route en tourbillonnant à leurs pieds – les siens et ceux de son épouse, qui tenait leur bébé dans ses bras. Depuis un certain temps, Hiro courait de ranch en plantation pour gagner sa vie, et cette lutte perpétuelle l'avait réduit à un bloc d'angoisse et de fatigue, aussi mince et aussi solide qu'une tige de fer. Ses inquiétudes, maintenant que sa femme portait un enfant contre son sein, avaient évolué en une espèce de fièvre.

Abîmé dans ses réflexions, il n'entendit même pas l'exclamation qui provenait du verger en bordure de la route.

« Putain de nom de Dieu ! »

Ce fut Kimiko qui tendit la main pour la poser sur son bras, et lui demanda doucement en japonais de s'arrêter.

« *Chotto matte yo* », souffla-t-elle.

Hiro s'immobilisa et promena le regard alentour, comme s'il émergeait d'un rêve. Des arbres. La route. Kimiko avec le bébé dans les bras. En la voyant ainsi, nimbée de lumière, il jugea certainement que tous ses efforts n'étaient pas vains, si grande que fût sa fatigue. Ses filles me raconteraient qu'il parlait fréquemment de Kimiko avec une sorte de crainte respectueuse, comme si, en dépit de leur longue vie commune, il n'arrivait toujours pas à croire que cette femme était la sienne, qu'elle avait partagé avec lui tant d'années d'épreuves, alors qu'il échouait sans cesse à se faire une place dans ce pays où il espérait trouver, lorsqu'il vivait encore sous la protection de sa famille dans la Préfecture de Yamanashi, des opportunités que le Japon ne lui offrirait jamais – encore moins après le mariage de son frère aîné, qui garantissait officiellement à celui-ci des droits sur le domaine que les Takahashi possédaient depuis plusieurs générations ; cet événement était une confirmation sans appel de ce qu'Hiro avait toujours su : la propriété familiale ne lui reviendrait jamais.

Sa première initiative fut de tenter un nouveau départ dans la ville de Kofu, à quelques heures de marche des vignes et des pêchers auxquels il avait consacré sa vie, mais il eut beau trouver rapidement un emploi – en tant que plongeur dans une pension –, il acquit immédiatement la certitude que cette ville n'avait rien à lui apporter. Les nuits de lune, il allait contempler le sommet blême du mont Fuji, parce qu'il savait que cette montagne, malgré tout ce qui avait changé, était celle qu'il contemplait enfant, du temps où il travaillait dans les vignobles et les vergers de son père. Et là, à Kofu, assis dans l'obscurité qu'éclairaient les lanternes, il se sentait presque capable de reconquérir son passé – mais il n'y avait rien d'autre, finalement, que cette ville drapée d'ombres et la silhouette pâle du mont éternel, bleutée et doucement luminescente sur la toile noire du ciel.

Son propre père avait, dans sa jeunesse, travaillé quelque temps en Amérique, et c'est probablement de là que l'idée lui est venue. Il n'avait rien à attendre de la Préfecture de Yamanashi, pas plus en ville qu'à la campagne, aussi retourna-t-il, une après-midi, sur la plantation familiale, afin de faire dignement ses adieux à son père et à sa mère, ainsi qu'à son frère aîné, à son épouse enceinte et à sa belle-mère. Après cela, il disparut dans les étendues infinies du Pacifique. Quoiqu'il eût prétendu qu'il rentrerait au Japon dès qu'il aurait gagné quelque argent, amassé un petit pécule, il savait déjà au fond de lui-même qu'il ne reverrait plus jamais les siens. Plus tard, les nuits où la lune illuminait Placer County, il lui arriva souvent de sortir marcher dans les hauteurs des collines, le regard braqué vers l'ouest, tendu au-delà de la vallée et peut-être même de l'océan, vers la montagne qui continuait à veiller sur les vergers de son enfance. Les choses se sont peut-être passées ainsi, ou alors elles ne sont qu'un élément du récit que j'ai composé pour Hiro et pour moi-même. Le mont Fuji non plus, il ne le reverrait jamais.

C'était le mariage de son frère qui l'avait chassé, et ce fut pourtant ce frère qui fut à l'origine de son salut. Hiro travaillait alors à Vacaville, ouvrier sur l'exploitation d'un Japonais austère, plus âgé que lui de dix ans ; quand lui parvint le courrier de son frère, il se réjouit de recevoir des nouvelles de chez lui. La petite enveloppe, cependant, contenait plus qu'une lettre : glissée dans le feuillet plié, il découvrit la photographie d'une femme, ou plutôt d'une jeune fille, vêtue d'un kimono traditionnel, et dont la coiffure en chignon lui rappela si vivement son pays qu'il faillit laisser échapper un cri de nostalgie. La jeune fille lui parut séduisante, même si cette considération avait peu d'importance. Un visage poudré, des yeux noirs. La lettre ne livrait guère de détails. Les parents et le frère d'Hiro avaient arrangé un mariage avec le concours d'une *nakōdo*, et le message précisait que la fille était issue d'une famille respectable de Tokyo. À ce moment-là, il ne lui vint pas à l'idée d'approfondir la question – était-il bien logique qu'une citadine de bonne famille soit expédiée outre-mer pour épouser un ouvrier agricole de Californie ? Il se demandait plutôt si elle serait capable de s'adapter à la vie qu'il menait, tout en gardant à l'esprit que c'était à la marieuse d'en juger, et de régler tous les autres points. Hiro n'avait qu'une mince expérience de la gent féminine, elle demeurait encore un mystère pour lui et il avait peine à concevoir que cette femme, cette Kimiko dont il gardait le portrait dans la poche de sa chemise, serait bientôt sienne.

Lorsqu'elle arriva à Vacaville, au début de l'automne 1920, Hiro s'était installé à Loomis, et c'est là qu'elle le retrouva. L'année où je retournai à Placer County, en 1969, on ne traversait plus ces localités que pour accéder à l'autoroute rugissante qui passait par San Francisco, Sacramento et le lac Tahoe, mais il s'agissait autrefois de petites bourgades animées, chacune pourvue, à l'instar de Newcastle, d'une identité et d'une fonction spécifiques. Hiro était parti vers le nord-est sur les conseils d'un homme rencontré au temple bouddhiste de Vacaville, qu'il avait suivis au nom d'une intime conviction : il n'était pas fait, lui semblait-il, pour demeurer indéfiniment ouvrier agricole, l'avenir lui promettait forcément mieux qu'un statut d'employé sur les terres d'un autre.

Kimiko le rejoignit donc à Loomis. Le logement qu'ils occupèrent, pendant ces premières années, n'était guère plus qu'une cabane, au milieu de constructions similaires qui abritaient des gens semblables à eux. De jeunes couples et quelques célibataires, quelques familles avec enfants ou hébergeant des parents âgés. Lorsqu'on l'envoya au camp d'internement de Tule Lake, puis à Jerome, au fin fond de l'Arkansas, Hiro se répéta souvent que même ces abris de fortune valaient mieux que ce qu'ils avaient connu au début de leur mariage : la pièce où Kimiko accoucha de leur premier enfant ne mesurait que deux mètres sur trois. Ils baptisèrent leur fils Raymond, un prénom qu'Hiro avait trouvé dans un magazine.

En 1923, Hiro avait vingt-deux ans, et Kimiko venait d'en avoir vingt.

Le bébé était encore tout petit le jour où ils entendirent cet éclat de voix jailli des vergers, et où Kimiko, avec ses gestes et ses mots pleins de douceur, pria son mari de s'arrêter. Hiro allait lui demander ce qui se passait, quand la voix retentit de nouveau.

« Merde, merde, et merde ! »

Cette fois Hiro l'entendit et, après un regard à sa femme et à l'enfant qu'elle tenait dans ses bras, il s'éloigna des grands tourbillons poussiéreux de la route et s'aventura dans l'herbe, entre les rangées d'arbres fruitiers.

« Bonjour ! s'écria-t-il en anglais. Vous avez besoin d'aide ? »

Il dut appeler encore une fois, car personne ne lui répondait.

« Qui va là ? » demanda-t-on enfin.

Hiro s'avança et se présenta selon la coutume américaine, en donnant d'abord son prénom, puis son nom.

« Hiroshi Takahashi. »

On était alors au printemps, et les arbres auraient dû foisonner de bourgeons tout neufs, mais si certaines branches en étaient chargées, d'autres ne montraient que des feuilles recroquevillées, boursouflées de pustules orange et rouge vif qui semblaient gorgées de sang.

« Vous avez besoin d'aide ? » demanda de nouveau Hiro.

Il finit par découvrir l'homme qui avait parlé : un Blanc qui devait avoir le même âge que lui, avec un chapeau de paille qui lui masquait à demi les traits, et qu'il inclina en arrière pour mieux regarder Hiro. Des taches de rousseur sur le nez, des oreilles d'une taille surprenante qu'il tendait dans sa direction, comme un cheval aurait rabattu les siennes pour écouter l'homme qui s'adressait à lui.

« Mince, je sais plus ce que je fais, dit-il avec un embarras manifeste.

– Je vous ai entendu depuis la route.

– Eh oui, je pique une colère tout seul. »

L'homme avait des cheveux châtain clair, moins jaunes que ceux de certains *hakujin*, mais tout de même assez semblables. Tous les deux portaient des salopettes en toile délavées, quasiment de la même couleur.

« Une colère ? répéta Hiro avec un léger sourire.

– Oui, je m'en veux de ne pas avoir sulfaté en temps utile.

– La cloque du pêcher, répondit simplement Hiro.

– La cloque du pêcher. Bouillie bordelaise, sans doute.

– Non, chaux soufrée.

– Ah oui ?

– *Hai.* » Et il reprit aussitôt en anglais : « Oui. C'est mieux avec la chaux soufrée.

– C'est quoi, votre formule ?

– Deux tiers, un tiers.

– Deux tiers de soufre, je suppose ? »

Hiro hocha la tête.

« Moulu comme le sel. Très fin. En hiver, peut-être février. »

Ce mot, « février », était difficile à prononcer, et il sentit qu'il l'avalait en s'efforçant d'articuler.

« C'est vrai, fit l'homme, je sais pas pourquoi je m'en suis pas occupé. Bon sang, y a tellement à faire, quand on y pense. Peut-être que je pourrais élaguer.

– Pas maintenant, c'est trop tard.

– Ouais, je m'en doutais un peu. » Il se tut un instant, puis demanda : « Vous seriez pas… chinois, des fois ? »

Son regard n'avait cessé de se promener entre les fruitiers et Hiro, mais à présent il se concentrait sur lui, étudiait le visage fortement hâlé, les yeux sombres mais pleins d'éclat, les joues un peu creusées dans lesquelles il voyait moins la trace des privations qu'un signe de vigueur. Ce jeune homme était tendu comme un arc, il suffisait de le regarder pour en avoir la certitude.

« Japonais, corrigea Hiro. Ça fait tard pour la chaux soufrée, mais c'est possible d'essayer. Passez-en ici, et puis là. »

Il désignait du doigt les troncs d'arbre, dont aucun n'était badigeonné de blanc.

« Commencez le traitement.

– Le quoi ? »

Hiro forma mentalement ces sons étrangers, puis les modula avec application :

« Le traitement.

– Ah oui, le *traitement*. Excusez-moi. Au fait, je m'appelle Homer Wilson.

– Hiroshi Takahashi. »

Ils échangèrent une poignée de main, et Hiro s'attarda une minute dans l'ombre auprès de cet homme – Homer Wilson.

S'il sentit agir la force d'attraction qui allait rapprocher leurs deux familles, il n'en laissa rien paraître, et pourtant elle ne pouvait qu'exister, cette force, tellement puissante qu'elle devait encore les réunir bien après que l'Histoire les eut violemment séparés.

« Bonne journée », dit enfin Hiro avec un signe de tête.

Comme il se détournait vers la route, où il avait laissé sa femme et le bébé, l'autre le rappela.

« Attendez une minute. Vous travaillez dans le coin ? »

Hiro lui indiqua qui l'avait employé, avant d'expliquer qu'il cherchait une place plus stable, un endroit où se fixer, car depuis la naissance de leur fils, précisa-t-il après un moment de discussion, ces déplacements continuels devenaient éprouvants pour sa femme.

« Les arbres, lui dit Homer, j'ai l'impression que c'est votre affaire.

– Oui. Au Japon, ma famille a des fruitiers. Pêches et *Kyoho*.

– Qu'est-ce que c'est ?

– Ah, du raisin. Comme le… Concord. »

L'homme opina plusieurs fois, avec un lent mouvement de la tête qui rappelait une louche puisant dans un seau.

« J'ai bien besoin d'aide, dit-il enfin. Avec votre formule, peut-être que vous pourriez m'être utile. La chaux soufrée, vous savez. »

Hiro le dévisagea.

« Un travail, alors ?

– Je vous promets pas grand-chose, mais si vous m'aidez à rattraper ces arbres, on peut quand même s'arranger. Question salaire, je veux dire. Peut-être qu'on trouvera au moins un moyen d'arrêter la maladie.

– Je sais pas où habiter.

– Oh, c'est pas un problème, j'ai une cabane pour vous. Même s'il y a pas mal de boulot à y faire, mettre un bon toit et nettoyer à fond, quoi.

– Pour moi, ma femme et le bébé ?

– Bien sûr. » Il laissa passer un moment et demanda : « Quel âge ?

– Vingt-deux ans.

– Non, je parlais du petit », fit l'homme avec un sourire.

Hiro lui sourit à son tour.

« Ah, Raymond. Il est deux mois. » Il rectifia aussitôt, en appuyant bien sur le verbe : « Il *a* deux mois.

– Raymond, vous dites ?

– Oui, Ray.

– Il me plaît bien, ce nom. J'ai un oncle qui s'appelle comme ça.

– Un nom américain.

– Et comment ! On a un bébé, nous aussi, il a presque le même âge que le vôtre. James Herbert Wilson. Mais on l'appelle plutôt Jimmy. » Il garda un moment le silence, comme s'il réfléchissait à quelque chose. « Vous, c'est bien Hiroshi ?

– Hiroshi, c'est ça. Ou Hiro, pour faire court.

– Héros ? »

Hiro lui répéta son prénom avec l'intonation japonaise, et cet homme, Homer Wilson, à sa grande surprise, la reproduisit à la perfection, en marquant à peine le « r ».

« Très bien. Vous pourriez parler japonais.

– Vous pouvez peut-être m'apprendre, si c'est ça. »

Homer eut un sourire. « Ça serait quelque chose, que je parle le japonais ! »

Il éclata de rire, puis ses yeux se posèrent de nouveau sur les branches, et Hiro suivit la direction de son regard. Le soleil les nimbait d'une lumière verte, jouant parmi l'entrelacs des feuillages. *Komorebi.*

Ils préparèrent la chaux soufrée dans une énorme cuve métallique qu'Homer gardait dans sa remise et réservait à cet usage, puis allumèrent un feu en plein air, avec la provision de vieux bois du précédent élagage. L'essence flamba un instant comme une étoile impossible, les feuilles sèches se racornirent sous l'effet de la chaleur, et enfin, au bout de plusieurs heures, le contenu de l'immense chaudron commença à bouillir. Les deux femmes, Kimiko et Evelyn, observèrent la scène de loin, jusqu'à ce que les vapeurs âcres du soufre, saturant l'atmosphère, les obligent à se retirer, chacune retournant vaquer à ses occupations. Hiro et Homer les regardèrent s'éloigner entre les arbres.

Pendant le restant de la semaine, les hommes badigeonnèrent les troncs d'arbres, et à force de travailler côte à côte, ils se découvrirent un rythme commun, une aisance qu'ils n'avaient prévue ni l'un ni l'autre. Hiro avait déjà travaillé sur une demi-douzaine de propriétés tenues par autant de patrons, et l'expérience lui avait appris combien ils étaient dissemblables, certains affables et distants, d'autres toujours à l'affût de la moindre faute, alors qu'il était évident que les ouvriers japonais, dont certains n'avaient que douze ans, en savaient souvent bien plus long sur la culture des fruits et légumes que ces pâles et revêches propriétaires. Cette fois, cependant, les choses étaient différentes. Cet Américain, cet Homer Wilson, avait envie d'apprendre à son contact et le traitait à peu près comme un égal ; il l'invita même un soir avec sa famille, renforçant le sentiment qu'Hiro éprouvait déjà envers lui : l'impression d'avoir trouvé un ami.

Peu importait aux deux hommes que leurs épouses ne se soient pas découvert des affinités comparables. Elles se parlèrent très peu au cours des premières semaines, et leurs échanges se révélèrent si réservés et si parcimonieux qu'il leur faudrait passer des années côte à côte avant que la somme de leurs conversations puisse remplir une seule page. La réticence n'était pas seule en cause : Kimiko se sentait gênée par sa mauvaise maîtrise de l'anglais, les mots semblaient lui échapper dès qu'elle voulait s'en servir. Elle dut attendre que ses deux filles emploient constamment cette langue à la maison pour en appréhender partiellement la logique et la texture. Mais cela se produisit beaucoup plus tard, après Tule Lake, Jerome et Oakland, alors que la famille s'était installée à San José, sa vie bouleversée à jamais. Quant à Evelyn, elle manquait tout simplement de la confiance, de la patience et des bonnes dispositions nécessaires pour guider cette jeune voisine à travers les écueils d'une langue inconnue. Pourtant, il se peut qu'elles aient partagé au début le désir de faire naître tout de même une amitié, chacune cherchant vainement dans sa tête quelque chose à dire.

Du côté de Kimiko, la complaisance hésitante des premiers temps finit par disparaître, et Evelyn ne fut plus à ses yeux que l'épouse de l'*hakujin* que son mari avait pour ami. Et même cela, elle le remettait en question, doutant secrètement qu'Homer Wilson considère Hiro de la manière dont lui le voyait. Une telle chose lui paraissait tout simplement impossible. Elle-même avait été envoyée en Amérique comme une espèce de colis honorant un contrat tarifé entre la *nakōdo* et les deux familles – la sienne et les Takahashi –, et quand on l'eut casée sans cérémonie à bord du bateau, on estima que la transaction était conclue. À ses yeux, pourtant, l'opération dans son ensemble avait fait fi des convenances les plus élémentaires. Elle était trop jeune, pour commencer. De plus, une étape du protocole avait été négligée – l'*omiai* –, puisqu'elle n'avait jamais rencontré son futur mari. Ce ne fut que plus tard qu'elle cerna un peu mieux les tristes circonstances qui avaient présidé à cette affaire : ses parents avaient sans doute été contraints de se séparer d'elle, leur situation financière avait dû se détériorer très sérieusement pour qu'ils saisissent en hâte l'occasion, en entendant parler du fils célibataire des Takahashi, de se décharger de l'entretien de leur fille unique avant qu'un décret du gouvernement américain ne supprime définitivement l'opportunité des mariages à distance. Peut-être les Takahashi ne comprirent-ils pas à quel point elle était jeune et encore proche de l'enfance, cette fille qui n'avait même pas vingt-deux ou vingt-trois ans mais tout juste dix-sept. En regardant son image des années plus tard, sur le portrait sépia qu'Hiro avait reçu de la marieuse et qu'il devait conserver sa vie durant, Kimiko fut frappée par l'innocence qui émanait d'elle en ce temps-là. Elle portait un kimono de cérémonie, ses doigts minces et fuselés noués sur ses genoux. Son visage était totalement dénué d'expression, pareil à un masque sous la poudre blanche du maquillage, et elle ne se rappelait pas, avec le recul, ce qu'elle avait pu ressentir dans le studio du photographe.

En revanche, elle ne pourrait jamais oublier la traversée en bateau. Elle souffrit du mal de mer pendant toute la première semaine, et quand elle commença vaguement à se rétablir, elle passa en revue les solutions dont elle disposait, avec un degré de précision qui en venait parfois à la choquer : se jeter du pont dans l'océan tumultueux (hélas, elle tenait à la vie) ; disparaître dans la première ville où le navire ferait escale (mais elle ne voyait, dans ces conditions, aucun moyen de survie) ; tâcher de convaincre les marins de la ramener au Japon (mais elle ne pourrait vivre là-bas qu'en proscrite, coupée de sa famille). Au bout du compte, elle se décida à faire au moins la connaissance de cet homme, Hiroshi Takahashi.

Il se révéla beaucoup moins beau qu'elle n'avait pu l'espérer, et nettement plus pauvre qu'elle ne le redoutait. La seule chose qui la retint auprès de lui fut sa gentillesse évidente, envers elle comme envers les autres, une qualité qui lui remua le cœur d'une manière qu'elle n'avait ni prévue ni même souhaitée. Elle n'aurait su que faire, naturellement, si elle avait quitté cet homme, ne connaissant personne à San Francisco ou dans ce pays étranger, mais pendant plusieurs mois l'idée s'attarda tout de même dans son esprit, une alternative théorique, faute d'être un projet crédible, une sorte de boussole qui la guida à travers les épreuves et les privations. Penser qu'elle choisissait d'être là plutôt qu'ailleurs relevait certes de la fiction, mais, les premiers temps, elle en tira du réconfort.

Lorsque j'interrogeai ma grand-mère sur Kimiko Takahashi, il lui fallut un petit moment pour comprendre à qui je faisais allusion – les Nippo-Américains étaient tombés dans un oubli si complet qu'ils semblaient avoir été rayés de sa mémoire. Un souvenir finit tout de même par émerger, et elle articula avec lenteur, à mesure que l'information se glissait de nouveau dans le léger sillon qu'elle avait laissé.

« Tu veux parler de la femme de Tak ? Oui, la femme de Tak, c'est ainsi que tout le monde l'appelait. Je crois que je n'ai jamais su son nom. D'ailleurs, personne ne le connaissait, probablement. »

À supposer qu'ils aient connu son prénom – non pas Kimiko mais Kim, puisque Evelyn l'appelait ainsi –, c'était bien peu de chose comparé à ce qu'ils savaient de ma tante et des femmes de son âge, de ces jeunes mères qui habitaient la ville ou la campagne environnante, mariées à des exploitants agricoles. En ce temps-là, bien avant ma naissance, leurs noms à toutes étaient connus, ainsi que ceux de leurs enfants. Concernant Mrs Takahashi, ce que savait ma grand-mère n'était guère différent de ce que la communauté blanche savait de toutes les Issei. Les hommes, bien entendu, lui étaient plus familiers, dans la mesure où ils partageaient les activités des fermiers blancs :

leurs parcelles respectives se touchaient, leurs fruits étaient pesés sur les mêmes balances, transportés dans les mêmes caisses Blue Anchor. De fait, ils connaissaient Tak et sa famille au même titre que les Doi, les Uyeda, les Nakae, les Yokote et bien d'autres, un groupe indifférencié dont la discrétion confinait au mutisme absolu sans qu'ils en approfondissent les causes, des voisins qu'ils saluaient brièvement lorsqu'ils croisaient leur chemin et qu'ils ignoraient le reste du temps.

Cependant, il s'avéra qu'Evelyn Wilson était aussi, à sa façon, une inconnue. Il n'en avait pas toujours été ainsi, malgré tout, et les gens du coin qui avaient grandi à ses côtés semblaient, quand ils parlaient d'elle, évoquer deux personnes distinctes : l'adolescente sérieuse, sans être revêche, qui deviendrait ensuite épouse et mère, et puis, comme si on avait actionné un interrupteur, la femme stricte et implacable que j'avais connue dans mon enfance. L'existence de la première – quelqu'un qui inspirait de l'affection, et pas seulement de la crainte et du respect – avait beau dépasser mon imagination, j'en recueillis maintes preuves au fil des discussions que je pus avoir avec diverses personnes en âge de l'avoir connue autrefois. J'entendis également rapporter plusieurs versions d'un événement dont elle semblait ne s'être jamais remise, et qui se déroula par une sombre et pluvieuse nuit d'hiver, au début de l'année 1933. Ray et Jimmy avaient alors dix ans et Helen huit, tandis que Mary, le deuxième enfant d'Hiro et de Kimiko, allait bientôt fêter son deuxième anniversaire. Evelyn Wilson, quant à elle, approchait du terme de sa troisième grossesse. Les Takahashi attendaient certainement qu'on vienne leur annoncer la naissance, si bien qu'en entendant heurter à la porte, tard dans la soirée, ils durent tous penser qu'on leur apportait enfin la nouvelle, que le bébé était venu au monde, fille ou garçon, et que tout allait pour le mieux. Mais les coups se succédèrent, violents, frénétiques, puis une voix aiguë d'enfant troua l'obscurité : « À l'aide ! À l'aide ! » La porte s'ouvrit alors sur le petit Jimmy, un garçon qui était venu chez eux des centaines de fois sans avoir besoin de frapper – il fallait qu'il ait eu bien peur, songèrent-ils après coup, pour taper ainsi du poing au lieu d'entrer directement. Le souffle haché de l'enfant projetait un panache de vapeur autour de son visage. « C'est ma maman, elle va mourir. »

4

La fournaise et la scène sanglante qui les attendaient dans la belle demeure des Wilson, Kimiko ne pourrait se les remémorer sans un frisson au cours des années à venir. Homer, à moins que ce n'ait été Jimmy ou la petite Helen, avait allumé dans la cheminée une flambée si puissante que la maison s'était changée en étuve, et les meubles eux-mêmes semblaient s'être embrasés, buffets et divans baignés d'une lumière orange et vacillante alors que la pluie fine tambourinait lentement contre les vitres.

En les voyant entrer, la fillette s'esquiva craintivement, et Homer ne leur jeta tout d'abord qu'un regard plein de confusion, l'air hagard, passant les doigts dans ses cheveux poissés de sueur. Quand parut dans ses yeux une lueur de compréhension, on eût dit qu'il émergeait d'un rêve. « Mon Dieu, Tak, dit-il alors, la voix tremblante de panique, en posant les mains sur les épaules de son ami. Il faut que tu fasses quelque chose. Je t'en prie, fais quelque chose. » Et lorsque Hiro voulut savoir ce qui se passait, il ne fit qu'esquisser un geste en direction de l'étage, d'où descendit au même instant, comme une cataracte, une plainte gutturale. Il s'agissait forcément d'Evelyn, mais on avait peine à le croire. Kimiko sentit son cœur palpiter de frayeur, pourtant au moment où elle se tourna vers les deux hommes, elle vit que c'était elle qu'ils fixaient du regard, comme si elle aurait dû savoir que faire, comme si, en vertu de son sexe, elle possédait une connaissance secrète.

Les mots lui vinrent spontanément en japonais – elle assura à son mari qu'elle ne savait pas, qu'elle ne pouvait rien faire, qu'il fallait aller chercher le médecin ou conduire Mrs Wilson chez lui, et pendant ce temps le regard d'Homer passait nerveusement d'elle à Hiro, jusqu'à ce qu'il ne puisse plus se taire. « Aidez-la, dit-il en anglais. Je vous en prie. » Quand Hiro lui demanda si le docteur était en route, il répondit que non, pas encore, sans expliquer pourquoi –, il était sur le point d'envoyer Jimmy le chercher – mais déjà Hiro s'adressait à l'enfant, lui commandait de passer prendre Ray et de courir de toutes ses forces, non pas chez le médecin en ville mais chez Mrs Matsuda, la sage-femme japonaise, plus proche d'un kilomètre ou presque. Il craignait un refus mais le garçon, comme s'il n'avait attendu que cet ordre, se rua vers la porte et disparut dans la nuit ruisselante, son corps frêle bondissant comme celui d'un jeune daim.

Accompagnant le claquement sourd de la porte, une nouvelle clameur leur parvint de là-haut, rugueuse et rauque, une sorte de grondement que suivirent cette fois de vrais mots où l'on reconnaissait, malgré le timbre suraigu de la souffrance, la voix d'Evelyn Wilson. « Homer ? J'ai besoin de toi ! » Elle appela encore son mari, avec dans la voix toutes les vibrations de la douleur, du désespoir et de l'épuisement qui la torturaient, mais Homer, au lieu de monter la rejoindre, demeura auprès de Kimiko, une main posée sur son coude.

« *Tasukete ! Tasukete !* » dit-il, et Kimiko se figura tout d'abord qu'elle avait traduit machinalement en japonais cette phrase toute simple – *Aidez-moi s'il vous plaît*, ou même *Sauvez-moi* – mais quand il la répéta elle se rendit compte qu'Homer Wilson lui parlait dans sa propre langue en se penchant vers elle, les yeux rouges et embués, les larmes près de jaillir, implorant et à bout de forces, terrifié. Elle aurait pu s'enfuir à ce moment-là, repartir par le sentier étroit qui séparait la grande demeure de leur rudimentaire maisonnette, un peu plus bas sur la butte voisine, et pourtant elle accepta, elle leur dit en japonais qu'elle était d'accord, puis elle gravit l'escalier obscur et s'approcha de la porte ouverte, et alors elle vit Evelyn Wilson qui la regardait depuis le lit aux draps entortillés. « Je vous en prie, faites-le sortir. Oh, mon Dieu, faites-le sortir, s'il vous plaît. »

Et elle qui ne savait rien de la parturition sinon qu'il fallait pousser et pousser encore – où étaient passés Mrs Matsuda et Thompson, le docteur des *hakujin*, qui devait venir de la ville, il n'y avait donc personne qui savait quoi que ce soit, et pourquoi, pourquoi l'avait-on désignée entre toutes pour se tenir au bout de ce lit, face aux cuisses ouvertes de la femme de leur patron qui baignait dans les eaux et le sang de la matrice, dans l'épouvante de ses hurlements ? Tout d'abord elle ne vit de l'enfant que deux petits pieds délicats, puis il n'y eut que la souffrance et l'effort, le reste de son corps toujours prisonnier comme un caillou bloqué dans un tuyau ; les organes dénudés de Mrs Wilson avaient l'air d'une créature innommable et monstrueuse étrangère à son corps, tendus à se rompre et gonflés sous la violence de chaque poussée laborieuse ; et malgré cela on ne voyait toujours que ces deux pieds tout menus au bord d'un tunnel cramoisi qui s'enfonçait dans le vide d'une obscurité moite. Pourtant il fallait bien qu'il sorte, ce bébé, il le fallait à tout prix. « Poussez plus fort », dit alors Kimiko, et elle le répéta indéfiniment jusqu'à ce que la langue anglaise l'abandonne, refluant loin de son esprit pour ne laisser que les mots japonais. Enfin, après un laps de temps qu'elle fut incapable de mesurer – une demi-heure, un jour ou la durée de toute une vie –, il y eut un déchirement brutal et un clapotement, et le bébé se retrouva entre les mains de Kimiko, les chairs bleuies, contorsionné et silencieux, chose flasque et hideuse.

« Est-ce qu'il est sorti ? Il est sorti de moi ? demanda Evelyn Wilson depuis sa couche trempée de sueur.

– *Eh*, répondit Kimiko. *Kawaisōni.*

La tête malformée de l'enfant ballotta affreusement sous sa prise, son corps inerte s'affaissait vers le lit mouillé. Elle ne savait comment la tenir, cette chose sans vie qui n'avait rien d'un enfant nouveau-né.

« C'est un garçon ?

– *Hai.*

– J'en étais sûre. Mais pourquoi il ne fait pas de bruit ? »

De nouveau, elle lui répondit en japonais, et pendant un long moment Evelyn garda le silence, puis, sans prévenir, elle commença à hurler, d'abord le nom de son mari et ensuite une lamentation inarticulée qui s'éleva comme un mugissement de sirène dans l'air fétide à l'odeur de métal, sa tête se balançant d'avant en arrière sur les draps emmêlés et imprégnés de sueur et de sang, sa bouche béante exprimant un désespoir atroce. Debout entre ses jambes nues et écartées se tenait Kimiko Takahashi, ses vêtements pareillement souillés de sang et de fluides corporels, présentant à bout de bras le cadavre violacé de l'enfant, comme pour le confier directement au bouddha Amida et au pur pays de l'au-delà.

À en croire ma grand-mère et les gens de la ville à qui j'ai pu parler, Evelyn ne fut plus la même après cette terrible nuit où Kimiko Takahashi l'aida à mettre au monde un enfant mort-né. La sage-femme japonaise, Mrs Matsuda, arrivée un peu plus tard, se précipita dans la chambre pour donner les soins à l'accouchée, aboyant des ordres à la femme *hakujin*, la recouchant de force contre l'oreiller imbibé de sueur et lui présentant une espèce d'infusion qui dégageait une odeur infernale. Evelyn fut incapable de la boire, à moins qu'elle n'en ait pas voulu, régurgitant sur le sol le peu qu'elle avait absorbé avant de céder à l'épuisement. En sombrant dans le sommeil, la dernière image qu'elle emporta de cette nuit fut celle de ces deux Japonaises à la porte de sa chambre, deux spectres venus du royaume des morts qui soutenaient son regard comme si elle devait bientôt les rejoindre.

Les obsèques eurent lieu sur la modeste concession de la section catholique du cimetière local, en présence des deux familles, les Wilson et les Takahashi, entourées des fidèles de la paroisse et d'une partie de leurs concitoyens réunis autour de la petite fosse, les brumes de cette fin février flottant dans l'air humide. Cette scène, Kimiko devait se la remémorer à diverses époques de sa vie, en particulier au lendemain de la bataille de Pearl Harbor, moins de huit ans plus tard, quand il devint évident que la lumière de leurs vies allait être obscurcie sans la moindre pitié, au point que la trêve fugace séparant deux malheurs lui ferait l'effet d'un songe engendré par la fièvre.

Pendant les journées hivernales où la terre se gorgeait de nouveau de pluie, c'était surtout le visage de ma tante qu'elle se rappelait, l'intensité de ce regard dur et gris rivé à la tombe ouverte, cette rigidité dans laquelle Kimiko voyait la fragilité d'un masque de papier. Ce jour-là Evelyn Wilson n'avait rien dit, et elle s'obstina longtemps dans son mutisme alors même que son mari surmontait progressivement son deuil et finissait par retourner à sa vieille complicité avec Hiro dans les vergers ensoleillés, plantant une nouvelle rangée de pruniers sur l'adret. Ma tante, elle, fut beaucoup plus longue à se remettre. Qui sait même si elle s'est remise un jour. Peut-être n'a-t-elle jamais pardonné à aucun d'eux ce qui lui était arrivé, même si bien sûr elle restait courtoise et avenante quand elle croisait leur chemin – voilà ce que vous avez fait, semblait-elle dire, peu importait qu'elle ait eu affaire à un ami ou à un ennemi –, et les choses demeureraient ainsi jusqu'en 1942, lorsque les bus arrivèrent et que toute la famille Takahashi disparut de leur vie ; seul Raymond reviendrait sur place, comme s'il n'avait pas eu d'autre but que d'achever de dévaster son cœur.

Après les obsèques, Evelyn se tint à l'écart de ses voisins. Il arrivait encore qu'Hiro, Kimiko, Homer et les enfants aillent pique-niquer dans les vergers ou au bord du canal d'irrigation, poussant parfois jusqu'aux berges de l'American River à Auburn, pour se reposer un moment des chaleurs et des travaux de l'été, mais ma tante ne participait jamais à ces sorties. On ne pouvait pas dire qu'elle vivait en recluse, bien entendu, puisqu'elle se rendait en ville de temps en temps – à Auburn pour le service religieux, et aussi à Newcastle – et qu'elle bavardait aimablement lorsqu'elle rencontrait une de ses connaissances. Mais si Homer lui proposait de les accompagner à la rivière, lui, les enfants et les Takahashi, ou de faire une balade sur la propriété, elle déclinait en se plaignant d'une migraine, et lui, alors, se gardait d'insister et partait simplement rejoindre ses amis avec les enfants pour passer en leur compagnie l'après-midi ou la soirée. Parfois, ils se contentaient de descendre au pied de Chantry Hill, dans le creux où Japantown alignait ses constructions basses et délabrées à l'ombre des peupliers de Virginie. Dès qu'il avait arrêté le pick-up, les petits dégringolaient du plateau et Homer offrait à tout le monde des crèmes glacées de chez Yoshida. Il remerciait le commerçant en japonais, une habitude qui provoquait de grands éclats de rire, non seulement chez Mr Yoshida, mais aussi chez sa femme et ses enfants, et même chez Hiro et Kimiko.

Dans ces conditions, les lieux conservaient aux yeux des plus jeunes une espèce d'aura, les rivières en été limpides et froides après la fonte des neiges, les chênes craquant sous la chaleur sèche pendant ces journées qui semblaient assez longues pour contenir une vie entière. Et qui pourrait prétendre que les choses n'auraient pas perduré indéfiniment si l'Histoire n'était pas venue s'en mêler, si la voix du Président à la radio n'avait pas dévidé une litanie d'agressions japonaises ? Ils ont attaqué la Malaisie. Attaqué Hong-Kong. Attaqué Guam. Attaqué les Philippines. Attaqué l'île de Wake. Attaqué Midway. La famille écoutait les nouvelles, réunie autour du petit poste de radio sous le rayon de la lampe, la voix du speaker sifflait et le poêle à bois cliquetait sous la chaleur.

« Pourquoi est-ce qu'ils ont fait ça ? demanda Raymond.

– Je n'en sais rien, lui répondit son père.

– Ça tourne mal », dit sa mère en japonais.

Et Hiro ajouta en anglais :

« Tout va s'arranger. »

Mais Kimiko répéta ses mots inquiets en anglais.

L'attaque avait eu lieu un dimanche, et même si l'office suivant se déroula de la manière habituelle – les psalmodies, le parfum d'encens, les intonations du prêtre –, quelque chose dans l'atmosphère semblait différent. Devant l'église, après le sermon, les hommes se regroupèrent de leur côté tandis que les femmes restaient entre elles, et on évoqua alors ce qui risquait d'arriver, les voix entourant Kimiko pleines d'une panique contenue.

« Mon mari dit qu'ils vont venir voir à quel point nous sommes japonais.

– Ce n'est pas possible.

– Ils ont tous les droits.

– Qu'est-ce qu'ils vont faire, alors ?

– Mon mari dit qu'ils enverront la police garder nos maisons.

– Pour les protéger de quoi ?

– Des gens.

– Quels gens ? »

Les derniers mots tombèrent avant que le silence ne s'abatte sur le groupe, une déclaration si catégorique que Kimiko eut l'impression de recevoir en plein cœur un coup d'aiguille glacé.

« Les Américains. »

À peine quelques jours plus tard, pendant que les filles étaient à l'école et que Raymond travaillait avec son père dans les vergers, Kimiko fit brûler le petit autel bouddhiste dédié aux ancêtres qu'Hiro avait fabriqué peu après leur installation dans la maison ; d'abord elle arracha le socle du mur avec un marteau, puis détacha une par une les pièces de la petite armoire pour les emporter dans la cour où un baril fumait déjà, abritant un berceau de flammes dans lequel elle laissa tomber les débris ; elle attisa le feu jusqu'à ce qu'une petite tornade lumineuse jaillisse en se tordant par la gueule du baril. Les porte-encens. Un petit feuillet sur lequel était inscrit le Seikatsu Shinjo qu'Hiro avait traduit en anglais pour le faire réciter aux enfants, posé près du coffret en laque noire renfermant les hymnes du moine Shinran que Kimiko, à présent, livrait l'un après l'autre aux flammes. Les coupelles laquées destinées aux offrandes. La bougie rouge. Les pièces textiles se consumèrent avec une fureur qui la surprit. Pour les objets métalliques – clochettes et lanternes, par exemple – elle avait creusé un petit trou en bordure des vergers, là où l'herbe touffue ferait une cachette sûre.

Avant de faire brûler le bouddha, elle prit soin de disloquer l'autel et de jeter au feu chacun de ses débris. Alors seulement, elle emporta l'Amida Nyorai qu'elle avait installé sur le comptoir de la cuisine, une statue de Bouddha assis sur une fleur de lotus, les yeux clos, ses pouces et ses doigts repliés effleurant l'échancrure du col de sa tunique. Pendant un long moment, elle regarda noircir le visage impassible criblé d'éclats de charbon, contemplant le foyer incandescent jusqu'à ce que la statue ait entièrement disparu dans les flammes.

« Attention, dit-elle à son mari ce soir-là, dans un chuchotement hargneux que les enfants pouvaient entendre. Ils viendront voir ce que nous avons chez nous. Ils verront bien que nous sommes japonais.

– Nous sommes américains, lui répliqua Hiro. Nos enfants sont américains.

– Leurs enfants à eux sont américains, rectifia Kimiko en pointant le doigt vers la maison sur la colline, où les petits Wilson étaient endormis dans les chambres de l'étage.

– Doris, Mary et Raymond ne sont pas moins américains qu'eux.

– Tu n'es qu'un nigaud. Un pauvre nigaud. »

Il dut toutefois tenir compte de ses arguments, car leur fusil disparut peu de temps après, ainsi que les réserves de pétrole et d'essence qu'Hiro rangeait dans sa remise et qui avaient probablement fini dans le hangar des Wilson. Les envoyés du gouvernement, quand ils se présentèrent finalement au mois de février – plus tard que ne l'avait escompté

Kimiko –, ne trouvèrent donc rien de compromettant à leur domicile. Malgré tout, un des hommes décrocha du mur un portrait photographique des parents d'Hiro, dont les silhouettes parurent frémir sous leurs vêtements traditionnels. « Qui est-ce ? » leur demanda-t-on. Les *hakujin*, trois hommes portant cravate et costume sombres, avaient investi sans un mot d'excuse le logement étriqué des Takahashi, ouvrant sans ménagement les tiroirs et les armoires, ils avaient même soulevé les lattes du plancher et exploré la végétation du dehors à la lumière de leurs lampes torches. À un moment, un des inspecteurs s'était arrêté à l'endroit précis où Kimiko avait enseveli les minuscules lanternes de l'autel domestique, mais il avait passé son chemin, ne sentant rien d'autre que la terre sous ses pieds.

« Ce sont mes parents, répondit simplement Hiro.

– Où habitent-ils ? s'enquit un des hommes, le ton dur et tranchant. Au Japon ?

– Dans les cieux », fit Hiro.

L'homme le dévisagea quelques instants, puis jeta un bref regard à la photographie avant de raccrocher le cadre à son clou. C'était le seul élément de leur autel que Kimiko avait sauvé, le seul à ne pas être parti en fumée, mais en voyant cet homme le décrocher du mur, elle avait presque regretté d'avoir voulu épargner quelque chose.

« Comment ça se passe, messieurs ? »

La question venait d'Homer Wilson, qui entrait dans la pièce avec sa carcasse dégingandée, ses dents en avant et ses oreilles décollées. Sa voix était ferme et posée, avec une note joviale.

« On a presque terminé, Mr Wilson.

– Quand vous aurez fini, je vous propose de passer prendre un café. Tu viens aussi, Tak.

– Je crois que ce n'est pas une bonne idée, objecta doucement Hiro.

– Mais bien sûr que si, Tak. On va boire le café tous ensemble, et ensuite on laissera ces braves gens continuer leur travail. Qu'est-ce que vous en dites, messieurs ? Un petit café pour la route ?

– C'est pas de refus », lui répondit un des hommes.

Et un deuxième renchérit : « Pareil pour moi.

– C'est d'accord, fit le troisième. Mais juste un, alors. On a pas mal de maisons à visiter.

– Parfait. » Homer se tourna alors vers Kimiko : « Vous pouvez aller demander à Evelyn de préparer du café ? »

Elle faillit refuser, lui répondre que ce n'était pas possible, mais elle eut alors la surprise de lire de l'effroi dans ses yeux – que pouvait-il bien avoir à craindre de cette situation ? Dans le fond, les Wilson n'avaient rien à perdre. Absolument rien. Kimiko, pour finir, hocha la tête, avant de sortir dans l'air frais de ce début de soirée.

Elle se sentit soulagée d'échapper à cet intérieur bondé et confiné. Tout en s'éloignant, elle entendait encore le remue-ménage de la fouille et la voix d'Homer, absurdement affable, qui filtrait à travers la porte. Au-dessus de sa tête, le ciel avait gardé les couleurs du jour, mais les arbres qui l'entouraient avaient déjà accueilli l'obscurité entre leurs ramures, silhouettés en bleu sombre et tout scintillants d'étoiles. Et même si Kimiko rechignait à se rendre chez les Wilson, elle savait bien qu'il y avait une raison à cela, qu'Homer avait forcément une intention, peut-être montrer simplement à ces gens que son mari n'avait rien d'un Japonais fanatique. Elle vit alors se découper, juste derrière la voiture blanche que les hommes avaient garée devant leur maison, une silhouette qui s'avançait dans le crépuscule argenté.

« Mrs Wilson. »

La forme demeura immobile et silencieuse, les traits voilés par l'ombre. Elle avait manifestement suivi son époux, sans pour autant entrer chez les Takahashi avec lui – Kimiko se demanda pourquoi, même si Mrs Wilson, bien entendu, ne mettait jamais les pieds chez eux en temps ordinaire.

« Mr Wilson demande de préparer du café, fit-elle doucement, en soignant son anglais. Mr Wilson dit que les hommes vont venir. »

Evelyn sortit enfin de son mutisme.

« Les hommes vont venir ?

– Oui.

– Ils n'ont rien trouvé, je suppose. »

Kimiko se borna à secouer la tête, sans être bien sûre que son interlocutrice, qu'elle distinguait à peine, pouvait la voir clairement. Autour d'elle l'herbe brillait légèrement sous les dernières lueurs du jour, pâle et miroitante.

« Vous vous êtes débrouillée pour tout brûler, alors ? »

Elle lui jeta un regard dur.

« Allons, Kim ! Je vous ai vue faire. Ça vous a pris des heures. Vous savez, ça ne change rien, ils savent quand même que vous êtes japonais. C'est évident pour tout le monde, en fait. » Lorsqu'elle se tut pour reprendre son souffle, Kimiko crut apercevoir dans la pénombre la courbe d'un sourire sur ses lèvres. « En tout cas, ce n'est pas moi qui trahirai votre secret. »

Kimiko fixa la silhouette noire qui se tenait en lisière des arbres. Plus tard, elle regretterait de ne pas avoir craché une insulte bien choisie en direction de cette ombre menaçante, mais sur le moment, les seuls mots d'anglais qu'elle réussit à prononcer furent : « Le café. » Elle s'en retourna ensuite à sa maisonnette, qu'elle contourna par la cour latérale, et quand elle fut à l'arrière, elle se laissa tomber sur la marche de l'entrée et fondit en larmes, le visage enfoui dans ses mains.

Après mon premier aller-retour à San José, j'ai interrogé ma grand-mère sur les relations entre Evelyn et Kimiko Takahashi, et j'ai pu constater après coup que son souvenir le plus marquant s'accordait à ce que m'ont ultérieurement décrit le vieux facteur de la ville, une ancienne employée de l'exploitation et les membres les plus âgés de la famille Tokutomi. Tous avaient gardé en mémoire une certaine scène datant de l'année 1942, l'après-midi de mai où les bus étaient venus ramasser près de la moitié de la population du comté pour l'emmener tout d'abord à Tule Lake, avant de la disperser dans plusieurs camps d'internement à travers le pays. Une sorte d'effervescence régnait ce jour-là sur la place gravillonnée, des grappes de gens s'étaient agglutinées sur tout son périmètre, hommes, femmes et enfants, les Takahashi et les Doi, les Hata, les Noda, les Nishikawa et tant d'autres, des fermiers blancs et des habitants de la ville mêlés à eux alors que beaucoup d'autres se tenaient à distance pour observer les Nisei et les Sansei qui patientaient au milieu des monceaux de bagages où se condensait toute leur vie : un pêle-mêle de valises, de baluchons et de cartons rudimentaires enveloppés de papier ou de toile, quand ce n'étaient pas de simples sacs de jute qui avaient peut-être contenu autrefois du fourrage ou du grain, et qui aujourd'hui, dans la chaleur du soleil estival, renfermaient la totalité de leur existence, rangés en petites piles sur le sol pendant que tous, Blancs et Japonais, attendaient l'arrivée des autocars. De l'autre côté de la place, les portes ouvertes du hangar à fruits laissaient voir l'intérieur sombre et poussiéreux du bâtiment, ses tapis roulants silencieux, ses encartonneuses à l'arrêt.

Cela faisait longtemps que l'on n'avait pas vu les deux femmes ensemble, et il sembla qu'elles avaient surgi soudainement, côte à côte, sur cette place. Dans mon imagination, elles se tiennent exactement devant la petite maison qu'habitait ma grand-mère en 1969, puisque c'est à cet endroit précis, m'a-t-on rapporté, que l'embarquement a eu lieu. Bien sûr, il est tout à fait possible qu'elles aient attendu ailleurs sur le pourtour de la place. Lorsque j'évoque aujourd'hui ma tante, il me vient à l'esprit l'image d'une beauté austère et un peu fanée, une veuve de soixante-neuf ans que le passage du temps n'avait cessé de rendre plus stricte et plus intraitable, mais la femme de ce jour-là n'avait pas plus de quarante-deux ans – sans être vraiment jeune, elle était bien différente de la dame âgée que j'ai pu connaître. Au dire de ceux qui la côtoyaient à l'époque, ce n'était pas le tragique du deuil qui dominait dans son attitude, mais plutôt une sorte de maintien physique qui semblait revendiquer le respect pour un acte, ou un comportement, dont la nature échappait à tous. Et tel fut le souvenir qui devait rester de cet été-là, celui de l'évacuation : une personne un peu en retrait, à l'écart des autres et peut-être même un brin hautaine, comme si elle savait par avance que ce jour devait arriver, et qu'elle n'était venue que pour assister à son déroulement.

Elle dépassait Kimiko d'une bonne tête et, quand elle prit la parole, sa voix, la voix d'Evelyn, de Mrs Wilson – même les gens de sa génération, d'après ce qu'ils m'ont raconté, ne l'appelaient jamais que Mrs Wilson, tout comme Kimiko Takahashi n'avait de nom pour personne –, perça de ses accents clairs et tranchants le brouhaha continu des voix plus lointaines et le crissement intermittent du gravier sous les pas.

« Tout va bien se passer, disait ma tante, comme si les deux femmes ne faisaient que reprendre le fil d'une conversation interrompue quelques heures ou quelques jours plus tôt, sur le chemin qui séparait leurs deux maisons. Vous verrez. Ils sont obligés de prendre leurs précautions, c'est tout. Vous reviendrez tous parmi nous, et je parie que ce sera très bientôt. »

La Japonaise qui se tenait dans son ombre ne disait pas un mot, hochant doucement la tête tout en regardant distraitement vers le rectangle de la place. Derrière elles s'alignaient trois petites maisons victoriennes, dont celle, en milieu de rangée, que j'occuperais vingt-sept ans plus tard avec ma grand-mère – trois maisons vides à ce moment-là, car leurs habitants étaient sortis pour observer la scène, échangeant calmement leurs opinions sur les événements en cours et les projets du gouvernement, sur la guerre avec le Japon et la rumeur selon laquelle on avait repéré des sous-marins ennemis au large des côtes californiennes, et sur la nécessité – tels furent les termes employés – d'évacuer tous les Japonais présents sur le littoral pacifique. Les gens furent surpris d'apprendre qu'Homer Wilson n'était pas acquis à ces vues, bien qu'ils aient eu connaissance de l'amitié qui le liait à son contremaître. Et malgré cela, ils s'étonnèrent encore de l'entendre prononcer, lors d'une intervention pendant la réunion du Comité des producteurs de fruits, des mots tels que « voisins », « amis » et « membres de la communauté » pour désigner ceux que nous avions envoyés dans des camps, comme s'il était soumis à un sortilège.

« De toute façon, ajouta ma tante, Homer ne restera pas sans rien faire. Vous verrez. »

Le visage de Kimiko demeura si impassible qu'on aurait pu croire qu'elle ne l'avait même pas entendue. Pourtant, elle finit par chuchoter une vague réponse :

« Merci, Evelyn. »

Celle-ci marqua un temps d'arrêt, car jamais cette femme, pendant toutes les années où elles s'étaient fréquentées, ne l'avait appelée par son prénom. Elle avait attribué cela à une espèce de coutume japonaise, ou à une distance qu'elle s'imposait, et il lui déplaisait que cette barrière soit tombée. Les formalités qui avaient toujours accompagné leurs relations, à quoi bon les abandonner, maintenant ou un autre jour ?

« Je sais que nous n'avons pas toujours été d'accord, dit-elle en pesant soigneusement ses mots, mais c'est le moment d'oublier tout ça. » Elle se tut brièvement, cherchant la formulation adéquate avant de déclarer : « Je tiens à ce que vous sachiez que je vous pardonne.

– Vous me pardonnez ? demanda doucement Kimiko, le regard toujours posé sur le sol de la place, ses cheveux relevés pareils à un orbe d'un noir profond.

– Oui. Il est important de tourner la page, vous ne croyez pas ?

– Si, lui répondit Kimiko d'une voix blanche et atone. Nous allons tourner la page. »

Sa réponse apporta à Evelyn Wilson un certain soulagement. Si seulement Kimiko Takahashi lui avait présenté ses excuses des années plus tôt, peut-être aurait-elle accepté de lui accorder son pardon, mais elle n'avait jamais rien dit et la situation s'était réglée par... Quels mots employer ? Une sorte d'évitement réciproque qui s'était changé en habitude. Mais tout cela, sans doute, avait cessé de compter.

« Je m'occuperai de tout en votre absence, fit-elle. Vous pouvez me faire confiance.

– Bien sûr.

– On est quand même voisins, n'est-ce pas ?

– C'est vrai. »

Kimiko acquiesça de nouveau, le visage sérieux. Sa propre mère l'aurait nommée *gaman*, cette manière de souffrir en silence qui n'était rien d'autre – elle l'avait appris et complètement intégré à sa façon d'être – que le cours de la vie même, une attitude si parfaitement fondue à sa trame qu'elle faisait partie des Quatre Nobles Vérités de Bouddha. En particulier, songea-t-elle alors, pour une femme dont l'existence était inextricablement liée à celle des hommes.

Les familles s'étaient maintenant séparées en petits groupes, qui se tenaient à quelques mètres à peine les uns des autres. Parmi tous ceux qui s'étaient rangés sur la place, certains comprenaient uniquement des personnes d'origine japonaise, tandis que d'autres incluaient dans leur cercle un homme, une femme ou un couple blanc ; chez les Issei, les Nisei et les Sansei, les hommes portaient des pardessus et des cravates, les femmes des tenues de voyage impeccables et pratiques, alors que beaucoup de Blancs étaient vêtus de salopettes, de chemises de travail ou de robes sans apprêt, de sorte qu'on aurait cru voir la rencontre incongrue entre des hommes d'affaires asiatiques et des fermiers blancs, contrepoint amer et même ironique à la scène qui se jouait là.

Mais ce n'était pas eux que Kimiko regardait, ces hommes et ces femmes de tous âges, ces Blancs et ces Japonais. Ce qui retenait son attention, c'était la silhouette claire et nettement découpée de son propre fils dans son jean et sa chemisette, tout près des enfants Wilson – qui, en réalité, n'étaient plus des enfants –, l'inséparable trio manifestant toujours cette complicité cultivée au fil des ans. En ce mois de mai 1942, Ray n'avait pas tout à fait vingt ans. À son retour de la guerre, une part obscure se serait mêlée à son caractère, quelque chose qui prendrait dans mon imagination l'aspect d'une floraison noire s'étendant sur lui au cours des nuits passées en pleine forêt vosgienne, alors que le sang de ses amis et compagnons coulait sur les pentes fangeuses tapissées d'épaisses broussailles. (À moins qu'elle n'ait représenté que moi-même, cette vision de la fleur noire, après les boues collantes du Vietnam, les piqûres des fourmis et les cratères des bombes le long du Rach Gia, remplis d'eau et de sang.)

À ce moment-là Ray n'était qu'un garçon troublé et déchiré, dont le cœur s'embrasait pour des raisons qui échappaient à sa mère, des raisons qu'elle ne découvrirait que bien plus tard, lorsque ma tante resurgirait dans sa vie – accompagnée de moi – et qu'elle comprendrait enfin quelle bête sauvage son fils avait abritée à l'intérieur de lui-même. Mais en ce jour de 1942, seule sa beauté la frappait, une beauté, elle en avait conscience, capable d'éclipser celle des jeunes Wilson, car le frère et la sœur n'avaient pas reçu en partage la délicatesse des traits maternels, ils avaient plutôt hérité du physique robuste et banal de leur père, ses oreilles décollées et ses dents en avant – la plus mauvaise part revenant au garçon. Quelque temps après, en voyant la marionnette Howdy Doody à la télévision, elle croirait avoir devant les yeux une caricature de Jimmy, et ce rapprochement provoquerait en elle un désarroi si violent qu'il lui faudrait quitter la pièce en hâte, bouleversée, sous le regard effrayé et perplexe de son mari et de ses filles alors adolescentes.

Tant qu'on ne la comparait pas à sa mère, Helen pouvait passer pour simplement ordinaire, la peau claire malgré une vie de plein air, les joues marbrées et le nez semé de taches de rousseur, des cheveux fins et raides qui tombaient sur ses épaules, d'un jaune pâle, même si Kimiko devait admettre que des fils dorés y brillaient dans la lumière du plein été. Sa mère avait renoncé depuis longtemps à discipliner un tant soit peu cette chevelure. Du reste, Kimiko n'avait pas beaucoup d'exigences quant à l'apparence physique, encore moins lorsqu'il s'agissait des enfants, mais quelque chose d'autre, dans le tableau qui s'offrait à son regard, avait capté son attention, l'impression, plus précisément, d'assister à une scène qu'il ne lui serait pas donné de revoir. Ils ne reviendraient jamais à Newcastle, mais Kimiko, en cet instant précis, ne le savait pas et pensait seulement que les choses auraient changé à leur retour, même si leur absence, à en croire Hiro et Homer, ne devait durer que quelques semaines. On allait les évacuer en tant qu'ennemis de l'Amérique, et quel effet cela aurait-il sur les enfants, qui, en ce moment même, serrés les uns contre les autres, discutaient avec le plus grand sérieux d'elle ne savait quoi ?

Raymond était parmi eux, la peau hâlée par le soleil, non pas couleur de bronze comme celle de Jimmy, mais d'une teinte plus foncée, granit ou écorce de chêne. Même à cette distance, elle voyait briller pendant qu'il bavardait ses yeux sombres et étroits sous les mèches de cheveux noirs et lustrés. Elle réalisa soudain qu'il était presque un homme. Dans un monde différent, il aurait pu devenir une star de cinéma, il était assez beau pour cela, d'une beauté profonde et intense, avec une touche tragique. Elle entendit alors son rire, l'écho de cette minute de joie, et elle se demanda, une fois de plus, ce que l'avenir réservait à ce garçon – à lui et à tous ces jeunes gens. Pour Jimmy comme pour Ray, la boussole de l'existence pointait déjà obstinément son aiguille vers une fin dramatique. Il restait tout juste un an à vivre au premier, et trois à l'autre. Quant à la vie d'Helen, elle volerait en éclats dans la foulée.

Kimiko attendait que cesse le quasi-monologue tendu d'Evelyn Wilson, quand la voix puissante d'Homer s'éleva à travers la place encombrée de bagages, appelant

Jimmy. Celui-ci s'éloigna de ses amis en marmonnant quelques mots, puis rejoignit Hiro et Homer près d'un petit tas de valises et de paquets étiquetés avec des noms et des numéros. Un peu plus loin, les mains de Ray et d'Helen s'effleurèrent brièvement, et Kimiko, qui les observait sans émotion, s'interrogea tout de même sur la portée de ce geste, sur la signification de ce contact hésitant et maladroit. Juste des enfants qui se disent au revoir, supposa-t-elle – il ne pouvait pas s'agir d'autre chose.

On entendait maintenant approcher les autobus. Homer, peut-être, avait déjà remarqué le bruit, et c'était pour cela qu'il avait appelé Jimmy. Mais pourquoi uniquement lui, et pas sa sœur ? Pourquoi l'un et pas l'autre ?

« Raymond ! » C'était la voix d'Hiro, et quand son fils leva les yeux, Kimiko eut l'impression que son masque impassible en recouvrait un autre, fait de chagrin, de souffrance et d'effroi. Mon garçon, songea-t-elle, mon beau garçon. « Va chercher tes sœurs ! » lui demanda son père, et les yeux de Ray retournèrent se poser sur la fille – ou la femme ? Non, c'était encore une fille. « Je vais avec lui », lança Helen, et ils tournèrent les talons d'un même mouvement.

« Ils sont là, dit Homer en posant une main sur l'épaule de son ami. Mon Dieu, quel gâchis.

– En effet, approuva Hiro.

– Un foutu gâchis. »

Kimiko s'étonna de voir Homer au bord des larmes, les yeux humides et brillants.

« On va régler tout ça, Tak, tu vas voir. Patiente juste une semaine ou deux.

– Et on s'occupera de tout en votre absence, ne vous inquiétez pas », ajouta Evelyn Wilson, qui se tenait près de son mari.

Hiro se tourna solennellement vers l'épouse de son propriétaire, la saluant de la tête avant de s'incliner légèrement.

« Vous êtes très aimable, Mrs Wilson. »

Doris et Mary étaient apparues dans l'intervalle, tout excitées et hors d'haleine. On entendait venir de la grand-route les grincements désagréablement aigus des freins pneumatiques et le ronflement bruyant des moteurs diesel qui forçaient dans la pente.

« Où est passé Raymond ? demanda Hiro.

– Chais pas, moi, fit Mary, alors que Doris s'était de nouveau sauvée en soulevant un nuage de poussière.

– Va le chercher. »

La fillette détala sur-le-champ, et les bus apparurent peu après, trois véhicules imposants qui décrivirent lentement un cercle sur la place avant de se garer en file indienne ; leurs portes s'ouvrirent les unes après les autres, comme pour une chorégraphie, tandis que les trépidations des moteurs et les gaz d'échappement, se répandant alentour, semblaient rendre concrets les rouages mécaniques dont ils émanaient.

Les moteurs s'arrêtèrent après quelques hoquets. Derrière les vitres, des visages se tournaient vers la vive clarté du soleil printanier. Certains parurent familiers à Kimiko, mais beaucoup ne lui disaient rien. Ainsi, ils allaient monter dans un autocar anonyme parmi des étrangers, à destination d'un lieu inconnu, cela après qu'elle avait abandonné son foyer, son pays et même sa langue maternelle pour rejoindre un homme qu'elle n'avait jamais vu et partager sa vie ; à cet instant, les dimensions et les contours de sa destinée ressemblaient à une lourde et terrible pierre qui écrasait son cœur.

Un *hakujin* était descendu d'un des bus, un grand échalas avec un costume en serge et une cravate souple, et ce fut sa voix fluette et nasale qui s'éleva pour faire l'appel. Pendant ce temps, quelqu'un inspectait les bagages pour s'assurer qu'ils étaient correctement étiquetés. Kimiko avait inscrit sur chacun des leurs un numéro suivi de leur nom. Raymond, parti elle ne savait où, était maintenant de retour, ainsi que Mary et Doris.

« Takahashi », appela l'homme en costume. Et il compléta après une pause : « Hiroshi.

– Oui », fit Hiro, et tout le groupe, les Wilson et les Takahashi, s'avança alors de concert. On rangea ensuite dans la soute valises et paquets, puis Kimiko monta sur le marchepied pour embarquer, précédée de ses filles et suivie de Raymond. Son mari était toujours dehors, et même si elle ne pouvait pas regarder par la vitre, elle savait qu'il échangeait quelques dernières paroles avec son ami *hakujin*. Les passagers déjà installés gardaient le silence, mais quelques-uns les regardèrent passer dans l'allée centrale. Elle se glissa sur une banquette libre avec Doris et Mary, tandis que Raymond s'affalait sur un siège côté fenêtre quelques rangées en avant, pile à la hauteur des Wilson – elle ne voyait que son dos, mais elle devinait qu'il braquait le regard droit devant lui, qu'il ne le tournait pas vers la place ensoleillée.

Son mari monta enfin, la démarche accablée, alors que la voix assourdie d'Homer Wilson leur parvenait de l'extérieur. « Tout va bien se passer, Tak. »

Quand il eut croisé le regard de Kimiko, Hiro chercha des yeux une place inoccupée et s'assit juste derrière elle, pendant que de nouvelles familles continuaient de monter. Hiro demeura silencieux. Doris et Mary se penchaient par la fenêtre, et l'une d'elles demanda : « Quand est-ce qu'on s'en va ?

– Bientôt », répondit Kimiko.

Comme pour confirmer ses dires, les grondements et les vibrations des moteurs. Un nuage de gaz d'échappement. Et puis le véhicule démarra brusquement, accélérant peu à peu l'allure dans un grincement.

« On est partis ! » cria Mary par la fenêtre.

Les bus s'éloignèrent en ronflant. Les passagers embarqués, les bagages enlevés, la famille Wilson demeura sur la place quasi désertée dans la lumière éblouissante, regardant se dissiper le sillage de poussière des autocars parmi les rares badauds – une poignée de cultivateurs et d'habitants de la ville, des enfants et des adolescents qui zigzaguaient sans but à travers la place.

« Bordel de merde, souffla Homer Wilson. Allez, on s'en va. On rentre à la maison. »

Evelyn, pour sa part, n'éprouvait rien d'autre que du soulagement. Avec un peu de chance, ils ne reviendraient jamais. Elle se sentait coupable de penser cela, mais n'avait-elle pas mérité que son vœu soit exaucé ?

Pendant un long moment, il lui sembla entendre le grincement lointain des bus, puis il s'affaiblit progressivement jusqu'à ce que la dernière pétarade, dans un tournant, leur renvoie un écho à peine audible. Et après cela ils sortirent de sa vie, ils en sortirent pour vingt-sept ans jusqu'au jour où je la conduisis à San José et où ses yeux se posèrent de nouveau sur Kimiko Takahashi.

5

Vingt-sept ans se sont donc écoulés, vingt-sept années pendant lesquelles ces deux femmes n'ont eu aucun contact, plus de temps, en définitive, qu'elles n'en avaient passé ensemble dans la petite ville paisible et désuète où je vivais avec ma grand-mère en 1969. Moi qui pensais accompagner ma tante chez une vieille amie ou une ancienne associée, je me suis trouvé confronté, dans le salon de Mrs Takahashi, à une succession déconcertante de silences gênés. De toute évidence, elles ne souhaitaient pas se parler, j'en ai reçu la preuve dès que Mrs Takahashi nous a invités à nous asseoir au salon, ma tante au milieu d'un petit canapé passablement défraîchi, et notre hôtesse face à elle, dans un fauteuil à oreilles. C'était une pièce parfaitement anonyme, un décor typique de la classe moyenne où seule une gravure du mont Fuji témoignait de l'origine des habitants, silhouette pyramidale se découpant en noir sur un ciel orange. À la faveur d'un silence prolongé, j'ai révélé à Mrs Takahashi que j'avais eu l'occasion, une fois dans ma vie, de voir cette belle montagne depuis le hublot d'un avion.

« Oui, m'a-t-elle répondu, elle est magnifique. »

Elle a hoché la tête sans un sourire, puis nous a proposé aussitôt, comme si elle préférait changer de sujet :

« Vous prendrez du thé ?

– Du thé ? ai-je répété. Oui, pourquoi pas ? Si ça ne vous dérange pas trop, bien sûr.

– Mais pas du tout. »

Au moment de quitter la pièce, elle s'est arrêtée assez longtemps pour jeter un regard à ma tante assise sur le canapé avachi.

« Vous en prendrez aussi, Mrs Wilson ?

– Je veux bien, Kim. »

Dans le moment d'attente qui a suivi, j'ai observé Evelyn, mais elle n'a jamais croisé mon regard, le visage fermé et tendu, pareil à un masque.

« Il me semble... » Ma gorge était inexplicablement sèche. « Il me semble que je ferais mieux de patienter dehors. »

Son regard s'est porté sur moi.

« Non, non. » Et elle a ajouté sur un ton plus doux : « Reste, s'il te plaît. Tu veux bien faire ça pour moi ?

– Oui, naturellement... Je me disais juste que vous étiez de vieilles amies, et je ne voudrais pas me montrer... indiscret.

– Oh non, il n'y a aucune indiscrétion là-dedans. »

J'ai cru alors qu'une explication allait suivre, mais dès qu'elle a compris que je ne menaçais pas de m'enfuir dans le jardin ensoleillé, ma tante est retombée une fois de plus dans le silence. J'aurais pu insister un peu si Mrs Takahashi n'avait pas reparu sur ces entrefaites, apportant sur un plateau deux tasses délicates et une troisième plus grossière, de celles que l'on peut trouver dans un *diner* d'autoroute.

Il y avait aussi un minuscule bol décoré, rempli de morceaux de sucre, et un petit pot de lait assorti. Nous avons entrepris de nous servir du thé. J'avoue que je n'étais guère familier de l'opération, et que j'ai dû me laisser guider par Evelyn. Mrs Takahashi avait gardé pour elle la tasse la plus solide, nous réservant les deux pièces plus raffinées, si bien que j'ai eu peur, pendant toute ma visite, de briser tasse et sous-tasse, tellement fines toutes les deux que j'avais l'impression de courir à la catastrophe dès que mes doigts se refermaient sur l'anse.

Nous nous sommes réinstallés sur nos sièges et les bavardages ont repris, si tendus que j'avais les nerfs à vif pendant que les deux femmes, sans bouger et parfois même sans dire un mot, se tournaient autour comme les lions dans les plaines du Serengeti. À ce moment-là, je ne comprenais rien à la situation, je ne voyais pas du tout ce qui avait pu pousser ma tante à me faire venir si loin pour rencontrer quelqu'un avec qui, me semblait-il, elle n'avait aucune intention de communiquer.

Evelyn a demandé au bout d'un petit moment :

« Et votre mari, comment se porte-t-il ?

– Il va bien.

– Il a pris sa retraite ?

– Oh, ça ne risque pas. Il ne tient pas en place.

– Et que fait-il, alors ?

– Il travaille dans une épicerie.

– Vraiment ? Dans une épicerie ? »

Mrs Takahashi a hoché résolument la tête sans fournir de détails ni prendre de nouvelles des Wilson, et elle a laissé la conversation se tarir. Peut-être s'étonnait-elle que ma tante ait fait – ou m'ait fait faire – un trajet de deux heures et demie pour venir la voir, mais elle n'en a manifesté aucun signe. Sa tasse entre les mains, elle n'a même pas questionné Evelyn sur ce qui l'amenait chez elle, et ne lui a pas fait la grâce de l'aider à exposer les motifs de cette visite inopinée à son domicile.

Cependant, un changement s'est produit à un moment de la conversation, et ma tante s'est alors lancée dans un récit à propos d'un voyage à Seattle avec sa fille mais elle avait beau parler, la finalité de son propos demeurait assez floue. J'ai cru comprendre tout d'abord que sa fille avait été souffrante, mais je me trompais, il semblait plutôt s'agir d'une grossesse. Les mots lui venaient rapidement, maintenant, et j'ai réalisé dans un sursaut que c'était à cause de cette histoire qu'elle était venue, et qu'elle éprouvait le besoin de la raconter, même si je n'en appréhendais pour l'instant que les grandes lignes. Il y était aussi question de religieuses, et peut-être d'un orphelinat. Evelyn avait signé un papier, la sœur était repartie, et sa fille – prénommée Helen – lui en voulait terriblement depuis ce jour. Présumant que Mrs Takahashi voyait plus clair que moi dans cette histoire inintelligible, je me suis étonné de l'entendre ponctuer de ses interjections le récit obscur que ma tante nous livrait sur un ton d'imploration de plus en plus désespéré. Kimiko n'a jamais haussé la voix, celle-ci s'est faite simplement plus intense, preuve qu'elle se trouvait dans une confusion presque égale à la mienne.

Sans en saisir tous les tenants et les aboutissants, je comprenais cependant que ma tante rechigne à révéler les raisons précises de sa venue, car je connaissais mieux que quiconque le potentiel de terreur démesuré que renferme la vérité. Ainsi, lorsque Chiggers m'a rendu visite un peu plus tard chez ma grand-mère, aucun de nous deux n'a été capable d'aborder ouvertement ce qui nous était arrivé au Vietnam, et encore moins ce que nous avions fait là-bas. Sans doute Evelyn éprouvait-elle quelque chose de semblable.

Nous nous ressemblions, elle et moi : elle savait probablement qu'elle avait mal agi, mais si la situation s'était de nouveau présentée, elle se serait comportée exactement de la même manière. Ce n'est qu'aujourd'hui, après tout ce temps écoulé, qu'il me semble distinguer clairement les contours de l'histoire de ces deux femmes, comme si l'image se découpait bien nettement dans le cercle minuscule d'un objectif, avec tout ce que j'ignorais alors – ce que tout le monde ou presque ignorait – bien présent en son centre, si essentiel qu'il réduit le reste à néant.

Durant toutes ces années, la famille Takahashi avait vécu sous le voile d'un énorme mensonge, qui motivait en grande partie la visite de ma tante à San José. Mais Kimiko, bien entendu, ne le soupçonnait pas encore. À l'époque dont je parle, Evelyn avait atteint un point critique dans la détresse et la solitude, qui l'avait finalement conduite à cette initiative désespérée consistant à rechercher, au bout de vingt-sept ans, la trace de ses anciens locataires. C'était l'aboutissement d'un long chemin semé d'un chagrin et d'une culpabilité qui tourmentaient son cœur depuis un quart de siècle, et sans lesquels elle aurait très bien pu garder le secret pour toujours. Cependant, une certaine date s'affichait sur le calendrier année après année, marquée au fer rouge dans la chair de son cœur, le 4 janvier, une date toujours plus lourde de résonances affectives, au point qu'elle en était venue à redouter les changements d'année et que son humeur s'assombrissait à mesure qu'approchaient la période des fêtes et l'anniversaire de ce jour de début 1943, à Seattle, où elle avait remis l'enfant entre les mains d'une religieuse et prononcé les mots qui devaient la poursuivre pour le reste de sa vie. « Il est à vous, désormais. Emmenez-le. » La religieuse avait hoché la tête à sa manière sereine et posée, les papiers blancs crissant entre ses doigts, et Evelyn avait apposé sa signature sans même les consulter, sans songer un instant qu'elle abusait de son autorité – n'était-elle pas toujours la matriarche de cette famille ? N'était-il pas de sa responsabilité de prendre des décisions pénibles ?

Quand ce fut fini, que les documents furent signés et l'enfant emmailloté emporté, elle retourna chez sa sœur, dans la petite maison décatie aux gouttières bordées d'un dépôt de moisissure noirâtre, cernée par cette forêt perpétuellement détrempée qu'il lui suffisait de regarder pour être parcourue de frissons. Dans ce moment de crise, elle avait su que Dottie était l'unique personne au monde à qui elle pouvait se fier complètement, mais à présent que la naissance avait eu lieu, que la paperasse était réglée et le bébé métis disparu à jamais de leur vie, elle ne pouvait se défendre d'un morne sentiment de solitude qui semblait s'égoutter des arbres et former une flaque jusque dans cette cuisine à la lumière vitreuse.

« Est-ce que...

– Oui, coupa ma tante. C'est fait.

– Je te sers un café ? »

Dottie se tenait sur le seuil de la pièce, son corps maigre sanglé dans un tablier dont elle tapotait le tissu.

Il y eut alors une réaction qu'Evelyn n'avait pas prévue, ses jambes flageolèrent et il lui sembla que tout son corps se vidait instantanément de son énergie. Elle dut se cramponner au montant de la porte pour ne pas s'effondrer.

Sa sœur la tenait, maintenant, et on aurait dit que ses doigts l'empêchaient de partir en morceaux.

« Viens t'asseoir. »

Elles restèrent un long moment assises à la table de la cuisine, leur café refroidissant dans les minuscules tasses en porcelaine que sa sœur avait héritées de leur mère, et elles fumèrent une cigarette en regardant par la fenêtre la bourrasque de neige fondue qui commençait à s'abattre du ciel gris.

« C'était la seule solution, reprit sa sœur. J'ai peine à croire qu'elle ait pu faire une chose pareille. Surtout par les temps qui courent.

– C'est terminé, maintenant.

– Tu es une bonne mère. N'importe quelle bonne mère aurait fait la même chose. »

Evelyn ne put que hocher la tête.

« Quand doit-elle rentrer ?

– Je ne sais pas trop. Dans quelques jours, je suppose.

– Bien, nous irons la voir dès que Tom sera de retour. De toute manière, tu as fait le bon choix, c'est évident.

– Pourquoi as-tu besoin de me le répéter ?

– Parce que tu as l'air malheureuse, ma chérie.

– Tu te trompes, lui répliqua Evelyn avec une pointe d'agressivité dans la voix. Je vais bien, je sais que j'ai fait le bon choix. Helen aussi le sait. S'il y en a une qui n'est pas d'accord, je crois que c'est plutôt toi.

– Ce n'est pas vrai, Lynnie, tu le sais pertinemment. Je suis toujours de ton côté.

– Pourtant, on ne le dirait pas.

– Pardon ? Je vous ai accueillies chez moi, Helen et toi, j'ai été là pour vous deux.

– D'accord, tu as raison. Tu as fait ce qu'il fallait.

– J'en suis bien convaincue.

– C'est bon, n'en parlons plus. Pourrais-tu me laisser seule une minute ? »

Plus tard dans la soirée, elles passèrent voir Helen dans sa chambre d'hôpital. Les couloirs de l'établissement étaient emplis d'une rumeur assourdie de conversations indistinctes, ponctuées par des piaulements et des clics étouffés, comme si ces espaces immaculés, au lieu d'être le lieu d'activités humaines, abritaient un remue-ménage d'insectes affairés.

La chambre d'Helen se trouvait au deuxième étage. À leur entrée, elle reposa un des magazines que sa tante lui avait donnés – quelques numéros de *Movie Show*, de *Life* et de *Photoplay*. Sur la couverture, Rita Hayworth sirotait un soda avec deux pailles.

« Comment te sens-tu, ma chérie ? lui demanda Dottie.

– Bien, je suis prête à rentrer à la maison.

– Le docteur t'a autorisée à sortir ? s'enquit sa mère.

– Pas encore.

– Alors nous devons attendre qu'il passe. Je suppose que tu pourras sortir demain – tout dépendra de ce qu'il va nous dire.

– Maman, je veux rentrer à la maison.

– Je sais, et ce sera pour bientôt. »

Quel égarement chez sa fille, et quelle jeunesse. Evelyn avait vingt-trois ans à la naissance de Jimmy, vingt-cinq lorsque Helen était venue au monde. Au même âge que sa fille, elle n'avait pas l'impression, toutefois, d'avoir été si fragile et si enfantine, même pas à dix-sept ou dix-huit ans. Elle-même était – comment dire – plus mature ? Oui, plus mature, et capable, aussi, de ne pas écarter les jambes avant sa nuit de noces, de rester intacte et virginale. Ça ne semblait pas une exigence démesurée, tout de même, d'empêcher les mains baladeuses des garçons d'accéder à certaines parties de son corps, et de comprendre quel type d'acte menait directement à ce qui venait d'arriver, non seulement à elle, mais aussi à sa mère et à Dottie, et à toute la famille. La honte qui leur tombait dessus.

« Où est-il ? » demanda Helen.

Il y eut un silence prolongé, Helen et Dottie attendant les explications d'Evelyn, et quand il fut clair qu'elle refusait de répondre, ou qu'elle en était incapable, ce fut Dottie qui prit la parole.

« Il est en sécurité, ma chérie. Il va rejoindre sa nouvelle famille.

– Comment tu le sais ?

– Je le sais, voilà tout. Tu peux confirmer, Lynnie ? »

Mais Evelyn persistait à se taire. Ce qu'elle désirait plus que tout, c'était en finir pour de bon avec ce scandale qu'elle jugeait intolérable. Se dire que plusieurs personnes étaient au courant – Helen et Dottie dans cette chambre même, et aussi le personnel de l'hôpital et la religieuse qui avait recueilli l'enfant –, c'était quelque chose qu'elle avait peine à supporter, cette idée lui faisait l'effet d'un incendie se propageant de pièce en pièce sans qu'elle puisse l'en empêcher, malgré le long voyage qu'elle avait accompli entre son pays de vergers et cette contrée pluvieuse, avec ses arbres ruisselants et ses fortes neiges dont les paquets humides tombaient comme de gros crachats visqueux.

Sans son insistance, la vérité n'aurait peut-être jamais éclaté. Mais sa fille avait fini par s'effondrer une après-midi dans la cuisine, où sa mère l'avait fait asseoir pour l'interroger. Et pourtant, la surprise avait été terrible. Evelyn avait certes remarqué que quelque chose n'allait pas, mais elle se figurait jusque-là, peut-être naïvement, qu'Helen s'inquiétait simplement pour Jimmy, qui s'était enrôlé sans daigner consulter ses parents, et n'avait peut-être même pas averti sa sœur de ses intentions. À supposer que Jimmy ait appris quoi que ce soit à propos d'Helen et de *ce garçon* – ils ignoraient encore de qui il s'agissait –, il n'en avait informé personne avant son départ pour le Pacifique. Si son fils était resté, Evelyn ne doutait pas qu'il serait passé aux aveux, car Jimmy était avant tout l'enfant de sa mère et son préféré, plus proche d'elle et plus ouvert que cette fille distante, secrète et entêtée. Il n'empêche qu'au fond d'elle-même, Evelyn savait bien qu'Helen lui ressemblait beaucoup plus que son fils ne lui ressemblerait jamais.

« Lynnie ? »

Elle se tourna vers Dottie, la voix dure et cassante.

« Qu'est-ce qu'il y a ?

– Je me demandais… Tu crois que le bébé est parti avec sa nouvelle famille ?

– Comment veux-tu que je le sache ?

– J'essayais juste de…

– Oh, je vois exactement où tu veux en venir. Tu permets qu'on passe à autre chose ? C'est trop te demander ?

– Mais c'est précisément ce que nous sommes en train de faire.

– Maman ?

– Oui ?

– Je veux le voir.

– Ce n'est pas possible.

– Si, je veux le voir. »

Evelyn se borna à secouer la tête. Une nappe d'électricité statique semblait planer dans la chambre. Par la porte ouverte, les bruits d'insectes leur parvenaient de nouveau : stridulations, claquements de pinces et de mandibules, vibrations des ailes membraneuses. Son cœur lui remontait à la gorge et y restait douloureusement suspendu, dur et palpitant.

Helen s'était mise à pleurer, quelques larmes suivies d'une sorte de hoquet, puis son corps bascula, comme brisé par la violence de son chagrin, de profonds halètements entrecoupant ses sanglots.

« Maman, maman », bredouillait-elle d'une voix hachée et stridente, déformée comme le son d'une radio défectueuse.

Evelyn, en la regardant, paraissait infiniment lointaine, comme si la jeune fille étendue sur ce lit d'hôpital n'avait aucun lien de parenté avec elle ; elle finit tout de même par s'arracher au désert de pierre de son cœur et approcha du lit le petit tabouret en métal. Elle prit sa fille dans ses bras, contrariée de voir qu'elle n'avait aucune réaction, qu'elle ne se penchait pas vers elle pour étreindre sa main et continuait simplement de pleurer.

« C'est pour ton bien, déclara-t-elle. Ce n'est pas le moment d'avoir un bébé, tu as toute la vie devant toi.

– Je te dis que je veux le voir. Juste ça. Qu'est-ce qui m'en empêche ?

– Ce n'est pas une bonne idée.

– Pour quelle raison ?

– Je t'assure que c'est mieux. Ce sont eux qui me l'ont dit.

– Qui ça ?

– Les gens de l'orphelinat.

– Qu'est-ce qu'ils ont dit, précisément ? »

Helen hoquetait ses questions entre deux sanglots.

« De faire aussi vite que possible.

– Est-ce qu'il est comme... À quoi il ressemble ? »

Evelyn ne lui répondit pas immédiatement. La question semblait l'écorcher comme du papier de verre.

« Maman ? »

Cette fois, Evelyn secoua la tête.

« Dis-moi, maman, à quoi il ressemblait ?

– Tu le sais parfaitement.

– Non, je ne le sais pas. Pour la bonne raison que je n'ai pas eu l'occasion de le voir. Je ne sais rien, rien du tout. Mais c'est mon bébé ! Il est à moi !

– Il a l'air d'un Jap, Helen, lui lança alors Evelyn. C'est ce que tu voulais savoir ? Ça t'aide à te le représenter ?

– Pourquoi est-ce que tu me dis ça ?

– Parce que c'est la vérité.

– Je l'aime.

– Tu n'as même pas idée de ce qu'est l'amour.

– Va-t'en. Sors d'ici et laisse-moi tranquille.

– Comme tu voudras. »

Evelyn se leva et lissa son chemisier avant d'aller reprendre le manteau d'hiver emprunté à sa sœur, drapé sur le dossier d'une chaise.

« Tout va s'arranger, ma chérie, fit Dottie de l'autre côté de la chambre. Tu verras, ça va aller.

– Bien sûr que non, protesta la jeune fille d'une voix torturée par l'émotion. Je ne m'en remettrai jamais.

– Allons, intervint sa mère, ne sois pas aussi théâtrale !

– Sors d'ici tout de suite ! »

Elle avait crié si fort que même Evelyn en fut surprise, elle qui avait pourtant entendu tous les hurlements et les plaintes de sa fille depuis le jour de sa naissance, une espèce de cri sauvage la fit se dresser d'un seul coup et projeter sa main pour venir heurter la joue d'Helen dans un grand claquement sec.

« Tais-toi donc, tu te conduis comme une enfant. C'est d'ailleurs pour ça que j'ai dû tout prendre en charge. Car tu es incapable de t'en occuper toute seule. »

Helen fixait sa mère, les yeux écarquillés et débordant de larmes, la paume plaquée sur sa joue cramoisie.

Dottie se tenait maintenant derrière sa sœur et lui posait délicatement une main sur l'épaule.

« Viens, Lynnie, il est temps de partir. Helen a besoin de repos.

– Pas même un mot de remerciement, après tout ce que j'ai fait, conclut froidement Evelyn.

– Laisse-moi tranquille. »

Helen répéta cette phrase plusieurs fois pendant que Dottie entraînait doucement sa sœur.

Une infirmière arriva, s'annonçant d'une voix cordiale avant même de se présenter à la porte, et Evelyn, faisant volte-face, se mit immédiatement au diapason.

« Ça, c'est une excellente nouvelle. »

Helen, toujours allongée, continua à renifler discrètement sur sa pile d'oreillers, aussi fragile et légère qu'un fagot de brindilles.

« Ce que vous devez comprendre, c'est que j'ai eu l'impression de faire le meilleur choix pour ma famille. Je tiens à ce que ce soit clair pour vous.

– Mrs Wilson.

– C'était encore une enfant, elle avait tout juste dix-sept ans. Elle ne savait pas ce qu'elle faisait, pas vraiment, et sa vie commençait à peine.

– Mrs Wilson.

– Comment auriez-vous réagi à ma place, s'il s'était agi d'une de vos filles ? Qu'auriez-vous…

– Evelyn. »

Au cours de cet échange, mon regard n'avait cessé de sauter de l'une à l'autre, comme si je suivais un match de tennis, mais à présent ma tante se taisait, son flot de paroles interrompu, le salon retentissant de silence.

« Je ne comprends rien à ce que vous me racontez, a dit Mrs Takahashi.

– J'essaie… J'essaie de vous parler du bébé. »

En un éclair, ses yeux humides et brillants ont fait le tour de la pièce.

« Le bébé d'Helen.

– Oui, le bébé d'Helen, mais aussi celui de… Mon Dieu, Kim. Mon Dieu, comment trouver les mots ? »

Je l'ai perçue alors dans le regard de Mrs Takahashi, cette première lueur de compréhension. L'incrédulité, tout d'abord, et puis la somme des années qui déferlait sur elle, l'époque de Newcastle marquée par la méfiance, la nuit de l'enfant mort-né, le passage des bus par cette après-midi de mai et enfin cette rencontre vingt-sept ans plus tard dans le salon de sa maison, tout le déroulement d'une vie que je ne connaissais pas encore mais qui m'accompagnerait au cours des années suivantes et se révélerait à moi par bribes successives qui viendraient combler les blancs sans que je l'aie vraiment cherché, jusqu'à ce que l'ensemble prenne appui sur mon cœur : les planches suintantes des baraquements de Tule Lake, les pêches, les prunes et les poires, la longue période passée à Oakland puis à San José, ses filles qui avaient grandi et s'étaient mariées, son mari toujours employé à l'épicerie où il travaillait depuis la fin de la guerre, la totalité du temps écoulé comme un flux mouvant et un tourbillon autour d'elle, et cette chose entre toutes, cet événement unique qui semblait fondre soudainement sur elle à travers l'immense disque du temps. Cela faisait bien des années qu'elle n'avait pas prononcé son nom, jamais à voix haute tout au moins, elle le conservait à l'intérieur de son corps comme une sphère douce et tiède, l'entonnant pendant qu'elle psalmodiait en chœur avec les fidèles au temple – *Namu Amida Butsu Namu Amida Butsu* – et l'entendant parfois retentir dans son cœur. Maintenant, il lui semblait qu'il n'avait jamais cessé de tourner autour d'elle tout ce temps et venait de basculer sous ses pieds, ce nom montant le long de ses jambes pour s'élever vers son ventre et son cœur, de sorte que lorsqu'il est enfin passé dans sa voix, le son s'est exhalé dans un long souffle ténu qui paraissait indépendant de ses cordes vocales, comme animé d'une vie propre.

« Raymond.

– Oui, a dit ma tante.

– L'enfant de Raymond ? Helen et lui ?

– Oui.

– Et vous… »

Le souffle coupé, elle sentait la pièce rétrécir autour d'elle, ses murs se rapprocher – cette pièce dans laquelle elle vivait, le salon de sa propre maison avec ses meubles et ses fruits en plastique sur la table basse et la gravure du mont Fuji accrochée au mur.

« Et vous avez laissé l'enfant ?

– Oui, aux religieuses de l'orphelinat catholique. À Seattle. C'est pour cela que je suis venue, Kim. Parce que j'ai besoin de vous. »

La voix d'Evelyn était maintenant plus forte, pas plus émue qu'auparavant mais plus puissante et plus nette, telle une cloche résonnant dans un ciel vide.

Mais lorsque Kimiko a parlé, sa voix à elle se distinguait à peine du silence.

« S'il vous plaît, sortez de chez moi, a-t-elle dit simplement.

– Kim…

– Sortez de chez moi. »

Ma tante n'a rien ajouté, et pendant un long moment nous sommes restés figés tous les deux dans cette pièce étouffante qui semblait vidée de tout son oxygène, nous laissant bouche bée comme des poissons arrachés à la mer. Enfin elle s'est levée, très raide, ses lèvres sévères hermétiquement scellées.

« Je suis désolée », a-t-elle murmuré.

Et avant même que j'aie pu me lever, Evelyn est sortie, faisant claquer derrière elle la large porte blanche.

J'ai reposé ma tasse fragile sur la table basse et je me suis levé à mon tour, ne sachant toujours pas quelle conduite adopter.

« Merci pour le thé. »

J'ai salué Mrs Takahashi de la tête avant de m'incliner légèrement, et ce geste avait beau me remplir de gêne, je n'en trouvais pas d'autre, je ne savais pas comment présenter mes excuses. Du reste, elle ne paraissait même pas consciente de ma présence, ne s'adressant à moi qu'à l'instant où j'ouvrais la porte.

« Garçon ou fille ?

– Pardon ?

– Le bébé… c'était un garçon ou une fille ? »

Elle s'était penchée en avant sur son fauteuil, les mains sur les genoux, immobile, sans un regard pour moi ni quoi que ce fût.

« Je n'en sais rien », ai-je répondu.

Et puis je suis sorti dans la lumière resplendissante de l'été.

6

Nous n'avons pas échangé un mot pendant le trajet du retour, et j'en ai donc été réduit à m'interroger sur ce que je venais d'apprendre – la naissance de l'enfant à Seattle, Evelyn et sa sœur Dottie, et puis Helen et le bébé. Et bien sûr Raymond Takahashi, dont je venais d'entendre le nom pour la première fois.

L'histoire a continué à me poursuivre de retour à la maison, alors que ma tante était repartie en voiture dans la lumière rasante du début de soirée qui projetait sur les herbes de l'été les ombres allongées des chênes. Ma grand-mère n'a pas compris grand-chose à mes questions, elle n'a pu que me confirmer qu'Helen était bien la fille d'Evelyn.

« Je ne savais même pas qu'elle avait des enfants, lui ai-je dit.

– Si, un garçon et une fille. Helen a épousé quelqu'un qui n'était pas du coin. De Chicago, peut-être ? Ou bien de Minneapolis ? Un voyageur de commerce, me semble-t-il. Ça doit remonter à une vingtaine d'années. »

Ma grand-mère, qui n'avait jamais quitté Placer County et bénéficiait en outre, grâce aux personnes âgées qui défilaient dans son salon, d'un afflux quasi quotidien de ragots variés et cocasses, put me fournir quelques informations sur la vie de ma tante. Ce fut peut-être en raison de ces commérages que je m'abstins de lui divulguer les détails de l'entretien auquel j'avais assisté, me limitant à un compte rendu évasif qui n'allait guère au-delà des menus propos par lesquels avait débuté la visite, concernant, entre autres choses, la santé de Mr Takahashi. Bien entendu, Evelyn m'avait expressément demandé de rester discret, une injonction qu'elle avait formulée au moment où je me garais devant la maison de ma grand-mère. Elle venait de me remettre trente dollars en liquide – soit deux fois plus que ce que je gagnais pour huit heures de travail à la station-service – que j'avais mollement essayé de refuser.

« John », m'a-t-elle dit sitôt la transaction conclue. Nos yeux s'étaient croisés, et pour la première fois ce jour-là, son attention se concentrait sur moi. Ce regard me fit l'effet d'un souffle chaud. « Je ne sais pas trop ce que tu as cru comprendre, et je ne me vois pas t'imposer de préserver mon secret – tu ne me dois rien, après tout –, mais j'apprécierais énormément que tu… si jamais tu pouvais…

– Ne vous inquiétez pas, tante Evelyn. De toute manière, je ne vois pas à qui je pourrais en parler. »

Il m'a semblé qu'elle jetait un coup d'œil vers notre maison, où ma grand-mère nous guettait déjà derrière la porte-moustiquaire.

« Je n'en dirai pas un mot », ai-je ajouté.

Elle a approuvé d'un signe de tête, les lèvres de nouveau closes.

À certains égards, il était assez curieux que je m'engage à garder le silence, puisque je n'avais aucune raison, comme l'avait souligné ma tante, de me sentir envers elle un quelconque devoir de loyauté, en dehors, je suppose, des obligations dictées par nos vagues liens de parenté. Et pourtant, je savais que je ne rapporterais rien à ma grand-mère de ce que j'avais entendu chez Mrs Takahashi, j'en étais déjà certain avant qu'Evelyn ne m'en fasse la demande. La seule justification que je trouve à cela, c'est que j'étais sensible à la dimension intime et presque sacrée du sujet, et que le seul fait d'être dépositaire de cette information m'intégrait à ce que je tenais déjà pour un cercle très fermé : moi-même, ma tante et Helen – si elle vivait toujours –, la sœur d'Evelyn et, désormais, Mrs Takahashi. Je m'étais contenté d'écouter sans poser de questions, mais il était clair à mes yeux que personne d'autre n'était au courant.

Je comprenais très bien pourquoi ma tante avait emmené sa fille jusqu'à Seattle, pourquoi elle avait dérobé son corps en pleine transformation aux indiscrétions de voisins trop curieux, et je comprenais également qu'elle ne souhaite pas que je raconte quoi que ce soit à ma grand-mère. Qui sait quel prétexte elle avait inventé à l'époque ? Peut-être une visite à sa sœur, tout simplement. Qui aurait pu y prêter la moindre attention ? Les circonstances, cette année-là, n'étaient pas si différentes de ce que j'allais vivre un peu plus tard avec Chiggers, lors de sa visite chez ma grand-mère, alors que les noms des garçons du coin figuraient régulièrement dans les journaux, nous donnant le sentiment vertigineux que la mort était venue danser avec sa faux au milieu des chênes.

Qui, en ce temps-là, aurait pu accorder la moindre importance au séjour d'Evelyn et de sa fille à Seattle, dût-il se prolonger pendant huit ou dix mois ? En cette année 1943, le comté s'était senti saigné à blanc : les Japonais avaient disparu et tous les jeunes hommes aussi, en même temps que les deux enfants Wilson – Jimmy dans l'armée, comme je devais l'apprendre, et sa sœur exilée sur la côte nord-ouest. Et dire que Ray Takahashi, interné alors au camp de Tule Lake, ne savait même pas qu'il était devenu père à l'âge de vingt ans, quelques jours à peine avant qu'il reçoive enfin la permission de s'enrôler dans l'armée américaine, il ignorait qu'il avait un enfant et que cet enfant avait été confié aux Sœurs de la Miséricorde dans cette région de forêts pluvieuses, au bord du Pacifique froid et tumultueux.

Moi aussi j'ignorais tout cela, bien entendu. Et le reste devait me parvenir petit à petit, à compter du jour où ma tante est reparue à la station-service et s'est garée devant les pompes à essence de la même manière que la première fois, quelques semaines auparavant. Ayant terminé le roman de Styron sur Nat Turner, j'étais revenu à *Look Homeward, Angel*, que j'avais déjà lu deux fois – dont une pendant mon séjour au Vietnam –, consumé par le style de Thomas Wolfe. *Perdu, et par le vent pleuré, ô esprit, reviens encore une fois.*

Un bruit de moteur m'avait fait sortir de la pénombre moite du bureau, et j'ai alors découvert la Pontiac avec, dans le cadre de la vitre, le visage de ma tante qui braquait déjà le regard sur moi.

« Tante Evelyn.

– Bonjour, John. »

Elle n'est pas allée jusqu'à me sourire – je crois bien qu'elle ne souriait jamais –, mais le signe de tête qu'elle m'a adressé se voulait probablement aimable ; son visage anguleux et ciselé était toujours bordé d'un foulard léger, dont les bords formaient une corolle autour de la masse bouffante de sa chevelure.

Elle a attendu que j'aie rempli le réservoir, lavé son pare-brise et que je sois allé chercher sa monnaie à l'intérieur pour exposer le véritable motif de sa venue – sa Pontiac, en effet, n'avait besoin que de quelques litres d'essence. Et j'ai accepté ce qu'elle me demandait, bien évidemment. Au-delà de l'intérêt financier, je me sentais curieusement intrigué par les zones obscures du récit que j'avais entendu lors de la précédente visite. J'avais, en outre, une motivation supplémentaire : pendant mes jours de congé, j'avais pris l'habitude de m'asseoir face à ma machine à écrire en buvant de l'alcool, de la bière dans un premier temps et ensuite de la vodka, sirotant à même la bouteille que j'avais planquée sous mon lit. Avec ma naïveté d'écrivain, je me figurais que la boisson n'était que l'ombre de cette incapacité à rédiger mon livre, et le spectacle de mes feuillets vierges stimulait d'heure en heure mes efforts pour huiler les rouages de mon imagination. Il ne me venait pas à l'idée que le principal obstacle à mon travail se nichait justement entre les flancs poisseux de ma bouteille – il me faudrait du temps pour m'en rendre compte. En résumé, j'avais besoin de quelque chose pour m'occuper l'esprit, quelque chose en plus du Vietnam. C'est donc ainsi qu'en milieu de semaine, le jour où j'étais de repos, ma tante est passée me prendre chez ma grand-mère pour une nouvelle expédition à San José.

Cette fois, Mrs Takahashi semblait plus ou moins s'attendre à notre visite. Elle nous a regardés sortir de voiture depuis le seuil de sa maison et, comme la fois précédente, son regard inflexible a arrêté net ma tante. Pas un mot n'a été prononcé avant que nous ayons atteint la petite volée de marches menant à l'entrée et, à ce moment-là, elle a seulement demandé :

« Du thé ? »

Evelyn n'ayant pas répondu, je l'ai fait à sa place.

« Oui, s'il vous plaît. »

Mrs Takahashi est rentrée en laissant la porte ouverte.

Elle a passé un certain temps dans la cuisine, et nous avons patienté au salon dans un silence complet. Notre hôtesse a fini par nous rejoindre avec le même plateau que la première fois : trois tasses – deux tasses délicates et ornées, et une troisième plus solide –, le petit pot de lait et le petit bol pour le sucre.

« Comment allez-vous, John ? m'a-t-elle demandé doucement.

– Moi ? Bien, je vais très bien.

– Vous êtes gentil de faire le chauffeur.

– Oh, ça ne me dérange pas. »

Ma tante était demeurée silencieuse – d'ailleurs elle n'était quasiment pas sortie de son mutisme depuis que nous avions quitté Newcastle –, mais en entendant parler la maîtresse de maison, elle a commencé à s'animer et a tiré de son sac à main un feuillet de petit format. Comme Mrs Takahashi ne s'avançait pas pour le prendre, elle l'a déposé sur la table, sa face imprimée bien visible, puis elle a repris sa posture rigide tout au bord du canapé, comme si elle avait l'intention de prendre la fuite d'une seconde à l'autre.

« C'est tout ce que je sais », a-t-elle dit doucement, en jetant un bref coup d'œil au document.

De ma place, je ne voyais pas ce qui était écrit, et Mrs Takahashi ne lui a même pas accordé un regard, immobile près de l'arcade qui menait à la cuisine, les yeux braqués sur la femme hiératique assise sur son canapé.

Je me demandais si elles allaient retomber dans la bizarre léthargie et les silences prolongés de notre première visite, lorsque Mrs Takahashi a pris la parole :

« Vous nous avez caché ça pendant vingt-sept ans. »

Sa voix était basse et posée, mais elle ne manquait pas de force.

« Oui, a admis ma tante. Et vous avez tout à fait le droit de m'en vouloir.

– À quoi bon venir maintenant ? Pourquoi n'avez-vous pas continué à vous taire ? Nous n'en aurions jamais rien su.

– Je suis là parce que j'ai besoin de l'aide de Raymond.

– L'aide de Raymond ?

– Oui, pour retrouver l'enfant. J'ai pensé que l'administration autoriserait peut-être Raymond à accéder au dossier, s'il en faisait la demande. En sa qualité de père, je veux dire.

– Raymond ? »

La voix de Mrs Takahashi ressemblait à un écho lointain et solitaire, comme si elle nous parvenait depuis une autre pièce.

« Oui, c'est l'idée qui m'est venue. Mais je comprendrais parfaitement qu'il refuse de m'aider, après ce que j'ai fait. Lui cacher la vérité.

– Raymond n'est plus là.

– Et alors, où est-il ?

– Il n'est jamais revenu de la guerre. » Pendant une minute, Kimiko est restée pétrifiée. Personne ne disait rien. Mon regard allait de l'une à l'autre, puis elle a murmuré :

« Je vais chercher quelque chose à manger.

– Kim ? Kim ? »

Ma tante la rappelait d'une voix forte, elle s'était levée et la suivait maintenant dans la cuisine, et j'ai bêtement suivi moi aussi, comme si j'avais une chance de pouvoir leur être utile. Mrs Takahashi s'affairait dans la pièce exiguë, elle a ouvert un placard, sorti une boîte de biscuits en fer-blanc, puis une assiette.

« Comment ça, il n'est jamais revenu de la guerre ? » lui a demandé Evelyn.

Mrs Takahashi a fini par la regarder mais elle ne parlait toujours pas, et elle est retournée à sa boîte de biscuits, disposant les gâteaux en cercle sur une assiette.

« Mon Dieu, a dit ma tante. Je n'y comprends rien.

– Qu'est-ce que vous ne comprenez pas ?

– Je me demande bien où il a pu aller.

– Il n'est allé nulle part, a déclaré Mrs Takahashi en se tournant vers elle.

– Non, ce n'est pas possible », a dit Evelyn. Elle s'était avancée dans la pièce, le souffle court. « Vous voulez dire que vous ne l'avez jamais revu ? »

Mrs Takahashi l'a dévisagée sans dire un mot.

« Pourtant il est revenu. Je vous assure qu'il est revenu, Kim. Il est passé par Newcastle, il portait encore son uniforme. Vous feriez peut-être mieux de vous asseoir, nous n'avons pas besoin de manger. Kim ? Kim ? Est-ce que ça va ? »

Mrs Takahashi semblait s'être changée en pierre, même sa peau avait pris une teinte grisâtre, et lorsqu'elle a fini par écarter de la table une chaise habillée de vinyle, on aurait cru en la voyant qu'une ruine s'effondrait. À ses yeux, la visite de ma tante devait ressembler à une lame de fond venue dévaster tout ce qu'elle avait construit à San José, un lieu distant de quelques heures à peine de Newcastle mais comme situé dans un autre monde, dans un monde meilleur, plus sûr et plus accueillant que tout ce qu'elle avait pu connaître avant la guerre.

Au bout d'un long moment, sa voix s'est élevée depuis la chaise près de la petite table : un son râpeux, comme du papier frottant contre du sable, le bruit le plus désagréable et le plus douloureux que j'aie entendu de toute ma vie.

« Dites-moi ce que vous savez sur mon garçon. »

Tout comme les révélations concernant la naissance du bébé de sa fille, le récit qu'Evelyn nous a fait du retour de Raymond Takahashi à Placer County s'est avéré hésitant et confus. Je ne découvrirais que plus tard, alors que l'été cédait la place aux premiers froids de l'automne, à quel point ce compte rendu était lacunaire, et d'autant plus incohérent qu'elle effaçait à chaque étape sa famille du tableau. Le récit que nous avons entendu tous les deux était si embrouillé que, dans un premier temps, nous avons cru que Ray n'avait fait qu'un bref passage à Newcastle. Il a fallu que Mrs Takahashi l'interrompe pour demander combien de temps il était resté et, même après cela, j'ai eu l'impression que ma tante continuait à lui dissimuler des choses – elle se tenait très raide, mais sa tête avait des petits mouvements saccadés et nerveux d'oiseau en détresse.

« Je ne le sais pas précisément, a-t-elle dit. Il était en ville, et du jour au lendemain il a disparu. J'ignore à quel moment il est parti.

– Mais d'après vous, combien de temps est-il resté ?

– Je ne saurais dire…

– Mrs Wilson.

– Un mois, peut-être. Ou six semaines.

– Six semaines ? »

La voix de Mrs Takahashi trahissait une profonde stupéfaction.

« Il a passé six semaines à Newcastle ?

– C'est difficile à évaluer, comme je vous l'ai dit. »

Ainsi, son fils était rentré au pays, il avait survécu à la guerre, mais pour une raison quelconque il n'avait jamais contacté ses parents, il n'avait même pas expédié un télégramme ni écrit une carte postale, au lieu de cela il était resté pas moins de quarante-deux jours à Newcastle et dans ses environs, quarante-deux jours pendant lesquels elle avait ignoré qu'il était en vie, séparé d'elle par quelques heures de route à peine – la durée, précisément, du trajet que je venais de parcourir avec ma tante –, une distance à ce point dérisoire qu'imaginer son fils si proche d'elle pendant plusieurs semaines sans qu'elle le sache, et bien vivant, dut lui faire l'effet d'une négation brutale de tout ce qu'elle avait fini par se résigner à croire : son fils bien-aimé avait péri en combattant pour ce pays qui avait enfermé en même temps que lui son père, sa mère et ses deux sœurs derrière des clôtures en barbelés. Elle l'avait cru, mais ce n'était pas vrai.

« Ce n'est pas possible, a-t-elle fini par dire. Nous avons cherché partout. Mon mari est même allé à Newcastle, mais il n'y était pas.

– Je n'étais pas au courant.

– Vous vous trompez. Vous l'avez confondu avec un autre.

– Non, Kim, je ne me trompe pas. J'ignore pourquoi vous ne l'avez pas trouvé. Il se peut que votre mari soit arrivé avant le retour de votre fils en Californie, ou juste après son départ. Mais Raymond est bel et bien venu, je vous le jure.

– Racontez-moi exactement ce qui s'est passé », a dit Mrs Takahashi d'une voix éraillée.

Dans l'intervalle les deux femmes s'étaient assises, chacune d'un côté de la petite table, près de la vitre derrière laquelle brillait une lumière jaune et diffuse.

« C'est ce que je fais, a répondu Evelyn. Ce que je viens de faire.

– Reprenez depuis le début. »

L'espace d'un instant, le corps de ma tante a paru s'affaisser, vidé de son énergie, puis elle a redressé le dos, sa colonne vertébrale se raidissant comme une baguette qui aurait relié sa taille à sa nuque.

« Ça remonte à très loin. » Lorsque Mrs Takahashi a voulu parler, Evelyn a levé la main pour lui imposer le silence. « Mais je vais quand même essayer. »

Et elle a en effet repris l'histoire à son commencement, même si ce début ne correspond pas vraiment à la scène d'ouverture que j'ai exposée ici. Selon sa version des faits, elle avait appris par son contremaître que Ray était de retour, et elle ne l'avait aperçu que de loin – en ville, ou quelques fois à Auburn –, si bien qu'il n'y avait, en définitive, pas grand-chose à raconter.

« Il faut absolument que vous retrouviez tous les détails, lui a dit Mrs Takahashi.

– Je regrette, mais j'en suis incapable.

– À qui d'autre a-t-il parlé ?

– Je n'en sais rien, Kim.

– Et il logeait où ?

– Au temple, peut-être, mais je n'en suis pas sûre. Je sais que certains Japs – pardon, certains Japonais – y ont été hébergés. C'est ce que j'ai entendu dire, en tout cas.

– Au temple luthérien ?

– Non, je parlais du temple bouddhiste. Mais il y en avait peut-être aussi chez les luthériens. »

Mrs Takahashi l'a dévisagée longuement, profondément sidérée.

« Alors ils étaient au courant ?

– Qui donc ? »

Ma question avait jailli sans prévenir, et les deux femmes se sont tournées vers moi comme si elles avaient oublié ma présence.

« Les Japonais, a répondu Mrs Takahashi.

– Nous avons simplement pensé qu'il était rentré chez vous. Vous comprenez ? On l'a vu pendant quelque temps, et puis plus rien.

– Non, il n'est jamais revenu auprès de nous. Je n'arrive même pas à comprendre ce qu'il est allé faire là-bas. »

Ma tante n'a pas répondu, c'était plus qu'elle n'en pouvait supporter. Elle qui était venue chez Mrs Takahashi pour lui réclamer de l'aide, voilà qu'elle se trouvait confrontée à quelque chose de bien différent, découvrant que la mère de Raymond, durant toutes ces années, avait cru son fils mort à la guerre, bien que l'armée l'ait informée (ou plutôt son mari, car c'était lui qui avait écrit au ministère) qu'il avait été démobilisé. Ils avaient connu alors une période de panique, comme je l'apprendrais ultérieurement, et quand ils avaient pris contact avec les rares agriculteurs japonais revenus à Placer County, on leur avait répété encore et encore que personne n'avait vu Raymond ; Hiro s'était même déplacé à Newcastle pour s'entretenir directement avec le prêtre bouddhiste, mais celui-ci lui avait dit la même chose. Je suppose, avec le recul, qu'Hiro n'a manqué que de quelques jours l'occasion de recueillir des informations sur son fils, puisqu'il a dû se rendre à Placer County une semaine ou deux avant l'arrivée de Raymond. Lorsque celui-ci s'est à son tour présenté au temple et a appris de la bouche du prêtre que son père l'avait cherché à Newcastle, il l'a certainement remercié avant de lui raconter un mensonge : il était passé voir ses parents et ses sœurs entre-temps, il n'y avait pas à s'inquiéter. Ray était un fils respectueux. Le prêtre a dû se contenter d'approuver en souriant, et les choses en sont restées là. Ni lui ni personne là-bas n'avait eu la moindre raison de contacter les Takahashi à Oakland. Pendant ce temps, les parents de Ray continuaient à envoyer des courriers à l'armée, un, deux, une douzaine, pour demander des explications, se résignant pour finir à la seule réalité qui leur semblât plausible : Raymond était mort, il avait péri quelque part en Italie, en Allemagne ou en France, et l'armée, suite à ce qu'Hiro décrivait comme une « erreur administrative », avait omis d'enregistrer officiellement son décès. Pour Evelyn autant que pour moi-même, cette révélation dont nous commencions à saisir la portée devenait plus essentielle que la grossesse cachée d'Helen, elle éclipsait même l'existence de l'enfant.

Toutefois, ma tante a passé sous silence l'apparition de Raymond à sa porte, par une chaude journée d'été, et elle n'a pas mentionné non plus ce qu'elle avait appris plus tard de son altercation avec Bob Campo, le contremaître, ni même ce qu'elle connaissait de ses déplacements dans les environs, qu'elle avait pourtant surveillés d'assez près. Sur le moment, son seul objectif avait été d'empêcher à tout prix une rencontre avec Helen, mais sa fille avait alors presque vingt ans et fréquentait désormais un jeune homme du coin – un Blanc –, si bien qu'il était impossible de la garder à la maison.

« Je suis désolée, Kim. Je croyais qu'il était tout simplement allé vous rejoindre. »

Pendant un long moment, le silence a résonné dans la pièce.

« Je ne comprends pas, a dit enfin Mrs Takahashi. Je ne comprends rien du tout. »

7

« Attends une minute… Il était où, à ce moment-là ?

– Qui ça ?

– Bon sang, Flip ! Le gamin japonais, qui d'autre ? »

Cela faisait quelques jours à peine que j'étais rentré de San José, et je ne connaissais l'homme assis à ma table que par le surnom qu'il portait au Vietnam. Je ne sais pas trop quelle était la règle dans les autres unités, mais la plupart des garçons de la mienne avaient reçu un surnom, sobriquet loufoque ou simple abréviation du prénom usuel ; en plus de Skip, Phil et Mike, nous comptions parmi nous un Apache Dan, un Mark-One et un Tenn (un raccourci de Tennessee), ainsi que Mama, un philosophe afro-américain colossal et bourru, et Professeur Ted, un poète fluet et amateur de drogues. Et il y avait, enfin, celui qui me faisait face à présent sur la banquette du *diner*. Mon ami Chiggers, avec qui j'avais fait l'expérience de la vie et de la mort dans la mangrove des marais, et pour qui j'éprouvais le genre d'amour qui peut lier deux anciens compagnons de guerre, deux hommes qui ont vu leurs camarades se vider de leur sang dans la boue ou finir déchiquetés, sans plus aucune ressemblance avec une forme humaine. Ceux d'entre nous qui en avaient réchappé s'étaient fait le serment de garder le contact et de se rendre visite, d'être là pour les mariages, les baptêmes et les fêtes, et il se peut qu'au moment de nous séparer, nous y ayons cru sincèrement. Pour être honnête, je ne pensais pas, depuis que nous avions quitté le delta, revoir un jour les uns ou les autres, pas même Chiggers qui avait pourtant été mon meilleur ami au Vietnam. Il m'était en effet venu l'impression, au cours de l'année écoulée depuis mon retour, que la guerre n'avait été qu'un rêve étrange dont je ne m'étais jamais complètement réveillé. Tout s'était déroulé *là-bas*, ailleurs, dans un autre monde. Et la guerre avait beau s'éterniser et se rappeler à moi chaque jour dans les journaux et à la télévision, j'avais du mal à concevoir qu'elle existe encore quelque part.

C'était donc une expérience insolite de retrouver Chiggers maintenant. Il avait téléphoné à Alhambra chez mes parents, qui lui avaient donné le numéro de ma grand-mère. Sa voix à l'autre bout de la ligne, portée par des kilomètres de câbles électriques, n'était pas sans me rappeler les grésillements de ma radio militaire, et l'espace d'un instant, si fugace qu'il en devenait irréel, je me suis senti renvoyé à la bourbe, à la fange et au sang répandu, renvoyé à la peur, puis cette sensation s'est dissipée et j'ai repris pied dans le salon de ma grand-mère, écoutant Chiggers m'annoncer qu'il s'arrêterait chez nous en allant dans l'Oregon pour le mariage d'un cousin. J'ai accepté, et je lui ai donné notre adresse.

À son arrivée, nous avions fait une virée en voiture, abusant passablement du cannabis de premier choix qu'il avait apporté de San Diego. Nous étions maintenant installés sur la banquette d'un restaurant Denny's quasi désert et attenant à un motel biscornu qu'on aurait dit collé à l'autoroute à deux pas de l'entrée d'Auburn, le siège du comté, une localité qui ne comptait guère plus de six mille âmes.

Je n'avais jamais vu Chiggers en dehors de l'armée, et la personne qui me faisait face avait peu en commun avec celle que j'avais côtoyée pendant la guerre. Il avait échangé son treillis et sa coupe militaire contre une chemise en denim, un bouc et des cheveux hirsutes qu'on n'aurait guère pu qualifier de longs selon les critères de 1969, mais qui en prenaient assurément le chemin. Si étonnant que cela puisse paraître, je ne l'avais jamais considéré comme hispanique tant que nous étions au Vietnam. Il lui arrivait pourtant de plaisanter sur ses origines mexicaines et de truffer ses jurons de mots espagnols, mais ce que nous faisions là-bas, ce que nous étions dans ce pays semblait aplanir les différences, ou plutôt leur ôter toute pertinence. J'avoue toutefois qu'en tant que Blanc, affirmer ce genre de choses m'a posé des problèmes que je m'efforce de démêler depuis. Sur cette banquette de restaurant, dans cette petite ville, Chiggers avait tout l'air du mécanicien latino débraillé qu'il était avant la guerre, et il avait d'ailleurs retrouvé sa vie d'avant. Malgré toute mon amitié et mon amour pour lui, je me demandais ce que les autres clients pensaient de nous, de nos yeux rouges et de nos fous rires de déments.

Il était si étrange de se dire qu'un an auparavant, nous étions encore tous les deux dans la Forêt des Assassins, l'antenne de la radio oscillant comme une immense flèche noire qui pointait systématiquement en direction de mes os et de mon sang. Que nous ayons réchappé de l'ensemble des combats sans dommages physiques – faute d'en sortir psychiquement indemnes – me semblait sans lien avec de quelconques compétences, ou même avec la chance : ce n'était à mes yeux que le fruit du hasard. En tant que catholique, Chiggers ne partageait peut-être pas ce sentiment, mais pour ma part je concevais mal que l'on puisse, enlisé dans pareil bourbier, persister à croire en l'existence d'un Dieu bienveillant, soucieux de notre intégrité physique et morale.

Et voilà que nous étions réunis sur les lieux de mon enfance, enchaînant cafés et cigarettes. À quoi rimait ce monde ? Comment ce monde-ci et la Forêt des Assassins pouvaient-ils exister simultanément ? En bordure d'un canal boueux, une rangée de paillotes aux toits de chaume explosait en gerbes fauves. Combien d'êtres humains se trouvaient à l'intérieur ? Six ? Douze ? Ou plus encore ? Des hommes, des femmes, des enfants brûlés vifs. Nous les enregistrions tous comme victimes vietcong. Et quelle que soit la façon dont je faisais le décompte, chacune était morte à cause de moi. Feu ennemi au nord du fleuve. Yankee-Sierra. Zéro-Un. Cinq-Sept. Six-Deux. Les nappes de fumée pourpre. L'oreille tendue, guettant le hurlement invraisemblable des Phantoms qui crachaient leur feu rugissant en descendant du ciel.

Chiggers et moi avions déjà évoqué plusieurs gars de notre ancienne compagnie, mais ni lui ni moi n'avions de nouvelles précises à échanger. Un des membres de notre escouade allait bientôt se marier – nous avions tous les deux reçu une invitation – mais il vivait au fin fond de l'Alabama, ce qui me fournissait un prétexte commode pour décliner. Nous avons vaguement invoqué la question financière, mais en réalité nous refusions tout bonnement de le voir se conduire comme si la vie était normale, destinée à suivre son cours malgré tout ce que nous avions fait, malgré tout ce que nous avions échoué à faire.

Sans trop savoir pourquoi, j'ai raconté à Chiggers mon premier voyage à San José avec ma tante. Si j'en ai parlé, c'est peut-être parce que cet événement avait déclenché en moi quelque chose d'assez fort pour captiver mon attention, suffisamment en tout cas pour que j'aie envie d'en explorer les différentes facettes. Après lui avoir rapporté la singulière conversation qui avait eu lieu dans le salon de Mrs Takahashi, je me suis lancé dans une longue digression qui s'achevait par le départ des bus sur la place. Que Chiggers ait réussi, défoncé comme il l'était, à se souvenir du début de l'histoire relève plus ou moins du miracle. Il m'avait demandé ce qu'était devenu Ray Takahashi et attendait ma réponse avec le sourire, suspendu à mes paroles comme un fidèle labrador.

« J'ignore ce qui lui est arrivé. Personne ne le sait.

– Mais sa petite amie a eu un bébé.

– C'est exact.

– Un bébé de lui. »

J'ai confirmé d'un signe de tête.

« C'est pour la retrouver qu'il est revenu ?

– Ce n'est pas impossible, mais moi je crois qu'il n'était pas au courant.

– À propos de l'enfant ? » Chiggers a tiré sur sa cigarette. « Pourquoi il serait revenu, sinon ?

– Ça non plus, personne ne le sait.

– *Dios mío*, personne sait rien sur rien.

– Apparemment. »

J'ai réalisé alors que mon histoire se réduisait à pas grand-chose, et nous avons recommencé à fumer et à boire des cafés. Je me demandais combien d'herbe il lui restait dans sa voiture, et quelle somme je pourrais réunir pour m'en procurer lorsqu'il aurait repris la route de l'Oregon.

Malgré les changements que j'avais pu remarquer, Chiggers, dans le fond, restait égal à lui-même. Il était encore et serait toujours le vieux Chiggers que j'avais côtoyé à la base de Dong Tam, dans la Plaine des Roseaux et parmi les innombrables cours d'eau anonymes qui serpentaient à travers la mangrove, les palmiers et les cacaotiers, ces tunnels ombreux qui semblent encore aujourd'hui m'entraîner vers les horreurs inconnues que voile leur lumière glauque.

Là-dessus, la serveuse est venue nous apporter nos assiettes. Dans celle de Chiggers s'empilaient des œufs, du bacon, des saucisses et des pancakes, tel un mémorial dédié à tous les petits-déjeuners dont nous avions rêvé au Vietnam. La mienne lui ressemblait beaucoup.

Dès son arrivée, Chiggers m'avait prévenu qu'il devrait reprendre la route sans tarder, et pourtant la soirée s'éternisait au Denny's, à tel point qu'il a envisagé de s'informer du tarif des chambres auprès de la réception du motel.

Je lui ai alors suggéré de dormir à la maison, même si je n'avais qu'un petit canapé à lui offrir.

« Ça ne va pas gêner ta grand-mère ? m'a-t-il demandé avec ce sourire que je connaissais bien.

– Il faut que je lui pose la question, mais ça ne devrait pas la déranger. »

En vérité, ma grand-mère a paru soulagée par ma requête, comme si la présence de Chiggers posait un baume provisoire sur un aspect de ma vie qui la préoccupait. Après nous avoir demandé si nous souhaitions boire ou manger quelque chose, elle s'est retirée dans sa chambre et j'ai emmené Chiggers s'asseoir sur la véranda derrière la maison. Elle donnait sur le jardinet plongé dans la nuit, sur le petit carré d'herbes hautes que j'avais négligé de tailler, et sur le vieux prunier noueux, chargé de fruits déjà pourrissants dont les relents, portés par les rares bouffées du vent nocturne, nous arrivaient par intermittences. Nous avions peut-être eu tort de nous installer ainsi dans l'obscurité – peut-être aurions-nous mieux fait de nous réfugier dans l'arrière-salle alcoolisée du Denny's, avec son bar et son dance floor miteux – car la proximité de Chiggers avait semé le trouble dans mon cœur, me donnant l'impression que l'immense étendue de l'océan Pacifique s'était repliée sur elle-même au cours de la nuit et que les douze mille kilomètres qui me séparaient du Mékong n'avaient cessé de se réduire : pour un peu, j'aurais distingué au-delà de la clôture la trajectoire des balles traçantes se dessinant en rouge sur le noir du ciel.

« Content que tu ailles bien, mec, m'a dit Chiggers.

– Pareil pour toi. »

Pendant un moment, il a fumé en silence. La nuit, autour de nous, conservait des vestiges de la chaleur du soleil qui se diffusaient à travers le plancher, l'herbe et les arbres du jardin, mais le fond de l'air était assez frais pour que ma peau se hérisse de chair de poule. Les stridulations obstinées des criquets montaient de l'ombre opaque de la végétation désordonnée, et une rumeur plus lointaine nous parvenait de l'autoroute, scandée par les ronflements plaintifs des camions qui fonçaient dans la descente. J'ai cherché en vain les mots qui auraient pu empêcher les pensées de Chiggers de vagabonder, et sa voix a fini par émerger du noir.

« C'est juste que, sur la fin, tu avais commencé à craquer. On en était tous là, c'est sûr, mais après Phil et Dan, et toute cette merde… On en a bavé, à ce moment-là.

– On en a bavé tout du long, en fait.

– Tu vois ce que je veux dire. »

Chiggers a tiré sur sa cigarette. La mienne s'était consumée jusqu'au filtre. Pour des raisons mystérieuses, et impossibles à formuler, j'ai tout à coup souhaité le voir repartir. Jusque-là, je m'étais forcé à ne pas penser à lui, à ne pas penser aux autres. Même si je n'étais jamais allé au-delà du court extrait publié dans *Esquire* et de la pile de fiches posée près de la machine à écrire, dans la chambre d'amis de ma grand-mère, je percevais tout ce qui touchait au Vietnam comme un sujet de fiction. La part de création me procurait une impression de contrôle, tangible bien qu'illusoire, qui englobait non seulement les paysages mais aussi des situations et des personnages précis, de sorte que si la vie et la mort de mes camarades fictifs restaient assez proches de celles de leurs homologues réels, c'était cependant à moi, et non à quelque Dieu lointain, que revenait le rôle du maître arbitraire et implacable. De cette manière, je pouvais garder secrètes mes expériences personnelles et me concentrer sur l'ambiance générale, la géographie et l'intensité du vert, l'omniprésence de l'humidité poisseuse, le hurlement strident et métallique des tirs, les éruptions flamboyantes que produisaient les Phantoms quand ils descendaient du ciel pour anéantir leur cible – une gageure dans laquelle j'engageais chaque nuit ma mémoire. J'évitais donc de penser à eux tous. Phil, Apache Dan, Skip, Mark-One, Mama, ou Professeur Ted. Et même Chiggers.

À ce moment-là, je redoutais qu'il ne souhaite en parler en détail, et je m'attendais à ce que sa voix surgisse de l'obscurité, depuis le bout de sa cigarette. « Tu te rappelles ce qu'a dit Professeur Ted, le jour où on était sur ce bateau, sur la rivière Vam Co Dong ? » Et moi de répondre : « Tu parles de la fois où on a appelé la frappe aérienne sur ce village ? – Quel village ? demanderait Chiggers. Y en avait des milliers, de ces putains de villages. » Moi, alors : « Deux millions, il y en avait. » Lui : « Non, trois. T'adorais ta radio, pas vrai, *hombre* ? Rameuter la grosse artillerie. » Moi : « Ouais, c'est sûr. » Et on éclaterait de rire tous les deux. J'avais appelé tant d'attaques aériennes qu'aucun de nous deux n'aurait pu en tenir le compte, et peut-être continuerions-nous ainsi tout au long de la nuit.

Mais Chiggers n'a rien dit de tel. Il se peut qu'à l'idée d'évoquer cette période de nos vies, l'envie l'ait disputé chez lui à la répugnance. Il lui suffisait peut-être d'affirmer que nous allions bien, car c'était une autre façon de dire que même si nous étions en vie tous les deux, ni lui ni moi ne nous sentions bien et que cela ne changerait jamais.

Sachant que ma grand-mère serait levée de bonne heure, bien avant que nous soyons réveillés, j'ai fait dormir Chiggers sur le parquet de ma chambre. Presque immédiatement, je l'ai entendu ronfler, et en pensant que ce bruit aurait pu nous coûter la vie un an auparavant, j'ai réalisé qu'à bien des égards je n'étais jamais vraiment parti de là-bas. Ma démobilisation datait du mois d'avril de l'année précédente, 1968, mais une sensation d'humidité s'attardait dans les profondeurs obscures de mon muscle cardiaque, dans ce poing serré qui continuait à battre alors que tant d'autres – amis, compagnons et ennemis – avaient disparu dans la paume mollement ouverte de la mort. Pour finir, on m'avait fait monter dans un 747 avec d'autres survivants – Chiggers, notamment – dont la plupart m'étaient inconnus, et lorsque le colossal vaisseau argenté avait décollé, nous avions applaudi comme un seul homme. Tout dans ce paysage que nous voyions rapetisser à travers les hublots était devenu synonyme de mort, les boues collantes, les fourmis et les serpents venimeux, les buffles d'eau et les villages aux toits en herbe au milieu du vert profond des palmiers et des roseaux, un lieu dont la luxuriance et la vivace fécondité laissaient transparaître en filigrane déclin et putréfaction. Vu du ciel, il avait pourtant l'apparence d'un paradis tropical, édénique dans sa beauté et sa délicatesse, ses contours miroitant à travers l'écran vaporeux de ma fuite, de ma conscience intime d'être vivant, d'avoir survécu.

Nichés au fond de mon sac pendant le voyage, se trouvaient les carnets et les fiches rangés désormais près de la machine à écrire délaissée, juste là sous ma fenêtre, à quelques pas de l'endroit où j'étais à présent allongé. Nul besoin de consulter ces documents pour me rappeler ce qu'ils contenaient : une liste nébuleuse et décousue d'idées, de phrases et de fragments, de noms de personnages sans explications, de dates privées de contexte, d'anecdotes isolées et sibyllines (« parle-leur des oies », « barbecue au Bon Mot », ou « le rêve de Chesty »). Je me rends compte aujourd'hui que ces notes renfermaient sans doute une profusion de fictions en puissance, mais elles n'étaient autrefois qu'une vague déferlante balayant mon imagination avec tant de force que j'osais tout juste y porter le regard, l'esprit dépouillé de ses idées et de ses mots.

Dans l'ensemble, les membres de ma compagnie étaient des gens bien, mais aucun ne m'était aussi proche que Chiggers. Je ne rêvais que de parler littérature et lui semblait prêt à m'écouter, il était même disposé à me soumettre des commentaires, des interrogations et des remises en question de ce que je tenais pour des faits essentiels et irréfutables. J'estimais, par exemple, que Faulkner était supérieur à Hemingway, et que Thomas Wolfe était le meilleur d'entre tous. J'appréciais Saul Bellow, Norman Mailer et James Jones. Chiggers, issu d'un monde dont j'avais pu entrevoir la réalité lorsque j'habitais le sud de la Californie, me contait des histoires à la fois hilarantes et déchirantes sur sa nombreuse famille catholique, dont certains membres étaient toujours installés au Mexique, les autres dispersés sur la côte Ouest entre Seattle et San

Diego. Il avait connu des vicissitudes qui me dépassaient totalement et en était sorti l'esprit ouvert, solide, honnête et loyal. Je lui enviais ces expériences dans lesquelles il avait puisé tant de force, regrettant de ne pas en avoir connu d'équivalentes, moi qui ne pensais avoir vécu jusque-là que des choses médiocres et insignifiantes.

La base dans laquelle nous étions cantonnés se présentait comme un immense océan de tentes, de constructions en parpaings et de bâtiments en contreplaqué plantés çà et là, formant des damiers approximatifs sur un terrain couvert de boue, cerné par les rizières et la jungle touffue. Côté sud, il était bordé par les flots brunâtres d'une des innombrables rivières du delta. Il y avait à proximité une petite ville vietnamienne fondée au temps de l'occupation française et réputée pour sa beauté, malgré un style colonial désuet et paternaliste, mais la piétaille que nous étions n'avait pas la permission de s'y rendre et je n'eus donc jamais l'occasion, pendant tout le temps que je passai stationné à la base, d'arpenter ses rues sous influence française.

À vrai dire, nous vivions quasiment en prisonniers, ce qui ne faisait qu'accentuer ma sensation d'isolement. Je me trouvais piégé dans les profondeurs de ce puits de solitude, alors que mon obsession pour les mots, les écrivains et l'écriture atteignit un paroxysme fébrile au cours de mes premiers mois dans ce bourbier, obsession provisoirement chassée par un mélange d'ennui et de terreur chaque fois que mon unité devait partir en mission dans la jungle, hors de l'enceinte de la base. J'avais très vite compris que si je devais périr au Vietnam, ce ne serait probablement pas au combat mais plutôt suite à un coup aléatoire et imprévisible contre lequel il n'existait pas de parade : la balle d'un tireur isolé, une mine antipersonnel, ou l'un des innombrables pièges ingénieux et destructeurs qu'avait pu poser notre ennemi invisible. Moi qui avais lu *Les Nus et les Morts*, de Norman Mailer, j'avais imaginé partir en guerre contre un ennemi bien identifié, un féroce adversaire en uniforme qui serait, cela va sans dire, incontestablement en tort ; nous le combattrions selon des règles approuvées par les deux parties, en exploitant les compétences militaires que nous avions acquises et la formation qu'on nous avait dispensée. En réalité, il n'y avait rien de clair dans ce que nous tâchions de faire là-bas, dans ce dédale infini d'îles et de cours d'eau qui semblait naître sous nos pieds comme une marée montante, ne laissant rien d'autre à la vue que l'immensité verticale de la mangrove qui nous dominait par-dessus les flots boueux.

Deux mois avant mon retour au pays, mon unité subit une attaque venue des profondeurs inextricables de la jungle, à proximité du village de Cái Bè. Cela faisait plusieurs jours que nous étions sortis en mission, et j'étais en proie à cette sensation de claustrophobie grandissante qui me saisissait de temps à autre, lorsque j'éprouvais la certitude que les doigts osseux de la mort allaient bientôt m'aspirer sous les eaux infestées par la malaria. Je fus presque soulagé d'entendre résonner les premiers tirs, car c'était au moins la preuve que l'attente touchait à son terme. Quelque part sur ma gauche, j'entendis Chiggers crier, tandis que les autres fuyaient à la débandade dans la gadoue. Déjà mes amis étaient en train de mourir. Phil. Apache Dan. Professeur Ted.

Je m'étais mis à hurler, mais je ne m'en aperçus qu'au moment où je dus contacter le commandement aérien pour transmettre une série des coordonnées. Aucun ordre ne me fut communiqué, et les informations que je vociférais dans l'appareil devaient embraser la moitié de la jungle située au nord. Dès que j'eus terminé, je m'allongeai dans la boue, les mains sur mon casque, écoutant les projectiles crever la surface de l'eau brune et crépiter autour de moi dans les arbres et les feuillages. Je percevais, comme venues de très loin, les voix des membres de mon unité – ceux qui avaient survécu –, lesquelles tâchaient de couvrir le fracas de leur propre assaut.

J'étais un lâche. Je ne ripostai pas – pas ce jour-là. Je me contentai de rester étendu dans les herbes écrasées, les yeux au ciel, en larmes, attendant l'arrivée des F-4 Phantoms. Lorsque leur puissant rugissement s'éleva enfin, je roulai sur le ventre pour regarder les arbres virer au noir et le monde exploser en une muraille de flammes orange. J'avais déjà assisté à un nombre incalculable de frappes aériennes, mais celle-ci était la plus spectaculaire de toutes, et je poussai des cris à la vue de tous ces hectares incendiés.

Tandis qu'on emportait les morts, je m'aventurai avec Chiggers et les autres dans cette zone sinistrée : nous y trouvâmes la désolation d'un village ravagé par le feu, avec, parmi les décombres de ses huttes en roseau, un bâtiment en parpaings, probablement construit par l'armée américaine en signe de bonne volonté, dont les murs étaient intacts mais la toiture calcinée. À l'intérieur, les enfants étaient de minuscules sculptures d'ossements noircis fondues à leurs pupitres. Je vous pose la question : vous paraissent-ils plus humains parce que ce sont des enfants ?

« Merde, merde, merde, criait notre commandant. Tout le monde dehors. On dégage d'ici en vitesse. » Avant d'ajouter, à mon intention : « C'est ta faute, pauvre connard. »

Je doute qu'un seul membre de notre unité se soit jamais remis de cet épisode. Six d'entre nous avaient trouvé la mort, et le groupe des survivants s'acquitta tant bien que mal des deux derniers mois de service, avec une espèce de détermination farouche et taciturne. Ce qui s'était passé ce jour-là, jamais nous n'en parlions. Je pense que je ne m'en serais pas sorti sans la présence de Chiggers, qui paraissait capable, au moins, de continuer à vivre avec un minimum de dignité, d'élégance, et même d'humour. Et c'était également Chiggers qui me disait, alors que je pleurais dans le noir sans pouvoir m'arrêter, à quel point il m'était reconnaissant de ce que j'avais fait. « Tu nous as sauvés, répétait-il. C'est la seule façon de voir les choses. Tu nous as sauvés. »

Des hommes, des femmes, des enfants et des buffles d'eau : tous étaient comptabilisés parmi les morts du côté ennemi. Le commandement nous indiquait la direction supposée de notre adversaire présumé, et c'était vers là que nous déversions notre avalanche de munitions, dressant un couloir de flammes dévorantes qui rasait tout sur son passage. Malheur à quiconque s'égarait sur sa trajectoire. Il me semblait que si je parvenais seulement à rendre compte de sa voracité sur ma page, mes pensées en sortiraient apaisées, tandis que mon cœur, pareil à un disque brûlant de cuivre terni, tournoyait inlassablement sous le soleil tropical avec un petit sifflement continuel.

Sur le parquet de ma chambre, Chiggers marmonnait dans son sommeil. Moi, j'entendais dans ma tête le clapotement de la boue, le vacarme ambiant et ma voix qui hurlait dans l'appareil. Whiskey Dragon à Rosebud. Feu ennemi. Feu ennemi. Mon Dieu, je referais la même chose sans hésiter si cela devait me sauver la vie.

8

Chiggers est parti pour l'Oregon dans la matinée, en me promettant de repasser le mercredi ou le jeudi suivant, quand il reprendrait l'autoroute pour rentrer à San Diego. Si les choses s'étaient vraiment déroulées ainsi, une partie de cette histoire aurait tourné autrement, mais les histoires que nous racontons sur nos vies, celles qui sont véridiques, ne sauraient décrire autre chose que ce qui est réellement advenu. Nous pouvons toujours nous convaincre que la possibilité d'un autre choix a existé pour de bon, tout en sachant pertinemment que si n'importe lequel d'entre nous avait l'occasion de revenir en arrière en possédant des informations analogues, il agirait encore avec la même lâcheté. Tous ceux dont la mort a eu un lien avec mes actes mourraient de nouveau. Et moi je serais encore vivant.

« Prends soin de toi, mec », m'a dit Chiggers en partant.

Je l'avais accompagné jusqu'à sa voiture, une Fairlane si crasseuse qu'on devinait à peine sa couleur d'origine, le pare-brise brouillé par les traces de graisse, de poussière et d'insectes écrasés.

« Toi aussi. »

Après une brève poignée de main, nous sommes passés à l'accolade, nos mains toujours jointes, et Chiggers m'a tapoté le dos en me retenant près de lui, assez proche de moi pour me souffler au creux de l'oreille :

« Tu continues à y penser de temps en temps, hein ?

– Oui, bien sûr que oui.

– Y a des fois où je les entends, moi aussi. » Il avait baissé la voix jusqu'au murmure. « Ils sortent de l'obscurité, et je sais pas dire si c'est les bridés ou les nôtres. Tu comprends ? Ça m'arrive de me réveiller en hurlant comme si j'étais toujours là-bas. Je fiche une trouille bleue à ma mère.

– Je vois très bien.

– J'ai encore l'impression qu'ils essaient de me tuer.

– C'est pareil pour moi. »

Comme rasséréné par cet aveu, il a fini par s'écarter de moi, et quand il s'est penché vers la voiture, je ne sais pas trop ce qui voûtait ses épaules, l'épuisement, peut-être, ou bien le soulagement.

Sous le tiède soleil matinal, évoquer ces choses-là prenait une résonance différente, le seul fait de les effleurer avait été bien pire dans l'obscurité de la nuit, alors que notre bien-être post-cannabis évoluait vers une simple fatigue précédant le sommeil. D'une certaine manière, le départ de Chiggers me soulageait, car j'avais deviné qu'il désirait plus que tout parler de ce qui s'était produit là-bas. Et je redoutais que les paroles, en ramenant vers nous le flux continu et paresseux du Mékong, ne le transforme en une cataracte immaîtrisable dont le violent courant nous happerait tous les deux. Comme je regrette aujourd'hui de ne pas l'avoir retenu, de ne pas avoir cherché à en savoir plus sur ce qu'il ressentait. De temps à autre, je l'invite en imagination à visualiser ma présence à ses côtés chaque fois que les spectres noirs se coulent parmi les ombres dans la jungle de ses rêves, moi et ma radio allumée, le récepteur de mon Prick déjà collé à mon oreille, convoquant dans le ciel lumineux et mouillé le feu infernal de notre salut. Mais je n'ai rien dit de tel, évidemment, et Chiggers s'est glissé en silence derrière le volant de sa Fairlane encrassée. Il m'a rappelé alors que je retournais déjà vers la maison, et j'ai vu son visage encadré dans la vitre, les sillons de ses cheveux luisants, le regard sombre malgré le sourire sur ses lèvres.

« J'ai un cadeau pour toi. »

Par la vitre baissée de la voiture, il m'a tendu un sac en papier. J'ai senti le parfum de l'herbe à l'intérieur, son arôme résineux qui se diffusait amplement.

« Attends, je vais chercher mon portefeuille.

– C'est un cadeau, et les cadeaux, ça ne se paie pas. »

La Fairlane a démarré en ronflant, son vrombissement sourd s'est répercuté dans ma poitrine. Quelques instants plus tard elle était partie.

« Tu as une mine affreuse. »

Quelques jours après le départ de Chiggers, je me trouvais dans la cuisine de ma grand-mère, rêvant d'un café ou d'une cigarette – voire des deux à la fois – pour occuper mes mains et les empêcher de trembler, car je n'avais quasiment pas dessoûlé depuis deux jours, pas même, quoique à un moindre degré, pendant que je travaillais à la station-service. Je me voyais sombrer dans des ténèbres de plus en plus profondes, et je savais bien que l'alcool ne suffirait pas à me soulager. Cette spirale qui m'entraînait n'était pas sans lien avec la visite de Chiggers, encore que j'aie eu du mal à définir le rôle qu'elle avait joué. Ses derniers mots, la peur de l'assassin qu'il m'avait confessée en partant, avaient peut-être suffi à me faire « basculer du mauvais côté », si tant est que cette image ait un sens. Tout ce que je comprenais, c'était que la boisson restait un expédient dérisoire, sans commune mesure avec le puits de verre abyssal dans lequel mes frayeurs tourbillonnaient sans répit.

Ma grand-mère, ce matin-là, m'a dévisagé d'un air grave, attendant de ma part une réponse quelconque. Son regard vigilant brillait dans son visage pâle strié de fines rides. Jamais elle ne se montrait envers moi aussi ouvertement critique que l'avaient été mes parents, ma mère en particulier, mais il se peut que chez elle, un nœud de réprobation l'ait disputé à la sollicitude.

« Tout va bien, mamie.

– Je vois très bien que non. Je sens d'ici l'odeur de l'alcool.

– Bon, il faut que je parte au travail.

– Certainement pas. Tu n'es pas en état. »

Elle m'a entraîné dans sa salle de bain exiguë, étreignant mon poignet tout en ouvrant le robinet à fond pour remplir la baignoire à pieds de lion.

« Un bain chaud, ça soigne tous les maux. Enfin, pas tout à fait, mais ça aide bien.

– Mamie, je n'ai pas envie de prendre un bain.

– Et pourtant, c'est ce que tu vas faire.

– Je ne suis plus un gamin.

– Ah bon ? Je vais t'apporter des vêtements propres et te préparer un café. Tu pourras le boire dans ton bain si ça te fait plaisir. »

Ma grand-mère m'a laissé là, la porte s'est refermée derrière elle. Et parce qu'elle était ma grand-mère, et que j'avais besoin avant tout que l'on me dicte ce que je devais faire, je suis entré dans le bain brûlant, m'immergeant jusqu'au menton avant de m'y plonger tout entier. Au-dessus de moi, le plafond se gondolait à travers les ondes de chaleur.

Kimiko Takahashi s'est présentée à la station-service quelques jours plus tard. La terreur qui m'avait saisi s'était atténuée sans s'évanouir complètement – il me faudrait une vie entière pour que ce sentiment s'efface, et peut-être n'y suffirait-elle même pas. J'avais réussi à m'abstenir de boire pendant la journée, et je tenais à considérer cela comme une petite victoire.

Alerté par un bruit de moteur, j'ai découvert en sortant du bureau un véhicule inconnu arrêté devant les pompes, son capot orienté vers la route ne me laissant voir qu'un halo de cheveux sombres. Quand je me suis approché de la vitre, le visage qui s'est levé vers moi était celui de Mrs Takahashi.

Il y a eu un temps de silence, car nous étions trop sidérés pour prononcer un mot.

« Oh, c'est vous, Mrs Takahashi, ai-je dit enfin.

– John. »

Son regard s'est brièvement détourné vers le bureau avant de revenir sur moi.

« C'est ici que tu travailles ?

– Oui, c'est ici. Est-ce que vous… vous ne faites que passer ?

– Je viens voir Mrs Wilson, m'a-t-elle répondu d'un air sombre, les yeux braqués sur son pare-brise sale.

– Ah oui, je vois. »

Comme elle ne s'expliquait pas davantage, je me suis lancé dans les tâches habituelles – nettoyer le pare-brise constellé d'insectes et remplir le réservoir –, et quand je suis repassé du côté conducteur, j'ai lu de l'émotion dans le regard qu'elle posait sur moi.

« John, je me demandais si vous accepteriez de me rendre un immense service. »

Ses yeux étaient humides et brillants, mais sa voix restait ferme.

Je lui ai remis sa monnaie en promettant de faire mon possible, et elle m'a alors demandé si je connaissais un lieu où elle pourrait donner rendez-vous à ma tante. Quand j'ai proposé de lui indiquer le chemin de son domicile, son visage a paru s'effondrer comme un tas de sable humide.

« Non, je ne peux pas aller là-bas. » Une persistance discrète de son accent japonais modulait ses intonations. « Je m'en croyais capable, mais je me suis trompée. » Elle a levé les yeux pour me regarder. « Vous devez me trouver ridicule. À mon âge, faire tout ce chemin. Tout ça pour ne même pas oser aller frapper à la porte. »

J'aurais sans doute pu lui conseiller le Denny's, où je m'étais installé avec Chiggers quelques jours plus tôt, ou n'importe quel café de la ville, mais c'est la maison de ma grand-mère que je me suis entendu lui proposer.

« On sera tranquilles, ma grand-mère ne nous dérangera pas. Pardon – elle ne *vous* dérangera pas, Evelyn et vous. »

D'abord mon vieux copain du Vietnam, et maintenant ma tante et Mrs Takahashi. J'avais beau me rendre compte que j'abusais de l'hospitalité de ma grand-mère, je tenais à assister à la conversation, je désirais tellement y participer que, l'espace d'un instant, cela m'est apparu comme une question de vie ou de mort.

Mrs Takahashi a accepté mon offre sans une hésitation.

« Chez votre grand-mère ? Oui, c'est une bonne idée. »

9

Quand il était plus jeune, c'était de Jimmy qu'il était le plus proche – deux garçons minces et bronzés, torse nu, qui, à force d'arpenter les collines, portaient gravé dans leur tête un vaste relevé topographique où figuraient, selon une hiérarchie occulte, une foule d'indications qui n'avaient de prix que pour des gamins : les meilleurs coins pour la pêche et la baignade, les creux des chênes pourrissants qui abritaient les serpents à sonnette, les arbres faciles à escalader, les sources les plus fraîches et les plus limpides. Les corvées ne manquaient pas, bien entendu, mais c'étaient les aventures qui dominaient dans sa mémoire, les expéditions sans fin dans les collines et les montagnes. Sauf que Ray n'était plus un gamin, et il ne restait qu'ombres et cendres de ses pensées et de ses souvenirs. À présent, ses rêves éveillés ne lui rappelaient pas l'innocence – quoique perdue – de ses jeunes années, mais ce qui avait suivi : son visage et son corps, si souvent dans son esprit qu'il lui semblait parfois sentir contre ses mains la tiédeur de sa chair. Même son sommeil était troublé par le mythe d'un passé qui lui avait déjà échappé, bien qu'il ne le sût pas encore.

En roulant vers le nord, ils avaient contemplé à travers la vitre le mont Shasta, dont la silhouette immense flottait parmi les pins comme un spectre argenté. Dès qu'il l'avait vue, le père de Ray s'était mis à parler en japonais, un peu comme s'il s'était abîmé dans une sorte de prière, et il y avait dans sa voix des accents de solitude et de nostalgie. Lorsque Ray voulut savoir ce qu'il disait, sa mère lui chuchota de se taire. D'après le peu qu'il en comprenait – sa maîtrise du japonais étant plus que médiocre –, il s'agissait d'une montagne que son père appelait Fujisan et qui, Ray le savait, s'élevait dans sa région natale. Ce père qu'il avait toujours connu si pragmatique semblait alors plongé dans une espèce de transe, contemplant la montagne par-delà la forêt qui semblait tour à tour se jeter contre la vitre et se dérober dans les lointains.

Ray, lui, pensait à Helen. Il aurait aimé lui parler de cette montagne qui en rappelait une autre à son père, et il cherchait aussi comment lui faire comprendre dans une lettre que ce qu'il souhaitait vraiment dire ne pouvait être couché sur le papier. Ce qu'il désirait, je suppose, c'était simplement retrouver le passé, il ne demandait qu'à remonter le cours du temps jusqu'à son enfance, quand la folie n'avait pas encore pris possession de son cœur, et que sa famille n'avait pas été expulsée de la seule terre qu'elle ait jamais connue.

Au cours des longues journées qui suivirent l'arrivée à Tule Lake, il repensa plusieurs fois à ce gigantesque sommet blanc. Les baraquements étaient disposés en rangées bien ordonnées, ceinturés par des clôtures en parfait état, les buissons d'armoise se déroulaient à perte de vue et les arêtes déchiquetées de Castle Rock se découpaient contre le ciel côté sud. Quelque part au-delà de l'enceinte se dressait la tour blanche de ce mont Shasta qu'il voyait désormais comme le fantôme du Fujisan dans le souvenir de son père mais qui pour lui ne signifiait rien, sinon qu'il se trouvait sur le chemin de la maison, telle une balise que l'obstacle des roches désolées cachait à son regard. Il se promit de franchir un jour ce territoire inculte, un jour pas si lointain, peut-être, ne fût-ce que pour poser de nouveau les yeux sur ce qui existait au-delà, vers le sud-ouest, les pins à sucre et les épillets de la sétaire, les cèdres et les sapins, et, une ou deux fois sur la route, des chênes semblables à ceux qui parsemaient les collines qu'ils avaient laissées derrière eux. Au camp, il n'y avait pas d'arbres du tout.

Ils se partageaient tous les cinq une pièce unique et minuscule, où les lits de camp occupaient quasiment tout l'espace. De temps à autre, sa mère le priait de les empiler dans un coin afin de pouvoir balayer le sol poussiéreux, mais dès que le vent soufflait – ce qui arrivait presque chaque jour – la poussière s'insinuait de nouveau par les fentes et les interstices, elle montait même par les fissures du plancher et imprimait sur chacune des lattes usées une bande pâle et poudreuse. Dans un premier temps, ces lits furent les seuls meubles dont ils disposèrent – ils ne possédaient ni étagères ni commodes pour ranger le contenu de leurs maigres bagages. Mais la War Relocation Authority passait parfois pour apporter du bois de récupération, et les gens s'en servaient pour fabriquer ce qui leur manquait. Il y avait des charpentiers parmi eux, et quelqu'un ouvrit un atelier de fortune avec des outils bricolés sur place. Entre ce que fournissait l'atelier et ce qu'ils construisirent eux-mêmes, Ray et son père agrémentèrent leur pièce d'une table, de chaises, d'étagères et de quelques placards qui permirent à sa mère de maintenir un semblant d'organisation domestique. Plus tard, son père récupéra auprès d'un fermier du coin un vieux rouleau de linoléum, et Ray l'aida à déplacer tous les meubles pour qu'il puisse l'étendre bien à plat sur le sol en planches. Sa mine victorieuse remplit son fils de gêne : il fallait qu'ils soient tombés bien bas pour qu'un simple rouleau de linoléum passe pour un triomphe de la volonté.

Ce soir-là, il écrivit une lettre.

Cher Jimmy, chère Helen

On se sent bien seuls ici, mais je fais mon possible pour garder courage. La pièce où nous vivons n'est pas plus étanche qu'un vieux rafiot, et la poussière y entre sans arrêt. Mon père a posé du lino, j'espère que ce sera efficace. Jimmy – est-ce que tu t'es enrôlé ? Je pense que je ne pourrai pas m'engager. Sinon on pourrait attaquer Tokyo ensemble. Ça peut paraître bizarre, mais c'est vraiment ce que je ressens. Je sais que pour toi c'est pareil. Helen, j'espère que tu te portes bien. On pense beaucoup à vous. De toute façon il n'y a rien d'autre à faire que penser. Mes amitiés à votre papa et à votre maman.

Chacun des courriers qu'ils recevaient des Wilson était pratiquement identique au précédent, comme si le premier avait constitué une sorte de modèle. Lorsque Kimiko y réfléchit plus tard, elle les jugea assez semblables aux logements qu'on leur avait attribués à Tule Lake et, plus tard, à Jerome : des copies conformes. Malgré tout, les familles n'avaient pas ménagé leurs efforts pour introduire entre ces murs une touche personnelle. Quoique modestes, les différences étaient assez notables pour prêter à ces espaces l'apparence d'un vague foyer, sinon aux yeux des Issei et des plus âgés des Nisei, du moins à ceux de leurs enfants. Kimiko en avait pris conscience peu de temps avant notre première rencontre, le jour où l'aînée de ses petites-filles, âgée de treize ans, avait décidé d'écrire une dissertation sur l'histoire de sa famille. Doris, la mère de l'adolescente, lui avait confié ses propres souvenirs de cette époque – elle avait huit ans au début des événements, onze ans à la fin de la guerre. Elle n'avait pas du tout prévu que sa fille interrogerait sa grand-mère, et sans doute ne pensait-elle pas non plus que celle-ci accepterait de parler, étant donné qu'elle n'avait jamais entendu dans sa bouche ne fût-ce qu'une allusion à leur passage par les camps d'internement. « Elle a répondu à tes questions ? bredouilla-t-elle. C'est vrai ? – Mais bien sûr, lui répondit sa fille comme si c'était la chose la plus naturelle au monde. Pourquoi aurait-elle refusé ? » Par la suite, Doris parcourut les notes de sa fille, desquelles ressortaient une succession de souffrances muettes qui ne lui parurent que trop familières, comme si ce qu'avait subi leur famille se situait dans l'ordre des choses et qu'on ne pouvait rien y changer : les sanitaires communs, les clôtures en barbelés, la poussière qui s'infiltrait entre les planches, la perte de leur foyer et tout le reste.

Sur le moment, toutefois, Doris n'en avait pas souffert outre mesure. Un jour, alors qu'elle bavardait avec sa mère dans le salon de sa maison de San José, elle lui expliqua qu'elle ne s'était jamais vraiment sentie en prison ; sa sœur, à son avis, avait ressenti la même chose qu'elle. Elle avait plutôt eu l'impression de partir pour de longues vacances, de faire un séjour en camping. Les enfants qu'elle connaissait étaient tous là, si bien qu'au lieu de ne voir ses amis qu'à l'école ou le dimanche au temple, elle passait toutes ses journées en leur compagnie, et comme les corvées étaient rares en dehors des devoirs, ils avaient la permission de jouer pendant des heures et des heures.

« Mais nous n'avons pas eu le choix, lui répondit sa mère, ses mains croisées pareilles à du papier soyeux. Ils nous ont envoyés là-bas parce qu'ils avaient peur de nous.

– Je sais. »

Doris garda le silence pendant un long moment.

Son mari, un Blanc qui vendait des composants électroniques et était souvent en déplacement, écoutait depuis le pas de la porte, et Doris lui jeta un bref regard avant de reprendre la parole :

« Ce que j'essaie de te dire, c'est que tu t'es bien débrouillée.

– Pour quoi donc ?

– Pour nous persuader que tout allait bien se passer. Le bloc 57 était comme un vrai foyer. »

Kimiko eut un hoquet en entendant cela, et elle répliqua d'un ton cassant, levant les mains comme pour balayer l'absurdité d'une telle déclaration :

« C'était une prison, pas une maison.

– Je sais, maman. Je ne peux même pas imaginer ce que tu as ressenti. En tant que mère, je veux dire. Je voulais juste te dire que tu as très bien réussi à préserver pour nous une vie normale.

– *Okasama*, elle essaie de vous faire un compliment. »

Comme toujours lorsqu'il tâchait de vaincre les défenses de Kimiko, son gendre avait choisi le terme respectueux pour dire « mère », et elle avait beau identifier le stratagème, elle ne pouvait s'empêcher de se réjouir intérieurement de ces égards.

« Je sais, je l'ai bien compris.

– C'est plutôt agréable, de s'entendre dire qu'on s'est bien débrouillé », ajouta le mari de Doris.

Cette fois, Kimiko ne trouva rien à répondre. Elle avait survécu. Son mari, ses filles avaient survécu aussi. Il n'y avait rien à ajouter.

Dans le salon de ma grand-mère, Mrs Takahashi n'a évoqué les camps que de manière sporadique, me décrivant – ainsi qu'à ma tante – certains aspects de leur vie dans ce sinistre désert parsemé de buissons d'arroche, à la limite nord de l'État. Le devoir scolaire de sa petite-fille avait tiré de l'ombre une période de l'existence de Mrs Takahashi qui, pendant des décennies, avait tout simplement été passée sous silence. Les générations suivantes auraient pu s'imaginer que leurs parents et leurs grands-parents s'y étaient volontairement déplacés, de la même façon que leurs aïeux avaient autrefois décidé de quitter le Japon. Elle n'avait pas traité l'événement comme un secret ou un motif de honte, elle l'avait seulement inclus dans le vaste domaine de ce *gaman* qu'elle mentionnait en passant.

« Pourquoi lui donnez-vous ce nom ? » ai-je fini par demander.

C'était une chaude après-midi d'été, un ventilateur bourdonnait dans un angle du salon. Mrs Takahashi avait déjà employé ce terme à deux ou trois reprises, sans me laisser vraiment l'occasion d'intervenir.

« Ça signifie souffrir avec patience. » Un silence, avant qu'elle me précise : « Supporter ce qu'on ne peut maîtriser. »

C'est un mot qui m'a toujours poursuivi, car ce qu'il exprime me semble assez proche d'un silence qui m'est familier, celui que Chiggers avait effleuré en pleine nuit, alors que nous étions assis sur la véranda de ma grand-mère. Je savais bien que le récit de Mrs Takahashi ne s'appliquait pas à ma propre situation, puisque j'avais été un soldat et que j'avais agi de mon plein gré, et pourtant la notion de *gaman* se répercutait dans mon cœur tel le son d'une cloche. Supporter ce que l'on ne peut maîtriser. Cela entrait en résonance avec tout ce que j'avais vécu depuis mon retour au pays, et il y a des moments, encore aujourd'hui, où ce sentiment continue à me hanter.

Il m'a semblé qu'Evelyn était ébranlée par ce qu'elle venait d'entendre, mais peut-être n'ai-je fait que l'imaginer, car elle n'avait pas renoncé à la détermination inflexible qui caractérisait sa conduite. J'étais allé la chercher avec la voiture poussive de ma grand-mère, en suivant les indications que celle-ci m'avait données, laissant Mrs Takahashi à ses bons soins. La maison m'a paru nettement plus petite que dans mes souvenirs d'enfant, bâtisse victorienne un peu clinquante et passablement décatie tout en haut de Ridge Road, entourée d'un verger de vieux poiriers noueux où l'herbe poussait sans contrainte. J'ai été soulagé de voir la Pontiac dans la petite allée gravillonnée, et au moment où je me garais, ma tante est apparue devant la porte, parfaitement apprêtée comme si elle attendait de la visite, arborant cette mise impeccable qu'elle cultivait depuis toujours comme un symbole de sa fierté, même dans un coin aussi perdu que le centre de Placer County.

« Le bébé d'Helen, a dit Mrs Takahashi. C'est à cause de ça que vous ne vouliez pas nous voir revenir. »

Elle avait prononcé ces mots sur le ton du constat, ses yeux bruns fixés sur Evelyn qui se tenait assise, les mains jointes sur les genoux.

Ma grand-mère, après avoir circulé un moment entre le salon et la cuisine pour servir des rafraîchissements, se tenait raisonnablement à l'écart, dans l'angle opposé de la pièce. Si elle ne souhaitait pas s'éclipser, comme elle l'avait fait lors de la visite de Chiggers, elle semblait toutefois consciente de leur besoin d'intimité. Evelyn craignait peut-être que la présence de ma grand-mère ne compromette définitivement son secret, mais elle n'a guère montré son inquiétude, c'est à peine si j'ai surpris un ou deux coups d'œil furtifs dans sa direction.

« Oui, a confirmé ma tante. C'est en effet la raison.

– Je regrette que nous n'ayons rien su.

– Je ne pouvais rien vous révéler.

– Et pourquoi donc ?

– Vous le savez très bien.

– Parce que nous sommes japonais. »

Evelyn n'a pas relevé, ses yeux n'ont même pas cillé.

« Nous n'avons pas compris, a repris Mrs Takahashi. Hiro… il en a beaucoup souffert.

– Homer aussi.

– Mais Homer savait ce qui se passait. Il était au courant. Hiro, lui, ne savait rien. Qu'était-il censé se dire ?

– Il en a souffert longtemps. Tak – Hiro, pardon – était son meilleur ami.

– Et c'était sa façon de traiter son meilleur ami ? »

Un silence. Evelyn a d'abord regardé Mrs Takahashi, puis ma grand-mère et enfin moi.

« Je ne suis pas venue ici pour me faire insulter. »

Elle s'est levée sur ces mots et je l'ai aussitôt imitée, la priant de ne pas partir.

« Elle a fait un long chemin pour venir vous voir.

– Eh bien, elle a perdu son temps.

– Non, attendez une minute. S'il vous plaît. »

Pour je ne sais quelle raison, j'ai senti un élan de panique me serrer le cœur, comme si les conséquences de son départ devaient nous porter à tous préjudice.

« Evelyn, a dit Mrs Takahashi, toujours assise sur le canapé. S'il vous plaît, ne partez pas.

– Vous ne faites que… » Elle s'est tue un instant et a repris différemment : « Je ne peux pas changer le passé. Ce n'est pas en mon pouvoir.

– Je sais bien.

– Nous avons tous souffert à cause de ça, vous voyez. Vous n'avez pas été les seuls.

– Oui, je le sais aussi. S'il vous plaît, venez vous asseoir avec moi. »

Evelyn a fini par accepter, surmontant sa réticence, pliant son corps dans un mouvement lent et fluide d'automate qui l'a ramenée au bord du canapé, les mains de nouveau jointes sur ses genoux.

« Vous voulez bien m'aider, alors ? lui a demandé Mrs Takahashi.
– À quoi faire, Kim ?
– À découvrir ce qui est arrivé à mon garçon.
– Oh ! C'est donc pour ça que vous êtes venue ?
– En effet, c'est pour ça. »

Les courriers qui leur parvenaient au camp étaient adressés à Hiroshi Takahashi, des enveloppes de petit format qui contenaient un seul feuillet couvert des griffonnages en grosses lettres d'Homer Wilson, bourrés de fautes d'orthographe et de formules si maladroites et si peu orthodoxes qu'elles en devenaient presque comiques. Hiro, d'ailleurs, riait en les lisant, constatant, pour la première fois peut-être, que son propre anglais était meilleur que celui de son ami américain. Pour commencer, il parcourait la lettre une fois ou deux en silence pendant que les autres attendaient, les filles avec une impatience croissante – même s'il n'y avait rien, dans la plupart de ces lettres, qui puisse les intéresser –, Raymond avec un certain désespoir, alors que Kimiko ne faisait qu'étudier l'expression de son mari, la concentration, l'amusement et la perplexité qui défilaient sur son visage, tels des nuages bas sur les buissons d'armoise et le loam sablonneux.

Hiro, ensuite, remettait la missive à l'aîné des enfants pour qu'il la lise à voix haute, et Ray, déjà debout, s'exécutait consciencieusement, élevant juste assez la voix pour que toute la famille puisse l'entendre, même s'ils se doutaient bien que les Hosokawa les écoutaient derrière la paroi qui séparait imparfaitement leurs deux logements.

Cela donnait, par exemple : « Mon cher Tak, chers tous, ici tout le monde va bien, mais nous nous ennuyons de nos… ami. Ah, il a oublié le “s”. » Et Hiro pouffait de rire. « Nous espérons que vous vous portez bien. La récolte des pêches est finie, celle des poires aussi. Nous avons embauché des gens d'Oklahoma qui passaient dans le coin. Il nous manquait des ouvriers pour la plupart des vergers. Pas facile d'être contremaître, je pense que tu comprends ce que je veux dire. »

Suivait un tissu de banalités évasives qui s'épuisait en quelques lignes, comme une lampe qui aurait brûlé toute son huile. Il émanait de ces lettres une certaine légèreté qui amenait un sourire sur les lèvres d'Hiro, mais elles possédaient une autre facette dont seule Kimiko semblait avoir conscience : l'effet qu'elles produisaient invariablement sur son fils. Depuis longtemps, elle sentait que quelque chose le préoccupait en permanence, elle décelait chez lui une sorte de noirceur qui paraissait s'accentuer chaque fois qu'une lettre arrivait de Newcastle. C'était dans ces moments qu'il paraissait lutter le plus âprement pour camoufler les émotions de son cœur, et l'ombre de ce léger tourment secret flottait sur ses traits, pareille à ces nuages plombés qui moutonnaient quelquefois dans le ciel du désert, accablant Castle Rock et voilant de noir le paysage. Il arrivait à Kimiko d'épier ses réactions pendant que son père parcourait en silence le message d'Homer Wilson, et si jamais il surprenait son regard, une espèce de masque se plaquait aussitôt sur son visage. Ce qui avait été tout d'abord – Kimiko l'aurait juré – un chagrin profond et impénétrable allait se transformer en une dureté de pierre, comme si son fils, reléguant ses sentiments dans les tréfonds de son cœur, avait réussi, provisoirement tout au moins, à les y tenir enfermés. C'était quelque chose que Kimiko avait appris à faire, mais elle approchait déjà la quarantaine, elle était mariée et mère de trois enfants, alors que son fils n'avait que dix-neuf ans. Hiro et les filles n'avaient pas tardé à s'adapter à la situation, seul Ray avait l'air de s'accrocher à sa sinistre réalité. Comme sa mère. Kimiko savait bien qu'elle avait du mal à lâcher prise.

« Explique-moi ce qui ne va pas », lui dit-elle un soir, à l'occasion d'un de leurs rares moments en tête à tête dans le logement exigu. Ils venaient de recevoir une lettre des Wilson – d'Homer, plus précisément, car les autres ne leur adressaient jamais une ligne –, aussi insignifiante que les précédentes. Les filles étaient sorties une fois la lecture achevée et Hiro était parti dans la foulée, tapotant déjà le fourneau de sa pipe contre sa main. Kimiko savait que Ray ne tarderait pas à les suivre dans le jour déclinant, dont la lumière rasante glissait sur le désert comme un caillou ricochant sur les eaux calmes d'un étang. Elle se demandait où se rendait son aîné, son unique garçon, dont les pensées lui étaient devenues indéchiffrables. En allait-il ainsi depuis toujours, ou l'avait-elle perdu quelque part en chemin ?

« Tout va bien, maman.

– Je te connais, mon garçon, et je peux dire si ça va ou pas. »

Contrairement à ce qu'elle attendait, il ne lui répondit pas par une des insipides formules américaines qui lui donnaient l'impression de parler au poste de radio plutôt qu'à la chair de sa chair – *tout roule*, *ça marche*, *pas de souci*.

« C'est juste que… » Il hésita quelques instants. « Je m'attendais quand même à ce que Jimmy et Helen nous écrivent aussi, tu vois ? Au moins une fois de temps en temps.

– Tes amis te manquent.

– Oh que oui.

– C'est peut-être leur père qui n'est pas d'accord ?

– Mais pourquoi ?

– Il est peut-être gêné, je ne sais pas trop.

– Pourquoi serait-il gêné ?

– Je crois que tu es plus à même de répondre à cette question que moi…

– Mais elle… » Ray s'interrompit et reprit d'une voix étranglée : « Ce sont quand même mes meilleurs amis, tu comprends ? »

Après un instant de perplexité, sa mère dut se rendre à l'évidence : son fils était au bord des larmes.

« Tu as dit "elle", souligna Kimiko.

– Pardon ?

– Oui, tu as commencé par dire "elle".

– Je parlais des deux.

– Vraiment ? »

La voix de Ray devint ensuite si faible qu'elle dut se pencher vers lui pour l'entendre, et même quand il répéta ses mots, il ne produisit qu'un son brouillé.

« Je veux rentrer à la maison. »

Là-dessus, il se leva et sortit.

Kimiko l'appela, mais il était déjà parti et elle se retrouva seule à nouveau. Elle tira une chaise et s'assit devant la table, une de ses mains calleuses appuyée sur le plateau, l'autre reposant sur le tissu élimé de sa robe. Le mois d'août. Cela ne faisait que trois mois qu'ils se trouvaient dans le camp, trois mois au cours desquels elle avait tâché de s'habituer à la clôture de barbelés, aux sanitaires partagés et aux repas servis dans le réfectoire, sa vie soudain fondue dans un tout collectif, parmi des femmes qu'elle connaissait à peine ou ne connaissait pas du tout. Entre leur logement et celui de leurs voisins, la cloison n'atteignait même pas le plafond, si bien que tous les échanges des Hosokawa leur parvenaient mot pour mot, les querelles et les discussions, et même le bruit de leurs rares ébats, tard le soir. Dans les toilettes, il lui fallait s'acquitter de ce qu'exigeait son corps à côté de celle que le hasard avait placée là, séparée d'elle par un mince rideau posé sur une corde affaissée, et ainsi les bruits et les odeurs produits par sa voisine se mélangeaient aux siens. C'était, à chaque fois, une expérience atroce et dégradante. Un jour, elle entendit des pleurs à travers le pan de tissu et vit par un interstice une femme âgée dont elle ignorait le nom, son sous-vêtement taché roulé au bas de ses chevilles, ses fesses nues écrasées contre le siège. Kimiko ne dit rien – que pouvait-elle faire, sinon courber la tête en passant devant les autres femmes, emplie de dégoût et de honte.

Elle tenta, quelques jours plus tard, de parler à son mari de l'ombre qui semblait avoir envahi leur aîné et qui, au fil des jours, des semaines et des mois, s'intensifierait et évoluerait vers une sorte de demi-jour lugubre et silencieux. Elle ne pensait pas vraiment qu'Hiro soit capable de produire un changement sur le garçon, ni même de découvrir précisément ce qu'il avait à l'esprit, mais elle en avait assez de se sentir si seule.

La première fois où elle aborda le sujet, Hiro lui répondit par un proverbe ; c'était sa tactique favorite lorsqu'il tâchait d'éviter une discussion approfondie, ce qui ne manquait jamais d'agacer Kimiko.

« L'oiseau en cage rêve des nuées.

– Je t'en prie, sois un peu sérieux.

– C'est pourtant vrai, non ?

– Parle-lui, insista-t-elle d'une voix plus tendue. Essaie de comprendre ce qui ne va pas. Nous pouvons peut-être l'aider. »

Évitant son regard, Hiro se détourna vers la petite fenêtre à la vitre cloquée.

« Le soleil va bientôt se coucher. »

Encore une esquive de sa part.

« Donc c'est d'accord, tu lui parleras ? »

Il resta un moment sans bouger, mais elle savait bien qu'il l'avait entendue ; quand il hocha la tête, le mouvement fut si léger, si subtil, qu'on aurait pu ne pas le remarquer.

« Parfait. Maintenant, tu peux sortir fumer. »

La bonté de son mari ne faisait aucun doute, mais il n'était pas dans sa nature d'affronter directement les situations délicates, et il se livrait donc sciemment à une forme de dérobade qui la faisait souvent enrager, même si elle lui enviait cette faculté. Quand ils avaient appris que le Japon venait d'attaquer Pearl Harbor, Hiro s'était borné à secouer tristement la tête, avant de prendre son manteau et de s'engager sur le chemin menant chez les Wilson. Elle s'attendait au moins à une réaction de sa part le lendemain matin, un signe prouvant qu'il comprenait que le monde avait changé, mais il sortit travailler dans les vergers comme d'habitude, et ce fut donc à elle qu'il incomba de retirer de leur maison le petit autel domestique, les photographies, les images et les divers objets qui témoignaient de leurs origines. Elle avait beau savoir que c'était inutile, elle devait pour ses enfants tâcher de les camoufler sous les pâles couleurs du pays où ils étaient nés.

Il lui était arrivé d'attribuer la fermeté d'Hiro à une espèce de pouvoir qui le distinguait, car aucune situation ne semblait jamais le perturber, c'était à se demander si quelque chose pouvait le déstabiliser. Même alors qu'ils préparaient leur départ pour Tule Lake, il conserva cette attitude, la tristesse muette du début devenant simple résignation, l'esprit concentré sur un but unique – ils allaient partir, il fallait qu'ils se préparent –, et ce pouvoir qu'elle lui connaissait depuis le jour où ils s'étaient rencontrés devait perdurer jusqu'au premier mois de septembre passé à Tule Lake, où il vola finalement en éclats. Ce fut le dernier courrier des Wilson qui accomplit cela, un courrier qui ne venait pas directement d'eux mais d'un cabinet d'avocats dont Kimiko et Hiro n'avaient jamais entendu parler.

Hiroshi Takahashi, disait la lettre, *nous vous informons par la présente que votre bail sur la propriété d'Homer Wilson est arrivé à échéance. En outre, vos possessions personnelles stockées sur ledit lieu ont été vendues aux enchères afin de couvrir les frais et les arriérés de loyer. Le montant net dû est nul. Nous vous signalons qu'il vous est interdit de contacter Homer Wilson et sa famille par quelque moyen que ce soit. Toute communication doit impérativement s'effectuer par l'intermédiaire de notre cabinet, à l'adresse indiquée ci-après.*

Sincères salutations,

Walter E. Shettley, avocat.

Hiro ne dit rien à Kimiko du contenu de la lettre le jour où elle arriva, pas plus que le lendemain ou le surlendemain, et quand il le révéla enfin à Ray dans un courrier, la guerre était presque terminée et son retour imminent. Même alors, il lui indiqua seulement qu'il ne les trouverait plus dans les collines de Newcastle mais à Oakland. Entre-temps, sa stupéfaction et son trouble s'étaient lentement évaporés, ne laissant derrière eux que cette espèce de stoïcisme qu'ils appelaient *gaman*.

Pendant trois jours il dissimula les faits à Kimiko, et dans l'intervalle il écrivit à Homer Wilson et expédia la lettre à l'insu de sa femme, un message aussi informel que tous les précédents – nous nous portons bien, Kimiko va bien, Ray et les filles aussi, nous avons reçu un courrier assez incompréhensible d'un dénommé Walter E. Shettley, etc. – qu'il confia au bureau de poste du camp, pensant alors, croyant même sincèrement, que la réponse d'Homer lui confirmerait ce qu'il avait décrété presque instantanément : la lettre était destinée à un autre, l'avocat *hakujin*, peu familier des noms japonais, avait eu l'intention de l'adresser à un Takamoto ou à un Yamasashi, et même s'il ne s'expliquait pas bien que l'enveloppe et la lettre aient pu être libellées à son nom, Hiro demeurait convaincu qu'il y avait eu méprise. Il revenait sans cesse au document, à la faveur des promenades qu'il s'accordait parfois sur le périmètre du camp, la lettre serrée entre les doigts, la clôture se déroulant sur sa gauche. De temps à autre il saluait un passant, et certains – des hommes qu'il connaissait – lui demandaient ce qu'il lisait, ce qui captivait à ce point son attention. Chaque fois, il trouvait une parade ou se contentait de sourire – « Rien d'intéressant », leur disait-il, avant de prendre des nouvelles de leur femme et de leurs enfants.

Il avait beau se répéter que ce courrier résultait d'une méprise, il ne pouvait s'empêcher, à mesure que passaient les jours, de s'étonner qu'une telle chose ait pu advenir, de douter qu'un document associant son nom à celui d'Homer Wilson ne soit qu'un malentendu qu'il aurait pu traiter par le mépris, réduire à une banale erreur administrative. Les premiers soupçons le frappèrent comme une gifle brûlante, aussi dure et rugueuse qu'un noyau de pêche. Dans la lumière rasante, l'ombre de la clôture inscrivait dans la poussière blanchâtre une ligne légèrement tremblante.

Le soir même, alors que les enfants étaient sortis, il remit la lettre à Kimiko. Celle-ci se laissa tomber sur un siège, devant la table, sans détacher les yeux du texte imprimé sur le feuillet et de la signature de l'avocat.

« Ce doit être une erreur ? » lui dit-il enfin.

Cela sonnait comme une question, mais elle y vit plutôt l'expression plaintive de son espérance.

« Non, lui répondit-elle calmement. Ce n'est pas une erreur.

– Mais pourquoi ?

– Tu leur faisais confiance.

– C'est mon ami. »

Là, Kimiko releva la tête avec brusquerie, braquant sur lui un regard dur et flambant de colère.

« Il est mon ami, répéta Hiro.

– C'est un *hakujin*.

– Il ne pense pas comme toi.

– Pardon ? Tu te figures que c'est moi qui fais de lui un *hakujin* ? Tu le crois sincèrement ?

– Doucement, fit Hiro avec un mouvement de tête vers le logement voisin.

– Tu n'es qu'un idiot.

– Arrête ça.

– Je dis seulement la vérité. »

Elle prononça alors son prénom, chose qu'elle faisait rarement, lui préférant *Otōsan* – père –, qui indiquait sa place au sein de la famille.

« Hiro, je sais qu'il a compté pour toi.

– C'est mon ami. »

Le regard de Kimiko se porta de nouveau sur la lettre, et quand elle l'eut relue, elle la plia en quatre.

« Tu ferais mieux de la brûler.

– Tu crois que c'est vrai, ce qu'il y a dedans ?

– Tu envisages une autre possibilité ?

– Une erreur, peut-être.

– Tu sais parfaitement que non. »

Jamais elle ne devait oublier l'expression du visage de son mari en cet instant, le désespoir et la trahison mêlés à la peur qui passaient sur ses traits comme le vent dans les hautes herbes. Elle aurait tant aimé l'attirer contre elle, comme elle l'avait vu faire dans les films américains : deux personnes qui se jetaient l'une contre l'autre avec tant de force qu'elles ressemblaient à deux aimants unis par une attraction réciproque. Mais ce n'était pas le genre de relation qu'elle entretenait avec lui, et elle ne savait même pas si cela arrivait dans la vraie vie.

« Qu'est-ce qu'on va faire ? lui demanda-t-il finalement.

– On ira ailleurs, c'est tout.

– Mais où ?

– On trouvera bien quelque chose.

– Je n'y comprends rien, je ne vois pas ce qui a pu se passer. Comment est-ce possible ?

– Une question d'argent, peut-être.

– Il n'aurait jamais fait une chose pareille.

– Tu vois bien que si.

– Pourquoi ? Qu'est-ce que ça veut dire ?

– Que nous ne sommes pas chez nous.

– Mais il n'y a rien de définitif. C'est une situation provisoire.

– Je ne parlais pas de cet endroit », dit Kimiko en embrassant d'un geste les murs, le plancher, le poêle et les vitres criblées de grains de sable.

Peut-être ont-ils poursuivi la conversation, mais cela n'a pas grande importance. Ils n'auront fait que répéter ce qu'ils avaient déjà dit, et finalement Hiro est sorti fumer sa pipe, la lettre rangée dans sa poche. Kimiko insistait sur la nécessité de cette promenade en solitaire, mais c'était elle, en réalité, qui avait besoin de solitude. L'existence de ce document, de cette lettre signée Walter E. Shettley, l'avait submergée comme une vague, non pas à cause de sa signification profonde – elle ne la découvrirait qu'au bout de trois décennies, et encore de manière incomplète – mais en raison des conséquences qu'elle laissait pressentir pour sa famille, et pour Ray en particulier. Elle se retrouva assise au bord du lit bosselé de Doris et, devant son regard fixe, les fentes entre les planches des murs finirent par se gondoler, écran de rayures floues au-delà duquel se trouvait la clôture en barbelés qui enfermait le monde : un espace plat et dénudé ne contenant qu'humiliation et solitude.

Avant que son mari ne sorte, sa pipe à la main, Kimiko lui avait dit :

« N'en parle pas à Raymond. D'ailleurs, n'en parle à personne, et surtout pas à lui.

– Bien sûr que non.

– Ça le détruirait.

– Il est solide.

– Ne le dis à aucun des trois.

– C'est promis. »

Et puis il était sorti, et la porte claqua derrière lui.

Elle éprouva alors une sorte de soulagement terrible. Tout était enfin clair. Le contenu de cette lettre, son style concis et direct, venaient de détruire ce qu'elle savait être une des croyances fondamentales de son mari : Homer Wilson et lui-même se situaient à peu près sur un pied d'égalité, en dépit du fait que le premier était blanc, citoyen américain et propriétaire terrien, et par là même pleinement inséré dans le tissu de la nation, d'une manière qui leur serait toujours refusée, à eux et à leurs enfants. Leur internement n'était que la conclusion d'une série de discriminations qui s'étaient accumulées depuis le jour où on l'avait expédiée outre-mer, à l'issue d'un complot ourdi par la marieuse et ses parents. Hiro avait raconté aux enfants qu'on les éloignait de Placer County pour leur propre bien, de peur qu'ils ne soient physiquement agressés pendant que les passions antijaponaises agitaient l'atmosphère. Quel sot et quel naïf !

Elle, au moins, elle savait qui elle était. Une Japonaise. C'était ainsi qu'elle se concevait, et elle savait qu'elle continuerait à le penser, peu importait le temps qu'elle passerait dans ce pays. Cela, elle l'avait compris bien avant que les bus ne viennent les chercher, avant qu'il ait été décrété qui pouvait se définir comme américain et qui n'y était pas autorisé.

Pourtant, elle ne s'était jamais affranchie de ces collines plantées de pêchers, de pruniers et de poiriers, des herbes mordorées, des chênes à l'écorce couleur bronze et de la chaleur de fournaise qui montait de la terre, l'été. Pendant vingt-sept ans elle ne devait pas revoir ce paysage, mais les souvenirs qu'elle avait de son fils resteraient à jamais indissociables de ce cadre géographique, et elle ne pourrait songer à lui sans évoquer en même temps les chênes et les vergers, leur maisonnette sur la colline, face à la grande demeure des Wilson, et la petite ville avec ses hangars à fruits et les bâtiments délabrés de la petite Japantown nichée dans la ravine, au pied de Chantry Hill. Son garçon. Son beau garçon. Il avait vécu là-bas, et puis il y avait eu la guerre et le camp de Tule Lake, Raymond s'était enrôlé et il avait disparu, il s'était évaporé si complètement que sa vie, par moments, lui semblait se résumer à une vision, une hallucination.

Pendant longtemps, elle avait eu l'intime conviction qu'il vivait toujours mais avait décidé, pour d'obscures raisons, de se tenir à l'écart des siens – loin de son père, de sa mère et de ses deux sœurs –, puis les années se succédèrent, cinq, dix, et alors elle sut au fond d'elle-même que son fils était mort. Elle le savait, et elle finit même par l'accepter dans le tiède noyau palpitant de son cœur.

Ce jour-là, en parlant avec ma tante, elle prit conscience d'une chose dont elle ne s'était jamais préoccupée jusque-là : Evelyn Wilson aussi était une survivante, une mère des morts.

« Aidez-moi, Evelyn, lui dit-elle alors. Je vous en prie, aidez-moi. »

Je m'étais avancé tout au bord de mon siège, et j'ai constaté que ma grand-mère avait fait de même, suspendue comme moi aux lèvres de ma tante. Impassible, celle-ci a fait durer notre attente, moins par méchanceté, je présume, que par pure indifférence. Et lorsque enfin elle a répondu, c'était cette indifférence qui semblait inspirer ses paroles, comme si elles étaient les seules possibles.

J'ai compris plus tard que ce n'était pas par bonté qu'elle agissait ainsi, mais plutôt pour ne pas perdre le contrôle de la situation, supposant à juste titre que Mrs Takahashi n'accepterait pas de rentrer chez elle sans avoir obtenu satisfaction.

« Oui. Bien sûr que je vais vous aider, Kim. Évidemment. »

10

Il m'a fallu près d'un mois pour percer à jour les motivations qui sous-tendaient la décision de ma tante : sa propre culpabilité occupait dans l'histoire une place plus centrale que ce qu'il était apparu de prime abord. Elle-même n'avait d'ailleurs pas conscience de l'ampleur de ses fautes – et continuerait à l'ignorer jusqu'à sa mort –, mais pour l'heure nous accueillions avec gratitude la moindre piste. Puisque Evelyn se trouvait à Placer County en 1945 et qu'elle avait vu Ray – seulement de loin, à Auburn, pensions-nous encore –, nous avions en elle un premier maillon susceptible de nous mener à des informations concrètes. Après tout, elle avait promis son aide à Mrs Takahashi, elle s'était même engagée à la voir chaque fois qu'elle se sentirait prête à faire le trajet jusqu'à elle, ce qui devait se produire à six reprises au cours des cinq semaines suivantes. Chaque fois, Evelyn se présentait chez ma grand-mère peu après son arrivée, ma grand-mère leur servait le thé, puis les deux femmes prenaient place dans la Pontiac : l'une à l'arrière, l'autre à côté de moi, sur le siège passager. (Ces après-midi-là, je manquais mon travail à la station-service, prétextant que je devais conduire une parente âgée à divers rendez-vous et qu'il m'était impossible de savoir à quelle heure je rentrerais. Mon absence ne contrariait mon patron, Mr Borton, que dans la mesure où il devait me remplacer au bureau. Quand se sont terminées ces manœuvres secrètes, j'ai décidé que j'avais mieux à faire de ma vie, et j'ai persuadé Mr Borton de me faire un contrat à temps partiel afin de pouvoir m'inscrire à l'université publique la plus proche, grâce à la bourse allouée aux vétérans. Il m'a fallu huit ans pour obtenir mon diplôme, un master que j'ai fini par décrocher en 1977, alors que j'avais déjà publié mon premier roman.)

Je vous épargnerai la liste des personnes que nous avons interrogées pendant ces semaines-là, des témoins qui, pour la plupart, avaient pratiquement oublié Ray Takahashi, et qui nous décrivaient des choses parfaitement insignifiantes que nous tentions de relier les unes aux autres à partir de leurs vagues évocations.

Par exemple : « Ah, oui, ça y est, je me rappelle. Il me semble l'avoir aperçu dans un cinéma d'Auburn. » Ou bien : « Mais oui, je l'ai croisé ici à Loomis, au drugstore, je crois qu'il mangeait une glace au comptoir. Non, je ne pense pas qu'il était accompagné. » La majorité de ces souvenirs étaient banals et inutiles, mais il y en eut un ou deux qui nous donnèrent un coup au cœur. Ainsi, un vieux fermier japonais de Loomis se souvenait qu'Hiro Takahashi l'avait contacté, en quête d'informations sur son fils, et il se rappelait aussi avoir vu Ray en personne quelques semaines plus tard, marchant sur Ridge Road tête baissée, le long du canal d'irrigation. Le fermier s'était arrêté pour lui proposer de monter, et quand Ray avait décliné, il avait dit au jeune soldat que son père le cherchait, et qu'il ferait bien de passer chez lui ou de lui téléphoner sans tarder. Ray avait acquiescé, prétendant qu'il allait le faire d'une cabine publique en ville – il venait tout juste de rentrer au pays, sa famille savait où il se trouvait, il n'y avait pas lieu de s'inquiéter. « Voilà, c'est tout, a conclu le fermier en haussant les épaules. Je crois que c'est la seule fois où je l'ai vu, en train de marcher sur cette route. »

« Mon Dieu, Kim, a dit ma tante quand nous avons repris la route. Tout ça devient trop éprouvant. »

Sur le moment, son trouble et sa perplexité semblaient aussi profonds que ceux de Mrs Takahashi. Mais vers la fin de cette période, alors qu'un automne froid et pluvieux avait succédé à l'été, il apparut que sa réaction n'avait été que du soulagement face à une nouvelle impasse dont elle n'était pas responsable. L'élément manquant de l'histoire me parviendrait plus tard par l'intermédiaire d'un certain Jim Tuttle, dont les parents originaires d'Oklahoma devaient être les seuls occupants d'après-guerre de cette maison blanche que tous continuaient à considérer comme le foyer des Takahashi. Presque tous les personnages de cette histoire auraient alors disparu – d'abord ma grand-mère, puis Mrs Takahashi et enfin Evelyn –, ne laissant que lui et moi, et cet homme surgirait de nulle part par une chaude après-midi immobile de 1983 pour me livrer enfin ce qui peut se rapprocher le plus d'une conclusion à ce récit.

Peu avant la fin de notre aventure, Mrs Takahashi m'a prié un jour de la conduire au temple bouddhiste de Penryn, non loin de Newcastle, car ma tante avait suggéré au cours d'un de leurs entretiens que Ray avait pu y loger à son retour.

Alors que je m'attendais à un bâtiment exotique, j'ai découvert en arrivant une banale maison d'habitation à la façade de stuc blanc, que l'on avait dû convertir en lieu de culte quelques décennies auparavant. Mrs Takahashi n'y avait pas mis les pieds depuis vingt-sept ans, mais la salle principale, baignée d'une pénombre fraîche, n'avait guère changé : des odeurs d'encens et de bois ciré, des ombres pleines de silence et de quiétude. Les bancs étaient les mêmes que ceux des églises catholiques de mon enfance, mais au lieu d'un Christ sanglant, c'était une sorte d'autel qui dominait l'espace, sculpté dans un tek sombre et supportant une statue de Bouddha entourée de porte-encens, de petits livres, de gongs et autres instruments de la liturgie.

Lorsque le prêtre est venu accueillir Mrs Takahashi, ils se sont salués en japonais. C'était un minuscule vieillard au crâne chauve, qui m'a adressé un sourire chaleureux lorsque Mrs Takahashi a fait les présentations. L'échange s'est poursuivi dans leur langue, incompréhensible pour moi, si bien que j'ai fini par m'excuser pour ressortir dans la fournaise du parking.

« Elle a trouvé quelqu'un à qui parler ? » m'a demandé Evelyn, qui patientait dans la voiture, vitre baissée.

Malgré la chaleur, je ne voyais pas une goutte de transpiration sur son visage.

« Elle discute avec le prêtre. Est-ce qu'il s'agit bien d'un prêtre, dans ce cas-là ? Je ne sais pas trop quel mot employer.

– Je n'en sais rien non plus. En tout cas, merci de nous accompagner comme ça, je suis certaine que tu aurais mieux à faire.

– Pas vraiment, pour être honnête.
– Et tes amis, qu'est-ce qu'ils font ?
– Je ne connais personne dans le coin, en dehors de mamie.
– C'est le petit nom que tu lui donnes ?
– Je l'ai toujours appelée comme ça. Vous aussi, vous… Est-ce que vous avez des petits-enfants ? »

Elle n'a pas répondu immédiatement, et ses yeux, derrière les larges cercles de ses lunettes noires, ont paru me traverser pour se fixer sur la vive clarté du soleil.

« Oui, j'ai des petits-enfants.
– Et comment ils vous appellent ?
– Je ne sais pas, ils ne s'adressent jamais à moi.
– Pardon ?
– Oui, je n'ai aucune relation avec eux.
– Oh, excusez-moi, je n'avais pas l'intention de… Mince, je crois que j'ai mis les pieds dans le plat.
– Ce n'est pas grave. Ma fille, Helen, est mariée à un homme qui vient de Chicago. Ils se sont installés là-bas et depuis, elle et moi ne sommes plus en contact. C'est une des raisons qui m'ont donné le courage d'aller parler à Kim. J'ai pensé que si je retrouvais son fils, ça me permettrait peut-être de retrouver mon petit-fils.
– Parce que c'est le seul petit-enfant qu'il vous reste.
– Il ne me reste que lui au monde, tout simplement. Mon mari est décédé. Une crise cardiaque, quelle ironie du sort, lui qui avait le cœur si grand. Ça aussi, il m'est arrivé de le reprocher à Raymond.
– Comment ça ?
– J'estimais qu'il avait sali l'honneur de ma fille, même si cela peut sembler vieux jeu aujourd'hui. Que je sois

partie à Seattle pour régler le problème – ou pour m'en décharger sur quelqu'un d'autre –, je crois que mon mari ne me l'a jamais vraiment pardonné.

– Il a pourtant dû comprendre, non ? Ça n'a pas été le cas ?

– Je n'en suis pas sûre. Tak était son ami le plus cher, tu sais. Même à l'époque, ça me dépassait un peu. Je ne concevais pas qu'il puisse passer outre ses origines. C'était trop pour moi.

– Mais vous avez également un fils, non ?

– Oh, a-t-elle lâché avec tristesse. Tu veux sans doute parler de Jimmy. »

J'ai attendu qu'elle m'en dise davantage, mais la porte du temple s'est soudain rouverte sur Mrs Takahashi, suivie du prêtre bouddhiste ; ils se sont inclinés pour se dire au revoir, échangeant quelques mots que je n'ai pas entendus, puis Kimiko a traversé le parking pour remonter en voiture.

« Alors, Kim, qu'est-ce qu'il vous a raconté ? » lui a demandé ma tante.

Mrs Takahashi a attendu pour répondre que nous ayons rejoint la route, et sa voix, alors, était presque inaudible.

« Il est venu ici. Raymond est venu ici.

– Le prêtre s'en souvient exactement ?

– Il n'a pas oublié ma famille, et il se souvient aussi que mon mari est passé le voir quand il cherchait notre fils.

– Qu'est-ce qu'il vous a dit ?

– D'après lui, Raymond est apparu peu de temps après la visite de son père. Quelques jours, ou quelques semaines après. Il lui a raconté qu'il était déjà passé par la maison.

Le prêtre s'est contenté de cette réponse, il n'avait aucune raison de chercher plus loin. »

La même chose s'était produite partout, la présence insaisissable de Raymond à Placer County, fondée sur de simples témoignages. Il prétendait être passé chez lui – à Oakland –, et personne n'avait mis sa parole en doute ni tenté de contacter sa famille.

« Je suis désolée, Kim, a dit Evelyn.

– Ray dormait là-bas.

– Toutes les nuits ? ai-je demandé.

– Oui, presque. C'est ce qu'il m'a affirmé, en tout cas. »

Le silence est retombé. J'ai attendu que l'une ou l'autre soulève la question qui s'imposait à mes yeux, avant de me décider à la poser moi-même :

« Et les autres nuits, où est-ce qu'il était ?

– Qu'est-ce que tu veux dire ? a demandé ma tante.

– Le prêtre raconte qu'il dormait au temple presque tous les soirs. J'aimerais savoir où il était le reste du temps.

– Dehors, a dit Mrs Takahashi.

– Dehors ?

– Oui, c'est ce qu'il m'a dit. Et je crois même savoir où c'était.

– Où ça ?

– Je vais vous montrer. »

À une bifurcation de la route, elle m'a prié de tourner à gauche ; j'ai obéi, l'énorme capot de la Pontiac tanguant sur l'asphalte surchauffé dans un miroitement de brume.

L'endroit où nous a mené Mrs Takahashi ne se trouvait peut-être pas bien loin de son ancienne maison sur la propriété des Wilson, mais on avait l'impression, en parcourant ces routes sinueuses à la limite du comté, de se diriger vers un lieu secret. Celle que nous avons empruntée épousait une ligne de crête à la végétation si touffue qu'elle retombait en voûte au-dessus de la voie, et la Pontiac a dû se frayer un chemin dans un tunnel verdoyant moiré d'une lumière d'été qui semblait étinceler dans la chaleur de l'après-midi. Nous en avons émergé sur le faîte aplati d'une colline plantée de chênes aux troncs rugueux et tordus, au milieu de rochers gris pâle et d'herbes ondoyantes et dorées.

« Il venait parfois camper ici », a expliqué Mrs Takahashi.

Une fois la voiture arrêtée, on n'a plus entendu que la rumeur du vent sur les feuillages et les herbes fanées.

« Jimmy y venait aussi », a ajouté Evelyn.

Je me suis avancé parmi les herbes sur quelques dizaines de mètres. Aucun des lieux que nous avions visités précédemment ne m'avait fait une telle impression : pour la première fois, je sentais concrètement la présence de Ray, il me semblait crédible qu'il soit monté camper sur cette crête après son retour au pays. Il devenait pour moi un être de chair et de sang qui avait foulé le sol de cette colline, agité de pensées, d'idées et de désirs. Je ne saurais pas expliquer cette impression, pas plus que je ne peux justifier le sentiment qu'il m'incombe d'écrire cette histoire, mais je comprenais qu'il ait pu venir là-haut avec un ami ou une amoureuse, ou tout seul par la suite, le cœur résonnant toujours des bruits et des sensations de la guerre. Il y avait cherché la grâce et peut-être un salut, comme s'il était toujours soldat, enveloppé dans son manteau et couché dans un cercle d'herbes aplaties. Autour de lui, les tiges dressées faisaient comme un rempart qui le protégeait de l'ennemi, des coups de feu et des tirs de mortier. Tout comme moi, il avait eu l'occasion d'apprendre qu'un moment de sommeil à l'abri de la mort représentait un luxe quasiment inconcevable.

Je n'avais jamais cru que Ray ait pu survivre, mais sur cette colline, alors que les deux femmes patientaient dans la voiture, je n'en étais plus aussi sûr, debout à l'ombre d'un chêne, contemplant les vagues frémissantes des herbes brassées par le petit vent tiède qui ébouriffait mes cheveux. Je l'imaginais rêvant d'elle chaque fois qu'il venait ici, si proche de lui que c'était à devenir fou, avec cette maison perchée sur la crête d'en face où elle reposait cachée à ses yeux. Elle était tout près de lui, mais elle aurait pu aussi bien se trouver en Italie, en France ou au Japon. Rien n'avait changé, et pourtant tout s'était détraqué. Dire qu'il venait d'être agressé par le contremaître de la propriété sur laquelle il avait grandi ! Comme il lui semblait étrange, ce monde qu'il retrouvait – à croire qu'en se battant pour l'Amérique, il avait mis en pleine lumière des facettes de ce pays que l'on avait préféré occulter. Mais il est possible que je me trompe sur ses pensées, Ray était peut-être trop jeune pour saisir ainsi sa propre différence – c'était seulement son corps qui le trahissait en le désignant pour toujours comme japonais, quel que fût le temps qu'il avait passé à défendre le pays où il était né.

Ray ignorait ce qui s'était passé, mais il a dû comprendre immédiatement qu'il ne s'agissait pas d'un malentendu. Il lui vint à l'esprit qu'on avait découvert sa relation avec Helen, ou que la jeune fille – hypothèse encore plus fugitive – était tombée enceinte. La seule idée de cette grossesse provoqua tant de rage et de terreur qu'il sentit une nausée lui monter à la gorge, les entrailles tordues, la bouche emplie de salive. Ce n'était pas possible. Helen lui dirait la vérité. Ou alors Jimmy le ferait. Le mieux était peut-être d'attendre, assis sur les marches, qu'un des deux apparaisse. Et ce fut ce qu'il essaya de faire pendant les trois jours suivants, jusqu'à ce que les Wilson engagent des vigiles armés pour lui interdire l'accès à la propriété, chose que je découvrirais en même temps que tout ce que les Wilson lui avaient fait subir.

Il m'est arrivé très souvent de remonter sur cette colline, bien après la fin de l'été, alors que le sommet, de plus en plus gris sous la couverture nuageuse, semblait s'être rapproché du ciel, et j'y suis retourné plus tard encore, au moment où le paysage s'éveillait de son sommeil hivernal. Pendant toute cette période, j'ai relevé sur les lieux les traces du passage de jeunes gens : le cercle noir laissé par un feu de camp, une chaussette isolée et un préservatif usagé, des bouteilles de bière vides. Ces secrets de la jeunesse qui, bien entendu, ne sont un secret pour personne, et dont l'usage se transmet indéfiniment d'une génération à l'autre, à la façon d'un héritage.

C'était donc là qu'Helen et lui étaient… Que dire ? Tombés amoureux ? Avaient fait l'amour ? Tout cela à la fois, peut-être. La chose a dû se produire le jour où il a réalisé qu'elle n'était plus une enfant, cette petite fille dont le frère était son meilleur ami – ou alors c'est Helen qui s'en est rendu compte la première. Et une autre révélation plus douloureuse a sûrement accompagné celle-ci, enseignant à Ray qu'entre eux et lui existait une différence dont il avait voulu faire abstraction chaque jour de sa vie. Peut-être avait-il manqué de lucidité, mais cette notion n'avait pas vraiment affleuré à la surface de sa conscience avant qu'il ne s'intéresse à elle, à une époque où même les couleurs du monde semblaient se métamorphoser. La présence d'Helen avait posé un halo doré sur l'aube radieuse de son enfance, et puis l'odeur de sa peau était devenue plus sombre et plus profonde avec le temps, jusqu'à ce que toute sa vie semble structurée par les contrastes, chaque moment de lumière et de joie souligné par des ombres noires et insondables. Quand et comment il était tombé amoureux – d'Helen entre toutes les filles ! –, Ray n'aurait su le définir, il n'arrivait pas à saisir l'instant décisif.

Je dirais que les choses se sont passées à peu près ainsi : une soirée humide en haut de la colline, Jimmy, Ray et un petit groupe d'amis ont allumé un feu de camp, le jour a décliné de bonne heure et autour d'eux le monde se tait. Un des garçons a apporté un pack de six bières, ils en boivent une chacun. Helen a insisté pour se joindre à eux ; Jimmy, qui a dix-neuf ans comme Ray et vient de quitter le lycée, est fatigué de traîner partout sa cadette, mais elle a réussi à le convaincre. Quand elle arrive sur place, plusieurs garçons et filles sont déjà là. Helen a seize ans, tous les autres en ont au moins trois de plus qu'elle.

Ray ne saurait dire si c'est le désir des autres garçons qui l'a rendue si attirante. Il n'aime pas l'idée que son propre désir puisse être aussi facilement manipulé, mais une chose est certaine : ce soir-là, Helen a franchi une frontière intangible et vient d'entrer dans la féminité. Autour du feu, les autres garçons la regardent et bavardent avec elle, ils éclatent de rire chaque fois qu'elle rit. Si Jimmy ne paraît pas sensible au changement, Ray, lui, l'a bien remarqué. Helen aussi en est consciente. Ce soir-là elle ressemble à un diamant, drôle, captivante, très mûre pour son âge. À plusieurs reprises, son regard accroche celui de Ray à travers la chaude lueur orangée du feu de camp. La première fois, il se détourne à l'instant précis où se noue ce contact immatériel et invraisemblable, et quand son regard revient sur elle, elle est déjà passée à autre chose, penchée vers Hank Pinkerton qui lui chuchote quelques mots à l'oreille. Lorsqu'elle cherche de nouveau son regard, Ray parvient à le soutenir, et leurs yeux se rencontrent quelque part au-dessus des flammes turbulentes. Cette fois, c'est Helen qui se détourne, et il s'attarde en lui un sentiment inconnu et si étrange, si terrible et merveilleux à la fois qu'il en a le souffle coupé ; c'est comme une cassure à l'intérieur de son être.

Ce qui vient d'arriver le laisse perplexe, mais il est incapable de penser à autre chose pendant tout le trajet du retour dans le pick-up des Wilson, Helen collant contre lui sa hanche et sa cuisse tout en échangeant avec son frère des propos qu'il n'écoute pas, jusqu'à ce que Jimmy l'interpelle en singeant pour plaisanter l'accent asiatique, comme il le fait parfois pour se donner l'air décontracté.

« Hé, Charlie Chan ! T'es pas très causant, dis donc !

– Juste un petit coup de fatigue, dit Ray en soupirant.

– Grosse feignasse. Allez, rentre vite faire un bon dodo.

– Ouais.

– Quelque chose te préoccupe, Ray ? »

C'est Helen qui a posé la question, et sa voix n'est pas forte et joyeuse comme d'habitude mais douce, tendre, basse. Jamais plus, par la suite, il ne l'entendra ainsi.

« Non, non, tout va bien. »

Ils s'arrêtent devant chez les Wilson et Jimmy lui lance un « À plus tard » en descendant du pick-up avec sa sœur, qui lui fait au revoir de la main. Ray se retrouve seul dans l'obscurité, regardant d'abord la maison puis la ligne argentée du sentier qui file entre les vergers, reliant cette maison à celle de sa famille, et il se demande encore à quel moment Helen a grandi et pourquoi il ne s'en est pas aperçu plus tôt. La nuit qui l'enveloppe est animée par le bruit des insectes et la musique vibrante des grenouilles minuscules. Au-dessus de lui le dôme des étoiles, d'un pourpre lumineux.

Dans un autre contexte, les choses auraient pu se passer différemment : Helen et Ray auraient pu se contenter de ce regard à travers les flammes, un vrai regard qui serait toutefois resté sans suite, car ils auraient compris qu'ils n'étaient pas destinés l'un à l'autre, qu'il fallait passer à d'autres amis, à d'autres amants. Mais à ce moment-là l'ordre d'évacuation avait été promulgué, et vivre dans ce monde devenait brusquement une cruelle épreuve.

Le lendemain de l'annonce de cette nouvelle, Jimmy vint les voir dans leur petite maison blanche, où leurs pères, la mine grave, discutaient déjà à voix basse, penchés l'un vers l'autre. Les garçons partirent de leur côté, marchant entre les arbres mouillés par les pluies de février, et Jimmy, aussi loquace que son paternel, ne cessa d'exprimer son indignation, soutenant, comme il le soutiendrait par la suite, que tout allait rapidement rentrer dans l'ordre.

« Tu as certainement raison, approuva Ray.

– Bien sûr que oui. Je le sais ! Mince, Ray, on va s'enrôler tous les deux, hein ?

– Évidemment, Jimmy. » Encore une fois au cours de cette journée, il se demanda où était Helen. « On va leur montrer, à ces fichus Japs.

– Bien dit, Ray ! Ces fichus Japs, ouais. On va leur montrer, t'as raison. »

Helen ne fit aucune apparition de la journée. Ray espérait la croiser tout autant qu'il le redoutait, mais il se passa encore deux jours sans qu'il l'aperçoive. Plusieurs mois s'étaient écoulés depuis la soirée du feu de camp, et il lui semblait parfois que toute cette scène n'avait été qu'une hallucination. Cependant, il y avait eu depuis des échanges de regards muets, il l'avait vue lui rendre son regard dans les vergers ou à table, lorsqu'il était reçu chez les Wilson, des coups d'œil si brefs et si furtifs qu'il doutait presque de leur existence.

Elle est enfin venue à lui au début du mois de mars, par un ardent crépuscule de printemps. Cela faisait un mois qu'il ne la voyait plus, et il commençait à se demander ce qui pouvait la pousser à le fuir, surtout dans des circonstances pareilles. Peut-être se faisait-il des idées, il est possible que son désir de la voir, de seulement la voir, ait prêté trop de sens à une absence qu'il n'aurait même pas remarquée auparavant.

Ce jour-là, il a réparé le pick-up avec Jimmy, ils se sont lavés au robinet du jardin, puis Ray a pris le chemin du retour. Entre les arbres, il aperçoit ses sœurs : Mary qui se balance sur la chambre à air que Jimmy a suspendue aux branches de l'arbre à kakis devant chez eux, et Doris qui se tient à côté. Le soleil décline rapidement, l'ombre a presque envahi le verger. Ray sait que le sentier, vu d'une maison ou de l'autre, n'est plus qu'une masse de ténèbres. Et c'est dans cette obscurité qu'elle vient à lui en prononçant son nom et Ray, alors, s'arrête pour la regarder, il la regarde sur ce chemin plein d'ombres où le ciel retient un peu de lumière au-dessus d'un monde réduit à ses contours. Cette voix qui l'appelle n'est qu'un souffle ténu, il en viendrait presque à croire que c'est son désir qui a tout imaginé. Mais non, elle est bien là, et le clair de lune pose sur son corps frêle des rayures bleutées.

« Qu'est-ce que tu fais ici ?

– J'avais quelque chose à te dire... »

Elle laisse sa phrase inachevée.

« Quoi donc ? »

Elle s'avance de quelques pas tandis que Ray demeure immobile, incapable de faire un geste, les mains plaquées contre son corps tandis qu'elle se rapproche toujours. Il remarque alors qu'à seize ans, Helen le dépasse déjà de deux bons centimètres, si bien qu'il doit lever légèrement la tête pour rencontrer son regard.

« Je ne veux pas que tu t'en ailles.

– Moi non plus, je n'ai pas envie de partir. »

Les larmes coulent sur le visage d'Helen, et Ray, ne sachant que faire, tend les bras pour l'attirer à lui. Ils s'étreignent, sa main à lui derrière sa nuque à elle, ses doigts dans ses cheveux blonds. Même au clair de lune, ils ressemblent à de l'or. Il lui parle tout doucement, essaie de la réconforter.

« Tout va bien se passer, Helen. Je t'assure que ça va aller. »

Il a l'impression de sentir son cœur battre contre le sien, de deviner sa forme quelque part sous les seins qui se pressent contre lui. Cette chaleur qui émane d'elle.

« Mon Dieu, Ray, pourquoi faut-il qu'il arrive une chose pareille ?

– Je n'en sais rien. »

Elle reste un moment contre lui, dans la paisible rumeur nocturne du verger qui craque, vibre et bourdonne autour d'eux. Quand elle écarte la tête de sa poitrine, il croit tout d'abord qu'elle veut rompre l'étreinte, mais déjà ses lèvres se posent sur les siennes. À peine un baiser doux et rapide, et la voilà qui se sauve sur le chemin, en direction de la maison familiale dont il distingue l'imposante silhouette noire. Ray s'attarde un long moment, fondu dans l'ombre des premières rangées d'arbres, guettant l'apparition d'une lumière à la fenêtre d'Helen, un rectangle jaune découpé dans le ciel fourmillant d'étoiles en mouvement.

Il se passerait plusieurs mois avant qu'il s'allonge avec elle sur une couverture en laine rêche dépliée sur les herbes jaunies sous un ciel semblable à celui-ci et qu'elle l'aime. Qu'ils s'aiment. Dans le secret et le silence. Et puis tout volerait en éclats, non seulement par la faute de l'Histoire mais à cause, aussi, de leurs vies à eux, ballottées par le maelström furieux qui séparait deux continents.

Les bus sont passés deux mois plus tard. Cette scène, vous avez déjà assisté à son déroulement, mais je l'évoque de nouveau ici parce que c'est la dernière occasion où ils ont été réunis tous les trois. Regardez-les bien : Ray, Jimmy et Helen regroupés sur la place, Jimmy qui vient tout juste de révéler son grand secret, il s'est enrôlé trois jours plus tôt, et Ray, en l'apprenant, manque s'effondrer à genoux. Il aurait sincèrement préféré que Jimmy ne lui en dise rien. Son ami va partir se battre, et lui pendant ce temps... lui restera coincé avec sa famille dans un endroit dont il n'a jamais entendu parler. Ces pensées-là, bien sûr, il les garde pour lui. Il se borne à répondre que le père de Jimmy va se mettre en rage quand il sera au courant.

« C'est moi qui lui annoncerai la nouvelle », dit Helen.

Ray évite de la regarder, les yeux baissés vers le sol, en terrain neutre.

« De toute façon il ne peut rien y changer, réplique Jimmy. J'appartiens à l'Oncle Sam.

– Et ton père pourra se passer de toi ?

– Mince, Ray, t'es pourtant censé être dans mon camp, non ?

– C'est le cas.

– Tu en es sûr ? »

Ray relève les yeux. Comme son père, Jimmy le dépasse d'une bonne tête.

« Bon sang, Jimmy ! dit Helen.

– Quoi ? Je me suis excusé.

– C'est faux.

– Bon, je le fais maintenant, alors.

– On est bien avancés.

– La ferme.

– Ray, dit Helen, n'aie pas l'air aussi triste. »

Le pied étroit de la jeune fille se déplace sur le gravier pour toucher la chaussure claire de Ray, couverte de poussière.

« Je vais bien.

– Tu vas revenir, ne t'en fais pas. »

Il ne trouve toujours pas la force de poser les yeux sur elle.

« Ce ne sera pas si terrible. Imagine que tu vas vivre une aventure.

– Oui, renchérit Jimmy, pendant ce temps on veillera sur vos affaires. Papa et maman l'ont promis. Tu vois, tu n'as pas à t'inquiéter.

– Ray ?

– Oui ?

– Ça t'arrive d'écouter ?

– Évidemment.

– Tu veux bien me regarder ? »

La voix de Mr Wilson retentit alors, volant par-dessus la place encombrée de bagages. Jimmy s'éloigne pour rejoindre son père, et alors ils se retrouvent tous les deux seuls, comme il l'a à la fois redouté et tant désiré – ne fût-ce que pour une minute –, en tête à tête malgré la présence des autres.

« Regarde-moi, Ray. »

Il lève enfin la tête vers elle, luttant de toutes ses forces pour ne pas s'effondrer – ses chevilles et ses mollets nus, puis ses jambes cachées par sa jupe à carreaux, la courbe de sa taille en haut, le léger renflement de sa poitrine, ses bras ballants le long de son corps, sous les manches de son chemisier blanc.

Quand il a fait le tour de son corps, le regard d'Helen lui transperce la chair comme une lance ou une baïonnette.

« Ray, murmure-t-elle. Tu ne m'oublieras pas, n'est-ce pas ?

– Mon Dieu, jamais de la vie. C'est tout simplement impossible.

– Serre-moi la main.

– Quoi ?

– Prends-la, je te dis. »

Il serre la main qu'elle lui présente, comme pour conclure une affaire dont il n'a aucune idée, et c'est alors qu'il sent un petit objet rond qui tient tout entier dans sa paume, lisse, froid et dur.

« Ne le regarde pas tout de suite, mets-le juste dans ta poche. »

De l'ancienne autoroute leur parvient un grincement désagréablement aigu de freins pneumatiques, puis un ronflement de moteur diesel. Il réalise que cela fait un certain temps qu'il guette l'approche des autobus.

« Ils arrivent, dit-il en plongeant son regard dans celui d'Helen.

– Tout va bien se passer.

– Je ne veux pas partir.

– Je sais. » Un filet de voix épuisé, un chuchotis, un souffle de vent qui soupire.

« Raymond ! Raymond ? »

Il se tourne vers sa mère qui se tient à côté de son père, le couple encadré par les Wilson. Jimmy, légèrement à l'écart, pose le regard sur Helen et Ray.

Son père l'appelle pour qu'il aille chercher ses sœurs, puis agite la main.

« Je vais t'aider », murmure Helen.

À ces mots, Ray ressent un tiraillement soudain, un fourmillement au bas de son ventre qui semble le secouer tout entier.

« Je vais avec lui ! » crie Helen.

Ray s'attendait à ce que Jimmy les accompagne, mais son ami se borne à les suivre des yeux alors qu'ils s'enfoncent dans l'ombre du hangar et contournent le bâtiment, et même quand il sait qu'ils ne sont plus visibles, il continue à sentir le poids de ce regard. Derrière l'entrepôt, les rails s'étirent vers l'horizon ensoleillé, il n'y a personne en vue.

Il attire Helen à lui, et leurs bouches se joignent dans une sombre floraison de sang, de jeunesse et d'effroi. Il sent sa langue, son goût contre la sienne, glissante dans la sombre tiédeur de sa bouche.

Tout à coup, retentit auprès d'eux une voix d'enfant qui les fait s'écarter en sursaut l'un de l'autre, comme sous l'effet d'une décharge électrique.

« Oh ! Ils se font des bisous ! »

Debout à la lisière de l'ombre, l'aînée des filles Takahashi les montre du doigt en riant.

« Mary, ferme ton bec ! lui crie Raymond.

– Ils se font des bisous ! »

Il l'attrape avant qu'elle ne puisse s'enfuir, la tire en avant et la gifle du plat de la main avec un claquement sonore qui coupe le souffle à Helen.

« Mary, ferme ton bec ! siffle Ray.

– Tu m'as fait mal ! gémit la petite.

– Et tu auras encore plus mal si tu en parles à qui que ce soit. Tu m'entends ? » Comme elle ne répond pas, il la tire violemment par le bras. « Alors, c'est compris ? »

Elle fait oui de la tête, les larmes ruisselant sur ses joues.

« Où est passée ta sœur ?

– Lâche-moi !

– Où est Doris ?

– Elle est allée au bus, marmonne la fillette d'un air boudeur, pleurant encore un peu, la voix stridente et déformée par le chagrin. Ils m'ont envoyée te chercher, pauvre imbécile. »

Pendant une minute, il reste figé sur place, sans lâcher la fillette qui fixe l'herbe du regard.

« Ray, lui dit Helen d'une voix fêlée. Tu as eu tort de faire ça.

– Et si elle décide de raconter ce qu'elle a vu ?

– Ne t'inquiète pas, ce n'est pas son genre.

– Là, tu te trompes. Il n'y a pas pires rapporteuses que ces deux-là. »

Ils échangent de nouveau un regard.

« On ferait mieux d'y aller », dit Ray.

Voilà, c'est terminé. Ce ne sera pas leur dernière rencontre, mais jamais plus elle ne le regardera comme un objet d'amour, comme l'autre extrémité du long fil lumineux qui, pendant un moment, unira leurs deux cœurs. Cette image d'eux n'appartient qu'à elle, elle y trouvera un réconfort au cours des semaines et des mois à venir.

Helen ignore où doivent se rendre les Takahashi, car son père n'a répondu à ses questions que de manière évasive, sans lui fournir un nom de lieu précis, une indication qu'elle pourrait vérifier dans l'atlas Rand MacNally. Ce départ semble les entraîner tous vers un brouillard trompeur – pas juste les Takahashi, mais aussi ses camarades de lycée. Si seulement elle savait où ils vont, elle pourrait y réfléchir en détail et effectuer des recherches à la bibliothèque, ainsi elle aurait quelque chose à quoi raccrocher ce fil lumineux qui la relie à lui, et il pourrait reposer comme une pierre dans son cœur.

Cette scène derrière l'entrepôt, juste avant le départ, a été le commencement de la fin, on ne peut pas le nier. Il n'y a que dans un roman que l'on pourrait s'étonner de voir le mouvement du cœur d'Helen évoluer au cours des semaines, des mois et des années, se détournant de Raymond Takahashi pour se porter sur des objets plus accessibles. Combien de temps peut-on exiger qu'un cœur d'adolescente demeure fidèle depuis l'autre rive d'une mer inconnue ? Pendant quelque temps, Helen languirait après son premier amour, et ensuite elle s'en irait pendant de longs mois. Cette partie de l'histoire, je l'ai déjà racontée. Lorsque Ray Takahashi reparut à Placer County, en 1945, elle était rentrée depuis longtemps et fréquentait depuis plusieurs mois un garçon du coin, fils d'un technicien. Elle ne devait pas épouser ce jeune homme, et je crois qu'elle n'était pas encore parvenue à la conclusion qu'il lui fallait quitter pour de bon le comté, trouver un mari qui l'emmènerait loin de là. Cette conclusion, me semble-t-il, a dû lui venir plus tard, le jour où Ray l'a rencontrée par hasard dans un *diner* d'Auburn, et où elle a enfin compris que l'artifice soigneusement élaboré qu'était devenue sa vie n'était certainement pas son œuvre à elle, mais celle de sa mère, depuis toujours ; et que si elle voulait vivre, elle serait obligée de fuir son univers familier pour un avenir plus heureux, ailleurs sur cette planète.

J'ai appris incidemment l'épisode du *diner* de la bouche de ma tante, par une remarque qu'elle a lâchée au moment de prendre congé, après quelques bavardages anodins.

« On aurait dit qu'il n'était rentré que pour achever le saccage qu'il avait entrepris des années plus tôt. »

Nous étions encore dans la voiture, et Mrs Takahashi venait tout juste de reprendre la route pour rentrer à San José. Cinq semaines s'étaient écoulées depuis qu'elle était passée à la station-service et, dans l'intervalle, nous nous étions retrouvés cinq ou six fois pour continuer nos recherches. Je dois avouer que nos découvertes étaient trop modestes pour nous permettre de définir les circonstances de la disparition de son fils, même si nous connaissions en partie ses faits et gestes pendant les quelques semaines, vingt-sept ans plus tôt, où il avait sillonné les collines du comté, en quête de réponses qu'il ne trouverait jamais.

La discussion de ce soir-là devait marquer la fin de nos expéditions sur les routes sinueuses, au milieu des chênes et des derniers vergers, rares vestiges d'une florissante industrie fruitière aujourd'hui disparue. Comme j'allais l'apprendre, l'activité agricole, déjà sur le déclin, avait été soudainement anéantie, en l'espace de quelques mois tragiques, par une maladie qui, en se répandant à travers tout l'État, avait décimé les fruitiers de Placer County. Les arbres étaient morts, les entrepôts avaient fermé et les petites villes situées le long de l'ancienne autoroute ne s'en étaient jamais vraiment relevées : à l'époque où je suis arrivé dans la région, il ne subsistait que quelques grappes de maisons vieillottes et de commerces pour touristes, à deux pas du vacarme incessant de l'actuelle Interstate. J'ignorais que ce jour de fin d'été serait ma dernière sortie avec Evelyn et Mrs Takahashi, mais avec le recul je me dis que j'aurais pu prévoir l'imminence de la conclusion, puisque nous avions exploré les environs à la poursuite d'indices qui n'existaient tout simplement pas. Juillet était passé, et le mois d'août n'allait pas tarder à s'achever.

Comme toutes les précédentes, cette dernière journée avait été consacrée à un parcours tortueux et absurde, sans guide ni carte, au fil duquel nous avions tenté de débusquer d'éventuelles bribes d'informations. Nous nous étions rendus dans un drugstore de Loomis tenu par une famille nippo-américaine, une des rares à être revenues dans le secteur après leur séjour dans les camps d'internement. Le propriétaire, qui avait fait venir de l'arrière-boutique sa femme, ses enfants et la grand-mère, accueillit Mrs Takahashi en anglais, et tous la saluèrent en souriant. Ces gens se souvenaient vaguement du bref passage de Ray en 1945, frappés surtout par cet uniforme de soldat dont il semblait ne s'être jamais séparé.

En quittant le drugstore, Mrs Takahashi était silencieuse et comme hébétée, le visage livide, les traits marqués par l'épuisement et une profonde déception. De toute évidence, elle venait de recevoir la confirmation définitive et irréfutable qu'elle ne découvrirait jamais ce qui était arrivé à son fils : il avait fait une rapide apparition dans ce petit chapelet de bourgades qui longeait la voie ferrée, il avait arpenté les vergers pendant encore cinq ou six semaines après ça, puis il s'était évaporé hors de sa vie, et sans doute hors de la vie en général, pour des raisons qu'elle ne connaîtrait jamais.

Le capot de la Pontiac étincelait sous le chaud soleil de la fin d'après-midi.

« Il y a encore un endroit où vous souhaiteriez aller ? lui ai-je demandé.

– J'aimerais simplement rentrer à la maison.

– D'accord. »

Je l'ai reconduite chez ma grand-mère, et Mrs Takahashi nous a quittés immédiatement après, murmurant en hâte un simple « Merci » avant de refermer la porte derrière elle.

« Ah, elle persiste à penser que son fils est une espèce de héros, a chantonné Evelyn d'un ton absent.

– Il s'est battu dans le 442ᵉ régiment, n'est-ce pas un critère suffisant ?

– Sûrement pas, a-t-elle rétorqué, catégorique. Tu ne vois donc pas qu'il est revenu ici pour me détruire ? Tu es incapable de le comprendre ?

– Pour vous détruire ? Vous ? Mon Dieu, il ne savait même pas ce qui se passait.

– Pourquoi n'est-il pas tout bonnement reparti ? On aurait dit qu'il était incapable de lâcher prise. Il ne pouvait pas s'empêcher de nous harceler. »

C'en était trop pour moi, mais ma tante a enchaîné avant que j'aie pu exprimer ma colère :

« Elle fréquentait un jeune homme, tu sais. Ce n'est pas lui qu'elle a épousé, mais leur relation était quand même assez sérieuse. Il s'appelait Fisher, c'était un garçon du coin.

– Vous parlez d'Helen ? Elle avait vraiment un petit ami ?

– Mais oui, enfin, de qui veux-tu que je parle ? Son histoire avec Ray, elle n'avait rien d'exceptionnel. Ce n'était que… qu'une stupide… Il l'a séduite, disons les choses comme elles sont. Elle n'avait que seize ans, c'était encore une enfant. Mon Dieu, il refusait de s'en aller. Il a fini par partir, évidemment, mais… j'avais l'impression qu'une grosse araignée se cachait dans ma maison, et que je ne savais jamais de quel recoin elle allait surgir.

– Tout ce qu'il voulait, c'était qu'on lui explique clairement pourquoi sa famille avait été chassée.

– Ils n'étaient que locataires, John, m'a-t-elle rappelé d'un ton sévère. Rien ne m'obligeait à leur fournir des justifications.

– Ils étaient plus que des locataires. »

Je ne sais pas si elle a entendu mon argument, mais elle a alors accaparé la parole pour me révéler des choses qu'elle aurait dû dévoiler un mois auparavant – ou peut-être vingt-sept ans plus tôt.

« Cette histoire au *diner* a été la goutte d'eau. Après ça, elle a quasiment cessé de me parler. J'étais bien obligée de réagir, tu comprends ? En tant que mère, je devais faire quelque chose, non ?

– Comment ça ? Qu'est-ce que vous voulez dire ?

– Eh bien… » Elle s'est tue un instant, puis a repris d'un ton résigné : « Cela doit rester entre nous. Ni cette femme ni personne d'autre ne doit l'apprendre. Est-ce que c'est bien clair ? »

J'ai acquiescé, et elle a jeté un regard par la fenêtre. Je pensais qu'elle allait me raconter son histoire, mais elle a esquissé un signe de tête vers l'obscurité du dehors, en m'annonçant que je devais la conduire quelque part.

11

Sur la route d'Auburn, Evelyn m'a confié des choses qu'elle avait jusqu'alors gardées secrètes : Ray était venu chez elle et elle l'avait chassé – « Chez moi ! » s'est-elle exclamée, son trouble et son indignation toujours intacts après toutes ces années. Elle avait ensuite cru le problème réglé, mais bien sûr Ray était revenu dès le lendemain. Ce jour-là, son mari était présent. Lui et le garçon – un homme désormais, un soldat qui avait connu le feu des combats et donné la mort, fait des choses qu'Homer Wilson n'avait jamais faites et ne ferait jamais – eurent une discussion devant l'entrée de la maison. Dans un premier temps, Homer tâcha de rester mesuré, mais Ray s'obstinait à répéter pourquoi, pourquoi, pourquoi, sans daigner l'écouter, si bien qu'Homer – chose rare de sa part – finit par sortir de ses gonds. Sa grosse figure criblée de taches de son vira au rouge, du bout de son nez à la pointe de ses énormes oreilles. « Quitte immédiatement ma propriété, ou je te fais jeter en prison. » Puis il se mit à hurler, ulcéré et à bout de patience, sans jamais révéler à ce jeune homme qu'il était le père de son petit-fils. Il n'avait pas le courage de regarder en face ce visage qui aurait pu lui rappeler son ami Tak, lui remettre en mémoire un passé à jamais enfui. Ni lui ni Ray n'avaient jamais posé les yeux sur le bébé, et même si Evelyn n'y a fait aucune allusion, je n'ai pu m'empêcher de me demander si Homer Wilson, ce jour-là, a senti en lui toute la puissance de son deuil, s'il a envisagé une réalité où il aurait pu prendre ce garçon dans ses bras et l'accueillir à la place du fils qu'il avait perdu.

Certes, la guerre était finie, mais pendant un certain temps encore, les journaux allaient continuer à publier les noms des défunts. Grâce à ces nouvelles régulières, certaines familles acquéraient une célébrité macabre, distinguées par l'immense faux de la mort qui les nimbait d'une aura sacrée, propulsées par la tragédie au centre d'innombrables conversations chuchotées, comme si en prononçant ces noms à voix haute, on risquait d'attirer l'attention de la Faucheuse.

La mission d'annoncer la nouvelle – je l'ai su par ma tante – était échue au facteur Eddie Farwell, un petit bonhomme réservé âgé à l'époque d'une quarantaine d'années, et qu'un destin ingrat avait désigné pour distribuer ces télégrammes de la Western Union qui semblaient battre le rappel des garçons disparus.

MR HOMER E WILSON
NEWCASTLE CALIFORNIE

LE SECRÉTAIRE DES ARMÉES ME CHARGE DE VOUS ADRESSER SES SINCÈRES CONDOLÉANCES SUITE AU DÉCÈS DE VOTRE FILS LE SOLDAT DE 1RE CLASSE JAMES WILSON LE 21 FÉVRIER DANS LA ZONE PACIFIQUE ALORS QU'IL EXERÇAIT SES DEVOIRS AU SERVICE DE SON PAYS

COURRIER SUIT

ULIO *L'ADJUDANT GÉNÉRAL*

Le timide facteur dans sa vieille camionnette parut se flétrir avec le temps, et il ne resta plus de lui que le spectre gris de ce qu'il avait été, fantôme apportant des nouvelles d'un monde tout entier peuplé de fantômes.

Quoique bon nombre d'habitants de Placer County aient pu faire remonter leur arbre généalogique jusqu'en Angleterre, en France ou en Italie, la plupart ne s'étaient jamais rendus en Europe, et ils n'avaient avec ces pays aucun lien plus solide que les photos aux teintes sépia de leurs ancêtres – ou plutôt de *nos* ancêtres, car je parle, bien sûr, au nom de ce *nous* redouté mais pas tout à fait universel. Secoués par les remous de la colossale machine de guerre européenne, nous avions l'impression que c'était notre propre patrie qu'envahissaient les crasseuses hordes barbares de nos pires cauchemars. Ces pays, en effet, nous paraissaient assez semblables aux villes de chez nous, Newcastle, Loomis, Auburn et toutes les bourgades qui se succédaient le long de l'autoroute ; les langues d'Europe s'étaient peut-être effacées de nos mémoires, mais notre culture et la leur possédaient des racines communes, si bien que lorsque nos garçons mouraient sur cette terre, elle ne nous semblait pas aussi étrangère que d'autres. C'était tout de même l'Europe, les gens de là-bas nous ressemblaient et parlaient des langues que nous pouvions tout au moins identifier comme telles. Cela suffisait à instaurer le sentiment d'une humanité partagée.

Mais bien sûr il y avait l'autre guerre, la guerre dans le Pacifique, un lieu que nous percevions comme différent et étranger, plus sauvage, plus *autre*. L'atoll des Midway, le grand bain de sang de Guadalcanal, les batailles de Tenaru et des Salomon orientales et de Matanikau. Et puis

Tarawa, Makin et Eniwetok. Et Saipan et Angaur et Iwo Jima et Okinawa. Et Hiroshima. Et Nagasaki. La mort des Japonais nous laissait insensibles. Cela ne nous aurait pas gênés de larguer un millier de bombes atomiques sur toutes leurs villes et de les regarder indéfiniment tomber en cendres, car ils nous avaient pris nos enfants, nos garçons, et ils le paieraient aussi longtemps qu'il nous resterait un peu de souffle.

Jimmy Wilson trouva la mort sur l'île d'Iwo Jima, à l'ombre du colosse de pierre du mont Suribachi, la poitrine trouée par une balle, et il eut à peine le temps de baisser les yeux sur sa chemise d'uniforme où le sang jaillissait déjà, expulsé par l'ultime battement de son cœur. Il mourut le visage contre le sable, et s'il maudit ses assassins, s'il eut une pensée pour son meilleur ami, pour une fille, pour son pays ou autre chose, je n'en saurais rien. Tout ce que je sais, c'est qu'il est mort comme tant d'autres sur une île dont il n'avait jamais entendu parler et qui ne lui importait aucunement, en combattant un ennemi qu'il ne connaissait pas et auquel il ne comprenait rien. Sept mille pendant le mois de février 1945. Des millions au cours des années suivantes. Des millions encore à venir.

L'endroit où m'a emmené ma tante était un modeste café un peu vieillot dans la rue principale d'Auburn, dont la rangée de commerces à l'ancienne fleurait la nostalgie d'une période qui relevait probablement du fantasme. La mémoire s'entend si bien à filtrer les horreurs qu'il ne demeurait de ce temps-là qu'une vaporeuse lumière jaune et le sentiment qu'avait existé, dans un fabuleux autrefois, un monde où la vie était plus belle qu'elle ne le serait jamais, un monde où les enfants respectaient leurs aînés, où les branches étaient chargées de fruits et les règles justes et faciles à appliquer.

À mes yeux tout au moins, cette rue incarnait une réalité que m'avaient fait sentir tous ceux avec qui j'avais évoqué l'année 1945. Ceux qui avaient oublié Ray Takahashi se souvenaient en revanche d'une joie permanente : la guerre était finie, et tout le pays partageait l'exultation de la victoire et du succès, particulièrement vive dans ces petites bourgades. Des défilés en l'honneur des vainqueurs avaient eu lieu ici à Auburn, probablement dans cette rue où m'avait conduit Evelyn, des cortèges bien ordonnés menés par des voitures décapotables à bord desquelles des jeunes filles saluaient la foule, accompagnées d'hommes à la mâchoire virile dont les cheveux coupés ras semblaient rendre hommage aux soldats démobilisés.

« Tu as faim ? m'a-t-elle demandé. Ça me ferait plaisir de t'inviter à manger.

– Qu'est-ce qu'on vient faire ici ?

– Allons nous installer à l'intérieur, j'ai un petit creux. »

Je n'avais qu'une envie à ce moment-là, garer la voiture, ouvrir ma portière et tourner les talons. Sans doute devinais-je que ce qui allait suivre me révélerait une vérité que, paradoxalement peut-être, je n'étais pas certain de vouloir entendre. Je m'étais déjà engagé à ne rien révéler à Mrs Takahashi, ni même à ma grand-mère, et si Evelyn comptait me dévoiler une nouvelle partie de l'histoire, j'allais me rendre complice de son mensonge et de son secret.

J'ai fini cependant par entrer avec elle dans la salle paisible du *diner,* avec ses discrets tintements de couverts et sa réconfortante odeur de viande, de graisse et de pommes de terre, et je me suis assis pour l'écouter me faire des aveux sous lesquels persistait la solide conviction qu'elle était, qu'elle avait toujours été dans son bon droit en agissant comme elle l'avait fait.

« Elle était attablée avec son soupirant, m'a-t-elle dit.

– Qui ça, Helen ?

– Oui, Helen. Je ne sais pas où ils étaient installés, disons à cette table. Je n'y étais pas, tu comprends, j'étais restée à la maison, mais Helen m'a tout raconté. Tu t'en doutes aisément.

– J'avais cru comprendre qu'elle refusait de vous parler.

– Non, c'est arrivé un peu plus tard, mais j'ai l'impression que tout est parti de cette soirée. Elle était bouleversée à un point, John ! Complètement hystérique. Il m'a fallu plusieurs heures pour réussir à la calmer.

– Que s'est-il passé ce soir-là ? »

J'avais commandé une escalope panée et la serveuse a déposé devant moi la grosse assiette blanche, puis elle m'a demandé si je désirais autre chose et elle nous a laissés pour aller servir d'autres clients.

« Bref, comme je te le disais, Helen était attablée avec son soupirant. »

Le jour où il est venu dans ce restaurant, Ray Takahashi était de retour à Placer County depuis près de six semaines. Au cours de cette période, il s'était rendu chez les Wilson à quatre ou cinq reprises, mais à part les deux premières fois, il avait été arrêté à la limite de la propriété, à hauteur du canal d'irrigation, car Mr Wilson avait posté sur la route un groupe d'ouvriers agricoles pour l'empêcher de passer – pour être tout à fait exact, c'était lui qui les rémunérait, mais l'initiative venait de son épouse. Selon toute vraisemblance, ces hommes l'ont accablé d'injures et de propos racistes mais il n'a jamais répondu aux provocations, demeurant planté sur la route inondée de soleil, trempé de sueur dans son uniforme de plus en plus poussiéreux. Peut-être s'approchait-il de la maison à la faveur de la nuit, se faufilant sous les arbres au clair de lune pour scruter les fenêtres en espérant apercevoir Jimmy ou Helen ; la chambre de Jimmy était toujours plongée dans le noir, mais il voyait de la lumière dans celle d'Helen, peut-être même une silhouette. Il se peut aussi que, dans cette obscurité, il se soit acheminé vers l'endroit où il avait vécu toute sa vie, avant la guerre, avant l'arrivée des bus – la petite maison blanche si bien tenue autrefois, et qui maintenant aurait eu grand besoin d'une couche de peinture et de quelques réparations. Dans cette maison-là, il y avait toujours de la clarté et des silhouettes derrière les vitres, celles de ces nouveaux locataires venus d'Oklahoma dont il ignorait jusqu'au nom. D'ailleurs, il n'est pas exclu qu'un des hommes qui l'avaient nargué sur la route ait été le mari de la femme qu'il avait entrevue le jour de son retour, car Ray ne connaissait aucun des gardiens, c'étaient des saisonniers de passage embauchés pour la récolte et le conditionnement des fruits, des étrangers qui se disperseraient à la fin de l'été vers les pommeraies, les vignobles et les orangeraies du sud de la Californie.

Ray ne serait jamais entré dans ce *diner* s'il ne l'avait pas aperçue par la vitre ; pendant un moment, il ne fait que scruter la pénombre de l'intérieur, immobile sur le trottoir, incrédule, avant de se rendre à l'évidence. Helen. C'est bien elle, enfin, assise de l'autre côté de la salle en compagnie d'un homme qu'il remarque à peine.

Helen. Il prononce son prénom, déjà il pousse la porte, plissant les yeux pour mieux voir la salle à la lumière tamisée, et alors le silence se fait, les clients cessent de manger pour observer le soldat figé à l'entrée. La serveuse, aussitôt, s'approche de lui, lui glisse dans un chuchotement désolé :

« Je regrette, mais vous n'avez pas le droit d'être ici. Nous ne pouvons pas vous servir. Je suis navrée, c'est juste le règlement. »

Ray est dérouté par ces mots, il n'avait pas compris à quel type d'établissement il avait affaire.

« Quoi ? »

Il n'a pas détaché ses yeux d'Helen, comme aimanté par sa présence tandis que l'employée continue à lui parler.

« Vous n'êtes pas autorisé à entrer, insiste-t-elle, ce n'est pas un endroit pour vous. Vous n'avez pas lu la pancarte ?

– Quoi ? »

C'est tout ce qu'il arrive à dire, poussant légèrement la serveuse pour s'avancer à l'intérieur. Elle est toujours là lorsqu'il parvient à la table du couple, tel un insecte voletant autour de son visage, elle lui répète quelque chose qui finit par attirer l'attention d'Helen, alors celle-ci lève les yeux vers Ray, puis elle se tourne vers son compagnon qui vient de mettre debout.

« Je peux vous aider, vieux ? Il y a un problème ? » Le ton est amical, il a posé la main sur le bras de Ray comme pour lui assurer qu'il n'y a rien de grave.

« Helen. »

Sa voix n'est qu'un souffle.

« Oh, Ray.

– J'ai essayé de… »

Il ne peut en dire plus, la serveuse intervient de nouveau.

« Il va falloir que vous sortiez. Ici on ne sert pas les gens comme vous, c'est tout. C'est le règlement qui veut ça.

– Je dois juste parler à…

– Si vous ne sortez pas tout de suite, j'appelle la police.

– Madame, si vous voulez bien…

– Sortez, je vais appeler la police. Et ils…

– Allez-y, appelez ! Ne vous gênez pas ! Appelez qui vous voudrez. » Et comme l'employée ne bouge pas, il se remet à crier : « Alors, qu'est-ce que vous attendez ? Allez passer ce coup de fil.

– Doucement, vieux », lui dit le jeune homme.

Pour la première fois, Ray arrête son regard sur lui. Vingt ans et des poussières, des traits quelconques – un Blanc, naturellement, le teint hâlé par le soleil de l'été, vêtu d'une chemise en denim bien propre que lui-même aurait pu porter avant la guerre. Ray se tourne vers Helen pour observer l'expression de son visage, la confusion, la culpabilité et l'effroi qui se mêlent, son horreur de le voir ainsi devant elle.

« Tu veux bien qu'on discute, toi et moi ? » Comme elle ne lui répond pas, il prononce son prénom.

« Écoute, vieux, on ferait peut-être mieux de sortir, tous les deux.

– Helen.

– Il faut que tu t'en ailles, Ray, lui dit-elle tout doucement, en fuyant son regard. Va-t'en, laisse-nous tranquilles.

– Je t'en prie. »

J'ai su par Evelyn que le garçon du *diner* était le soupirant d'Helen, Ed Fisher. Ils se fréquentaient alors depuis trois mois, mais cette soirée où Ray l'a rencontrée par hasard a été leur dernier rendez-vous, après quoi leurs liens se sont défaits immédiatement, aussi vite que le sable absorbe l'eau. Ce soir-là toutefois, Ed se tient campé face à Ray, il le dépasse d'une tête et son corps est ferme et noueux, sauf qu'il n'a pas été soldat, il ne revient pas de la guerre. Il parle d'un ton résolu et direct.

« Vieux, je vais te demander de t'éloigner de notre table. »

La serveuse a disparu, peut-être est-elle allée prévenir la police, et autour d'eux les clients se sont figés comme les personnages d'un tableau vivant.

« Je suis passé chez toi, dit Ray à Helen.

– Je suis au courant.

– Ils te l'ont dit ?

– Oui.

– J'ai essayé de te voir. Je voulais te parler.

– Ray, voici mon petit ami. Ed Fisher. Ed, je te présente Ray, mon… On était voisins, dans le temps.

– Voisins ? répète Ray.

– Il vaut mieux que tu partes, maintenant. Tu n'habites plus ici, Ray. »

Il pose alors la question qui le tourmente depuis plusieurs semaines, une question qu'il aurait pu adresser à n'importe lequel de ceux qu'il a croisés, même au prêtre bouddhiste, mais qu'il a préféré taire, parce qu'au fond de lui-même il connaît déjà la réponse.

« Helen, où est Jimmy ?

– Jimmy ?

– Où est-il ? Toujours dans l'armée ?

– Ray. »

Helen s'est contentée de murmurer son prénom, il est inutile qu'elle en dise davantage. La violence du choc le prend au dépourvu, c'est un coup qui l'atteint partout en même temps, comme si l'air, brusquement transformé en une substance solide, le comprimait de toutes parts et provoquait l'effondrement de son être. Pas seulement de son corps, mais de tout ce qui constitue ce qu'il est.

« Oh non. Merde, merde.

– Allez, suis-moi, vieux », lui dit le jeune homme.

Un instant plus tôt, Ray se serait volontiers jeté sur lui, sur sa figure bronzée, il aurait pu le rouer de coups sous l'effet de la rage, de la terreur et du désespoir, mais à présent il se laisse entraîner par ce bras mince et ferme en jetant un dernier regard à Helen, au masque de confusion, d'angoisse et de chagrin posé sur son visage. Il lit tout cela sur ses traits, mais rien qui ressemble à de l'amour. Ce visage, il souhaite ne plus jamais le revoir.

Le silence s'est installé entre nous. Les yeux fixés sur mon assiette vide maculée de graisse, j'ai inexplicablement pensé à Chiggers et à notre échange au Denny's, à la manière dont nous avions réussi, au long de cette nuit enfumée, à esquiver le véritable sujet de notre conversation, celui que ni lui ni moi ne consentait à aborder, sinon par allusions voilées et fugitives. Chiggers ne m'avait pas recontacté au moment de rentrer à San Diego, et j'en éprouvais de la gratitude malgré le sentiment lancinant de regret qui pulsait dans ma poitrine.

« Tu penses que j'ai eu tort ? »

J'ai levé les yeux sur ma tante.

« Je suis certain que vous avez choisi ce qui vous paraissait le mieux.

– Merci, John. »

Elle s'est détournée vers la vitre qui donnait sur la rue, ses yeux d'un bleu incroyable pareils à deux fragments de glace.

« Et ensuite, que s'est-il passé ?

– Ensuite ?

– Pendant le trajet, vous m'avez dit qu'après sa rencontre avec Helen, vous vous étiez sentie obligée d'intervenir. Qu'avez-vous décidé, à ce moment-là ?

– J'ai fait ce qu'une mère devait faire.

– Expliquez-le-moi, alors. »

Dans la lumière tamisée du *diner*, il me semblait apercevoir, comme si les années avaient retiré leurs voiles, la femme qu'elle avait été à trente et vingt ans, et même la jeune fille qui existait avant, je devinais la rémanence spectrale de son être passé, quand le futur était encore ouvert et que la vie ne lui avait pas encore imposé les terribles décisions qu'elle prendrait par la suite.

« Bien, je vais te raconter ce que j'ai fait. »

J'ai eu l'impression qu'en disant ces mots, Evelyn redressait le dos et portait la tête plus haute.

« J'ai fait ce que ma fille m'a priée de faire. Et d'ailleurs elle a eu bien raison. J'ai demandé à mon mari de payer des hommes pour qu'ils le chassent. Il ne m'a pas laissé le choix.

– Qui s'en est occupé ?

– Des gens qu'on employait alors sur la propriété. Ils sont repartis à la fin de la saison. Quelle importance ça peut bien avoir ?

– Et comment ça s'est terminé ?

– Il est parti, je te l'ai dit.
– Mon Dieu.
– Un jour tu auras des enfants toi aussi, et alors tu comprendras mieux. On est prêt à tout pour ses enfants. À tout. »

Depuis ce jour, je regrette de ne pas avoir su trouver une réponse pertinente, des mots capables de mettre à nu les vérités et les mensonges parmi lesquels nous avions louvoyé dans la chaleur torride de l'été, et d'en extraire une signification, ou même des paroles plus ordinaires, un juron de colère ou de désespoir, une imprécation dirigée vers cette femme dont la duplicité avait brisé en même temps sa propre famille et celle de Ray Takahashi. Mais les mots ne sont pas venus, je n'ai su que fixer mon assiette vide et la buée sur mon verre d'eau.

« Elle était tellement jeune. Je ne savais pas ce qu'elle ferait si elle le revoyait. J'avais peur qu'elle retombe dans ses bras. Je ne m'attends pas à ce que tu comprennes, mais je pensais qu'Helen comprendrait, pas forcément tout de suite, mais certainement quand elle aurait des enfants à elle. Je croyais qu'elle finirait par comprendre.
– Vous avez des regrets ?
– Si tu m'avais posé la question il y a encore quelques mois, je t'aurais répondu que non. Aujourd'hui, je n'en suis plus aussi sûre. C'est un sentiment étrange de se dire qu'on n'a pas de famille. Je ne sais même pas où ma fille vit en ce moment. La dernière fois que je lui ai écrit, la lettre m'est revenue. Inconnue à cette adresse. Sa ligne de téléphone est coupée, ou bien elle a changé de numéro. En tout cas, son nom ne figure pas dans l'annuaire. On pourrait croire qu'elle a tout bonnement disparu.

– Comme Ray. »

Quand elle m'a regardé, c'était comme si un millier de nuages défilaient en même temps sur son visage. L'image de la jeune fille aperçue un peu plus tôt s'était effacée, et je retrouvais tout le poids des soixante-neuf années de son existence ; ce que je voyais maintenant, c'était une femme brisée par toutes les décisions qu'elle avait dû prendre.

« Bien, ai-je dit. On ferait mieux d'y aller.

– John.

– Tout va bien. »

Pendant le restant de l'été, j'ai retrouvé le quotidien assez routinier que j'avais connu avant qu'Evelyn et Mrs Takahashi ne surgissent dans ma vie. À plusieurs reprises, j'ai été tenté d'appeler la mère de Ray pour lui communiquer ce que j'avais appris, mais quelque chose me retenait à chaque fois, moins un sentiment de loyauté familiale ou raciale que, peut-être, l'impression d'avoir bien peu à raconter. Ray avait été chassé de la propriété et il n'était pas revenu. Je ne comprenais pas bien, cependant, que ma tante ait décidé de me raconter tout cela à moi, ou même d'en parler tout court, puisqu'elle avait réussi à le dissimuler pendant ses entretiens avec Mrs Takahashi. Dans le fond, était-il si important qu'elle m'ait mis dans la confidence ? Ce secret avait-il une si grande valeur ? Personne, au bout du compte, ne pouvait dire précisément ce qu'était devenu Ray Takahashi, et Evelyn, qui détenait quelques informations, avait choisi de les garder pour elle, laissant sa mère faire le trajet non pas une fois mais six au total, pour traquer des fantômes qu'elle œuvrait elle-même à camoufler. « Aidez-moi, Evelyn », lui avait demandé Mrs Takahashi.

C'était peut-être la solitude qui avait poussé ma tante à se rapprocher de Kimiko dans la dernière période de sa vie, leurs deux existences se renouant mystérieusement l'une à l'autre parmi les fantômes d'un passé dont les conséquences se projetaient forcément dans l'avenir.

J'ai donc retrouvé mon travail à la station-service et, dès que les cours ont repris à l'université, j'ai sollicité un entretien avec un conseiller d'orientation et sélectionné deux cursus de premier cycle, un en mathématiques et l'autre en création littéraire. Mal à l'aise, je m'installais dans la rangée du fond, écoutant les professeurs rabâcher leur cours tout en fixant la porte de la salle.

Le soir, je m'asseyais dehors pour fumer, sur la véranda derrière la maison, les yeux sur le jardinet aux herbes hirsutes et sur la forme noire et contorsionnée du prunier sauvage, survivant, peut-être, d'un verger d'avant-guerre que l'on avait cultivé avec soin. Au début du mois de septembre, alors que les jours raccourcissaient, je me suis de nouveau préoccupé de mon ami Chiggers. Si j'ai songé à l'appeler, c'est peut-être parce que j'en savais plus sur l'histoire que j'avais commencé à lui raconter à cet endroit précis, quand la vigueur de l'été semblait encore inépuisable. Cette histoire n'était pas la mienne, elle ne le serait jamais et, de toute manière, la part que j'y avais prise était derrière moi. Ray Takahashi était à jamais perdu parmi les herbes dorées, les chênes bleus et les rivières froides et limpides.

Quelques jours plus tôt, j'avais repêché le bout de papier sur lequel Chiggers avait noté ses coordonnées, juste à côté de ma machine à écrire qui avait repris du service depuis que je fréquentais l'université. Par une soirée fraîche et nuageuse du début de l'automne, alors que ma grand-mère venait de m'annoncer qu'elle allait se coucher, j'ai estimé que le moment était venu de reprendre contact avec mon vieil ami. J'ai patienté un peu, le temps qu'elle s'endorme, puis j'ai écrasé mon mégot et je suis rentré dans la pénombre pour composer le numéro griffonné sur la feuille. Appuyé contre le mur, j'ai écouté les sonneries se succéder, quelque part à San Diego.

Dès le premier mot, j'ai mesuré tout l'épuisement de la femme qui venait de décrocher, et j'ai eu peur d'avoir appelé trop tard dans la soirée – je ne m'étais même pas soucié de l'heure, mais il ne pouvait pas être beaucoup plus que vingt heures trente.

« Euh… bonsoir… je m'appelle John Frazier, et je suis un ami de Chiggers.

– De qui ?

– Chig… Mince. » J'ai réalisé avec surprise que je ne connaissais même pas son vrai prénom. « Je suis son ami du Vietnam. Désolé, là-bas on l'appelait tous Chiggers. Moi, c'est John, il m'appelait Flip.

– Ah, oui, Flip. Vous voulez parler d'Hector.

– Hector, voilà. Vous êtes sa mère ?

– *Claro que sí.*

– Je m'excuse de téléphoner aussi tard.

– Oh, il n'est pas si tard que ça. »

J'ai cru qu'elle allait me demander d'attendre une minute, ou me répondre qu'il était absent, mais elle est retombée dans le silence et c'est moi qui l'ai questionnée :

« Il est là ? Je peux lui parler ?
– Oh, non, il n'est pas là.
– Il doit rentrer bientôt ?
– *No. Se murió.* »

J'ai éprouvé alors une sensation de chute brutale, je m'abîmais dans un gouffre en battant des bras, précipité vers le sol lointain, au-dessus de moi un hélicoptère hachait l'air de ses pales et les roseaux de l'immense plaine se projetaient vers moi.

« Il est mort, c'est ça ?
– Il a marché vers le large. »

Malgré l'émotion qui affleurait dans sa voix, elle ne s'est pas effondrée, elle n'a pas fondu en larmes.

« Il s'est noyé ?
– C'était un bon garçon. »

Il n'y a même pas eu un mot d'au revoir, je n'ai entendu qu'un léger déclic avant le silence complet.

Le son qui est monté de ma gorge tenait du cri et de l'aboiement, une sorte d'explosion qui s'échappait de mon cœur comme un flot de bile noire. Pas plus tard que ce matin, je m'étais installé à cette même table avec une tartine de confiture à la fraise, j'y avais bu un café Maxwell avec du lait sorti du réfrigérateur de ma grand-mère, et pendant tout ce temps Chiggers était mort. Depuis ce jour, lorsque je pense à lui, je vois une forêt de pins noirs et des vagues brutales et glacées qui viennent se jeter sur une plage grise. Et je le vois lui, silhouette minuscule face à l'immense nappe de brume, qui entre dans la mer tout habillé, le corps aussi noir que les arbres, aussi gris que les vagues, aussi sombre que le ciel.

Cela pouvait arriver à n'importe qui, je le savais. Moi-même, j'étais toujours traqué par le tireur embusqué parmi les palmiers et les bambous, dans le prunier sauvage du jardin, et même à la table de la cuisine.

Ma grand-mère était sortie de sa chambre, son corps sans forme drapé dans sa chemise de nuit.

« John ? »

Sa voix semblait me parvenir depuis une distance abyssale.

« John ? Tout va bien ?

– Non. »

Et mon corps s'est brisé en morceaux tandis que la première vague déferlait depuis la mer sombre comme du vin.

« Non, oh non, ça ne va pas. Ça ne va pas du tout. »

12

Ma mémoire n'a pas enregistré le détail des journées qui ont suivi mon appel à la mère de Chiggers, mais l'héroïne est malheureusement incapable d'apporter, avec son odeur âcre de vinaigre, un black-out miséricordieux. En d'autres termes, mes souvenirs de ces jours-là sont plus précis que je ne voudrais l'admettre.

Imaginez ce que vous voulez, et je vous répondrai que c'était probablement pire : tous les clichés d'un week-end de folie avec strip-teaseuses, drogue, alcool et j'en passe. Lorsque j'ai enfin retrouvé mes esprits, c'était parmi les odeurs nauséabondes d'une plage couverte d'algues, et j'ai vite compris que la faible clarté était celle de l'aube et non du crépuscule. Tout mon corps empestait l'alcool et l'eau de mer. Je ne savais pas quel jour on était, j'ignorais même l'emplacement de cette plage sur laquelle je grelottais, allongé à terre. Passé la frange bruissante des rouleaux, un écran de brouillard enveloppait tout le paysage dans un demi-jour vague et brumeux. J'ai aussi découvert que mes poches étaient vides, même mon portefeuille et mes papiers d'identité avaient disparu. Je suis resté un long moment étendu sans bouger, submergé par la nausée de l'existence, le regard tourné vers le Pacifique en direction de l'Asie, du Vietnam, mais aussi – je l'ai réalisé plus tard – du Japon ; la direction que mon ami Chiggers avait prise pour entrer dans la mer, comme s'il avait pu, en faisant cela, traverser l'océan gris pour regagner le lieu où s'était amorcé le désastre.

Quand j'ai enfin réussi à me tenir sur mes pieds, le mouvement a provoqué un accès de vomissements qui m'a renversé au sol, et s'est achevé après quelques minutes éprouvantes dans un reflux de bile et de salive. À cet instant, j'étais convaincu que deux petites bouffées de marijuana, juste un peu de fumée dans mes poumons, auraient suffi à dissiper mon malaise. Bien des années ont passé depuis, mais il m'arrive malheureusement de le croire encore. C'est un véritable miracle que j'aie réussi non seulement à me relever, mais encore à m'éloigner du rivage, zigzaguant d'un pas incertain sur la crête des dunes, protégé par bonheur du grand vent glacé qui accourait en rafales humides depuis cet océan de brouillard. N'eût été le froid qu'il apportait, j'en serais presque venu à croire que j'avais sombré dans mon Vietnam intérieur, et j'avais beau savoir que c'était impossible, j'aurais été moins surpris que terrifié de voir apparaître derrière les dunes un bouquet de palmiers tropicaux.

En quittant ce paysage maritime, je me suis trouvé en fait dans un quartier assoupi de San Francisco, ce que m'a confirmé un cycliste de passage, un hippie barbu et chevelu dont j'avais croisé le modèle dans les pages du magazine *Life* mais très rarement dans la vie, et certainement pas à Alhambra, la ville de mes parents.

« T'es à San Fran, mec », m'a-t-il lancé en réponse à ma question.

Il est reparti aussitôt dans un mouvement lent et chaloupé, forçant sur ses pédales pour braver le vent marin.

Après avoir émergé des dunes, j'ai marché sur une centaine de mètres et j'ai récupéré la voiture de ma grand-mère à l'endroit où je l'avais soigneusement garée, sur un emplacement discret que la chance, la providence ou un vague souvenir m'avait permis de retrouver. Le véhicule n'avait été ni forcé ni endommagé, les clés étaient restées sur le plancher, sous le siège conducteur, là où ma grand-mère avait l'habitude de les laisser ; apparemment, j'avais eu moi aussi l'idée de les y déposer, malgré l'état de stupeur dans lequel m'avaient plongé l'alcool et la drogue. Sans doute ai-je de nouveau perdu connaissance dans la voiture, car je me suis réveillé au bout de quelques heures, en proie à une soif et une faim dévorantes, sous un ciel couleur de chair morte, alors qu'une pluie sale planait dans l'air comme un voile. Une inspection de la voiture m'a confirmé ce que je soupçonnais déjà : mon portefeuille n'y était pas. N'ayant donc ni argent ni papiers, je ne voyais pas d'autre solution que de rentrer à Newcastle, mais j'ai dû y renoncer dès que j'ai eu mis le contact, constatant que mon réservoir était quasiment vide. Il me restait tout juste de quoi rouler jusqu'à Berkeley, je ne risquais donc pas d'atteindre la vallée de Sacramento et encore moins Placer County.

Je suis resté là un moment, passant mes possibilités en revue, englouti par une marée de honte et de mauvaise conscience, puis j'ai trouvé un téléphone public pour appeler ma grand-mère en PCV, espérant et redoutant en même temps qu'elle décroche.

« Mamie ? C'est moi, John, lui ai-je dit d'une voix rauque.

– Mon chéri, tu m'as fait une peur bleue. Tu vas bien, au moins ?

– Ça va, oui.

– Tu es dans le pétrin, mon grand. Tu as failli causer une attaque à une vieille dame.

– Je sais bien, mamie, je te demande pardon. Je ne sais même pas… » La voix m'a manqué. Que pouvais-je ajouter ? Il n'y avait rien que je puisse lui dire.

« Où es-tu, en ce moment ?

– À San Francisco.

– Bon, ce n'est pas le bout du monde. Tu peux être à la maison d'ici quelques heures.

– Je n'ai pas d'argent sur moi, mon portefeuille a disparu. J'ai dû me le faire piquer.

– On s'occupera de tout ça quand tu seras rentré.

– Mais je n'ai pas assez d'essence pour le retour. Juste de quoi couvrir la moitié du chemin, je pense, jusqu'à Vallejo ou par là. Je ne sais pas quoi faire. » J'ai appuyé mon front contre la fraîche paroi métallique de la cabine téléphonique. Ma grand-mère s'est tue pendant une minute.

« Je suis assez tentée de te laisser rentrer à pied. »

Elle a marqué une pause, comme s'il y avait une chance que j'accepte, puis m'a prié de lui dicter le numéro de la cabine et d'attendre qu'elle rappelle.

Pendant que je dormais, à bout de forces, sur le siège de la voiture, la ville s'était complètement réveillée et la circulation défilait par vagues sur la large chaussée. Je me suis demandé si je pourrais retrouver le bar où j'avais, deux ou trois soirs plus tôt, acheté un bloc visqueux de black tar, et convaincre le dealer de me faire l'avance d'une minuscule dose. Peut-être serait-il intéressé par ma voiture, on trouverait sûrement un terrain d'entente. J'avais envie de mourir.

La sonnerie du téléphone m'a fait sursauter, plus forte que je ne l'attendais.

« Allô ?

– John ?

– Oui, c'est moi.

– Est-ce que vous avez assez d'essence pour arriver jusque chez moi ? »

Il m'a fallu quelques secondes pour comprendre que cette voix de femme n'était pas celle de ma grand-mère.

« Qui est à l'appareil ?

– Kimiko Takahashi.

– Mrs Takahashi ?

– Vous vous rappelez le chemin ?

– Oui.

– Alors venez chez moi, John. »

Mes yeux, à présent, débordaient de larmes.

« Je suis malade.

– Si c'est ça, je viens vous chercher. Expliquez-moi où vous êtes.

– Non, non. Mon Dieu… »

Je reniflais sans arriver à me ressaisir, mesurant à la place toute l'étendue de mon épuisement.

« Je peux me débrouiller. Je pense que je suis capable de conduire jusque-là.

– D'accord, je vous attends. Venez directement ici. Vous m'entendez, John ? Venez directement chez moi.

– J'arrive. »

Et c'est exactement ce que j'ai fait.

J'avais espéré, en roulant vers San José, que Mrs Takahashi se bornerait à me donner quelques dollars pour que je puisse faire le plein et rentrer à Newcastle, mais je l'ai trouvée sur le perron en train de m'attendre, les mains sur les hanches, et lorsque j'ai péniblement émergé de la voiture, elle m'a observé pour évaluer mon état.

« Allez, entrez vite.

– Mais je suis tout crasseux.

– Je vous ai demandé d'entrer », m'a-t-elle répété d'un ton si sévère que j'ai cru qu'elle allait taper du pied, comme une mère grondant un gamin rebelle.

J'ai obéi, ôtant mes chaussures avant d'entrer, et je suis passé directement à la salle de bain.

« Savon et shampoing, m'a-t-elle signalé en pointant les produits son doigt. Laissez-moi vos vêtements, je vais les nettoyer.

– Vous n'êtes pas obligée. »

Elle a protesté en secouant la tête.

« Je vais vous chercher un peignoir. »

J'ai peine à exprimer le mélange de gratitude et de honte que j'ai éprouvé alors. J'ai fini par ressortir de la salle de bain, drapé dans un peignoir en éponge moelleux que j'avais trouvé suspendu à la porte. Une odeur délicieuse me parvenait de la cuisine. Mrs Takahashi est apparue à cet instant et m'a désigné la petite table à laquelle nous avions écouté, quelques mois plus tôt, les questions hésitantes de ma tante sur l'adresse de Ray. Je me suis assis à cette même table tandis qu'elle sortait un plat du four, et elle a posé devant moi une assiette fumante d'enchiladas au poulet bien garnies sur lequel le fromage fondu grésillait encore, accompagnées de riz et de haricots noirs.

« Mangez un morceau, ça va vous requinquer.

– Je suis désolé, lui ai-je dit à travers mes larmes. Merci infiniment.

– John. »

J'ai levé la tête pour me confronter à ces yeux sombres qui me tenaient sous leur regard.

« Tout va s'arranger, je vous assure. »

J'ai marmonné un vague oui en retour tout en attaquant mon assiette.

« Bon, je vais voir si le linge est prêt. Et n'hésitez pas à vous resservir.

– C'est vraiment délicieux. »

Je lui souriais au milieu de mes larmes, possédé par une sorte de délire, ne sachant plus si j'étais plongé dans l'extase ou à l'article de la mort.

« Mon mari, il fait une fixation sur la cuisine mexicaine. On ne mange plus que ça. »

Une fois mon assiette terminée, je me suis resservi copieusement et n'ai pas laissé une seule enchilada dans le plat. Carré sur ma chaise, je n'entendais plus que la rumeur de la rue derrière les stores baissés et le tic-tac d'une pendule.

J'ignore quel est le nombre des décès au Vietnam dont je suis responsable, ce qui est une manière adroite de dire que je ne sais pas combien de gens j'ai tués. J'avais séjourné une année entière dans ce pays, je l'avais occupé avec mon armée, et pourtant il n'y avait qu'une seule personne dont je me souvenais assez précisément à mon retour, une prostituée de Saigon que Chiggers et moi connaissions sous le nom de Daisy. Que dire de tous ces gens que j'avais assassinés ? Ils avaient eu un nom, tous ces gens, et ils avaient reçu de l'amour, ils avaient eu un père et une mère, des grands-parents, certains parmi eux étaient même des enfants. Et moi je n'avais eu qu'à lancer des appels radio pour que les Phantoms arrivent avec leur napalm et leur phosphore blanc, leurs roquettes Zuni et Sidewinder, et que tous ces individus se transforment en colonnes de cendres emportées par les pluies de la mousson. Ces gens à qui l'on avait donné un nom et de l'amour.

Mrs Takahashi est revenue avec un feuillet plié qu'elle a posé sur le buffet, puis elle m'a regardé en croisant les bras :

« J'ai des réserves, si vous avez encore faim. Mon mari adore aussi les tamales, il m'en reste au congélateur.

– Merci, je suis repu.

– Ils sont bons, les tamales. En tout cas, ils lui plaisent beaucoup.

– Et donc comme ça, il s'est entiché des plats mexicains ?

– Il ne veut plus que ça, je lui en sers tous les jours. Et il se plaint si je lui prépare autre chose.

– C'est vous qui les cuisinez ?

– Pas les tamales, ils viennent d'un marché en ville. Mon mari est difficile.

– Vraiment ?

– Pour les tamales, oui. Mais pour le reste, pas tellement. »

Un bref silence s'est installé entre nous, et exception faite de la pluie grise de l'après-midi qui crépitait contre la maison, on n'entendait rien d'autre dans la pièce que le tic-tac de la pendule et le bruit de nos respirations.

« Je suis désolé.

– Il n'y a pas de quoi. Vous aviez besoin d'aide, et nous sommes amis.

– Je ne suis pas quelqu'un de bien.

– Pourquoi dites-vous ça ?

– Je ne sais même pas par où commencer. J'ai fait le Vietnam, vous êtes au courant.

– C'était la guerre, John.

– Non, ai-je protesté avec hargne. Enfin, si, mais ça ne suffit pas.

– Il faut que vous vous pardonniez.

– Comment y arriver ?

– C'est le passé.

– Mais qu'est-ce que je suis censé faire ? »

Mrs Takahashi m'a dévisagé.

« Vivre. Voilà ce que vous êtes censé faire. Vivre, tout simplement. »

Elle est allée chercher le papier sur le buffet et l'a poussé vers moi sur la table. Avant même d'y jeter un regard, je lui ai demandé ce qu'il contenait, mais elle m'a laissé parcourir le texte sans rien dire. Il s'agissait d'un télégramme.

« Vous voulez bien l'apporter de ma part à Mrs Wilson ? J'ai réclamé une copie, et j'étais sur le point de la lui envoyer par la poste.

– De quoi s'agit-il ?

– C'est lui. Franklin R. Yamada.

– Qui donc ? »

La vérité s'est fait jour dans mon esprit pendant que je lui posais la question.

« Mon petit-fils. »

Un son a jailli de mes lèvres, à la fois soupir et gémissement.

MR ET MRS ROBERT F YAMADA
NE PAS TÉLÉPHONER
À LIVRER ENTRE 10 HEURES ET 18 HEURES
CONFIRMER LA LIVRAISON

8722 WILLIAMS DR SEATTLE WA

LE SECRÉTAIRE DES ARMÉES ME CHARGE DE VOUS ADRESSER SES SINCÈRES CONDOLÉANCES SUITE AU DÉCÈS DE VOTRE FILS LE FUSILIER FRANKLIN R. YAMADA AU VIETNAM LE 28 MARS 1968 EN RAISON D'UNE BLESSURE REÇUE AU COMBAT.
VEUILLEZ ACCEPTER TOUTE MA SYMPATHIE.
CECI CONFIRME LA NOTIFICATION PERSONNELLE FAITE PAR UN REPRÉSENTANT DU SECRÉTAIRE DES ARMÉES.

KENNETH G WICKHAM
MAJOR GÉNÉRAL USA F59
L'ADJUDANT GÉNÉRAL (17)

« Il est mort au Vietnam ?
– Oui.
– Mon Dieu, c'est tout récent. Ça fait quoi… un an, un an et demi ?
– En effet.
– Vous êtes certaine que c'est bien lui ? C'est peut-être une erreur, non ?
– C'est bien lui, John. Mon petit-fils s'appelait Franklin. Drôle de nom. Je ne pense pas que Ray aurait choisi celui-là, et vous ? »
Le ton se voulait neutre, mais je devinais l'émotion qui perçait.

« Comment l'avez-vous trouvé ?

– Mon mari a contacté un ami avocat, qui a fait appel à un détective privé. Il a retrouvé sa trace grâce au papier qu'avait laissé Evelyn.

– Elle a laissé quelque chose ? »

Je me souvins alors du document qu'elle avait déposé sur la table basse du salon en déclarant qu'elle n'en savait pas davantage.

« L'acte de naissance. On connaissait la date et le lieu, ils ont découvert tout le reste. Je ne sais pas comment, mais ça n'a plus tellement d'importance.

– Yamada. C'est un nom japonais ? »

Mrs Takahashi n'a pas répondu, les yeux rivés sur le feuillet posé sur la table.

« Bon sang… Mrs Takahashi, il y a une chose que je dois vous raconter. »

Je ne supportais plus l'idée de posséder cette dernière information que ma tante m'avait confiée en me faisant jurer le secret, aussi lui ai-je tout raconté dans un long monologue haletant : ce qui s'était produit dans ce *diner* à Auburn, comment Evelyn Wilson – à la requête d'Helen – avait embauché un groupe de saisonniers pour chasser Ray du comté, et comment elle avait été, pendant toutes ces semaines, une ennemie beaucoup plus qu'une alliée.

Mrs Takahashi a levé la main pour m'interrompre.

« Je suis déjà au courant. »

Je l'ai regardée d'un air éberlué.

« Mais comment ? Elle m'a affirmé que personne ne le savait.

– J'ai deviné qu'elle ne me disait pas la vérité. Pas complètement, en tout cas. Je suis donc revenue trois ou quatre fois toute seule, pour poser des questions ici et là. J'ai rencontré quelqu'un qui a travaillé pour elle dans le temps, quand il était gamin. Un certain Bishop. Il se rappelle avoir vu Ray dans son uniforme. Il… il l'aimait bien. Il m'a dit que mon fils était un héros.

– Mon Dieu, c'est tellement vrai, Mrs Takahashi. C'était bel et bien un héros. »

Je m'étais remis à pleurer, mais les larmes étaient taries et il ne venait que des sanglots.

Tout avait été très simple, finalement : un avocat et un détective privé, et au bout de quelques mois le télégramme était arrivé. Moi, je n'avais servi à rien, et ma tante n'avait fait que brouiller les pistes et ralentir les démarches. Tout ce dont avaient besoin les Takahashi, c'était que nous les laissions tranquilles. Cette histoire n'appartenait qu'à eux, pas à moi ni même à Evelyn, et d'ailleurs il en avait toujours été ainsi. J'ai pensé alors que si le cours du temps avait bien voulu reculer de deux, quatre ou dix ans, ou même revenir à son point de départ, si Mrs Takahashi avait connu la vérité et si ma tante n'avait pas manqué de courage, elles auraient peut-être retrouvé ce garçon à temps, avant que l'armée ne s'empare de lui et que le Vietnam ne l'arrache à la vie. Nos périodes de service s'étant chevauchées, il se pouvait que je l'aie aperçu dans le bourbier de la base militaire du delta. Tremblant d'horreur face à cette éventualité, je me tiens sous le Huey qui va le condamner à mort, et dont la silhouette d'insecte plane dans la lumière blanche et terne, déchirant l'air de ses pales. Cette minute semble se dilater à l'infini, puis l'appareil s'éloigne en décrivant lentement un arc au-dessus de l'enceinte, se dirigeant vers la jungle. Et en cet instant je lui trouve une certaine beauté, on dirait une feuille portée par le vent.

« Je regrette de ne pas l'avoir rencontré.

– Il vous aurait apprécié. »

J'ai failli lui demander comment elle pouvait l'affirmer, mais j'ai compris alors qu'elle ne faisait pas allusion à son petit-fils, Franklin Yamada. C'était de Ray qu'elle parlait. De son fils, de Raymond.

« J'espère que vous avez raison.

– Bien sûr que j'ai raison. Je suis sa mère. »

13

Si cette histoire s'était achevée ainsi, je ne sais pas si je l'aurais couchée sur le papier. La chaleur de l'été et le froid de l'hiver ont laissé la place au printemps, puis à un nouvel été. Après avoir échoué à mes examens à Placer County, je m'étais réinstallé dans le sud de la Californie, et je m'étais inscrit à l'université de Pasadena pour repartir de zéro. À bien des égards, cela ne me dérangeait pas. Au cours d'une vie, rares sont les occasions où il nous est donné de prendre un nouveau départ.

C'est donc de Pasadena que j'ai posté à ma tante le document que Mrs Takahashi m'avait confié à l'automne précédent. J'avais différé cet envoi par pure lâcheté, car je ne souhaitais pas la revoir et n'envisageais pas de le lui remettre en personne ; je rechignais aussi à le lui poster tant que je vivais à Placer County, craignant qu'Evelyn ne passe me voir pour que nous en discutions plus en détail. Je suppose qu'elle a été troublée de voir sur l'enveloppe un tampon du sud de la Californie, car cela lui donnait à penser que j'étais resté en relation avec Mrs Takahashi – ce n'était pas le cas, ma vie s'était détachée de la sienne comme elle s'était déliée de celle de ma tante. D'une certaine manière, nous avions raconté une histoire ensemble, et maintenant que cette histoire était terminée, il ne subsistait plus entre nous que des sentiments de culpabilité, de dépit et de chagrin. Nous avions échoué à éclaircir le mystère qui entourait Raymond Takahashi, et à ce stade-là, je présumais que nous n'en saurions jamais davantage. Je me suis en partie trompé : aucune de ces deux femmes ne recevrait jamais l'information manquante, mais moi je l'obtiendrais, seul pour en soutenir tout le poids.

Hiroshi Takahashi est décédé en 1971, juste un an après que j'ai quitté le comté. Il avait soixante-dix ans, et il est mort dans l'épicerie de San José où il travaillait depuis son retour des camps. Même si nous ne nous étions pas croisés une seule fois, il me semblait le connaître un peu, et j'ai donc fait le chemin depuis Pasadena pour me rendre aux obsèques, prenant ma grand-mère au passage. Celle-ci avait gardé contact avec Mrs Takahashi, échangeant avec elle quelques cartes et courriers, et c'était elle qui m'avait informé du décès. Pour ma part, cela ne faisait que deux ans que je ne l'avais pas vue, mais dans ces circonstances, j'avais l'impression qu'il s'était écoulé beaucoup plus de temps. Une fois garé sur le parking, je me suis rendu compte que j'appréhendais ces retrouvailles. Le jour de notre dernière rencontre, j'étais littéralement une épave, et même si j'avais réussi à rester sobre dans l'intervalle, je me sentais mortifié et honteux à l'idée qu'elle ait pu garder l'image de moi en pleurs à la table de sa cuisine, pendant qu'elle me gavait des enchiladas dont elle avait prévu de régaler son époux. Ne pas avoir eu l'occasion de croiser Hiroshi ajoutait une déception supplémentaire à une vie qui, en vingt-trois ans, n'en avait déjà que trop connu. Mon cœur s'est emballé lorsqu'elle m'a accueilli comme un vieil ami ou un neveu bien-aimé, perdu de vue depuis trop longtemps. Elle m'a passé la main dans les cheveux en me conseillant d'aller chez le coiffeur et m'a gentiment tapoté le ventre.

« Alors, tu te nourris comme il faut ? Tu n'as pas besoin que je t'apporte des enchiladas ? »

Ma grand-mère s'est éteinte paisiblement dans son lit trois ans plus tard, dans sa maison de Newcastle. La succession a provoqué une querelle entre ma mère et ses sœurs, la maison a été mise en vente dans la foulée et l'argent s'est dissipé entre leurs mains. À ce moment-là j'avais déjà publié mon premier roman, et ma grand-mère, au moins, en avait vu un exemplaire avant de mourir. C'est seulement après sa disparition que j'ai compris qu'elle avait été la personne la plus importante de ma vie ; elle avait été présente à mes côtés aux pires moments de mon effondrement mental, elle m'avait fait rentrer de San Francisco et avait pris soin de moi, et même après mon départ elle avait continué à me téléphoner tous les mois. Savoir que je ne recevrais plus ces appels m'a donné un coup au cœur, mais c'était une souffrance qui me semblait normale et raisonnable. Elle avait vécu quatre-vingt-huit ans, cela me paraissait suffisant. Personnellement, je ne m'imaginais pas durer aussi longtemps, même si aujourd'hui, presque arrivé à mi-chemin, je me projette plus facilement dans l'avenir.

En 1981, le décès de Mrs Takahashi m'a ramené une fois encore à San José. Mon épouse l'avait inscrite sur notre liste de cartes de vœux – elle était très attachée à ces choses-là –, ce qui avait maintenu entre nous des contacts réguliers, suffisamment en tout cas pour qu'une de ses filles juge bon de nous informer de son décès. Après la cérémonie, j'ai rendu visite à Doris et à Mary, les deux filles Takahashi, qui avaient changé de nom depuis bien longtemps. Je leur ai parlé de cet été 1969 au cours duquel leur mère et ma tante avaient sillonné le comté pour recueillir des indices sur la disparition de leur frère aîné. L'année de la mort de sa mère, il aurait eu cinquante-huit ans, et une partie de moi se demandait toujours s'il était en vie quelque part, arpentant les collines d'une autre région, se reposant à l'ombre d'autres arbres. Mary m'a révélé qu'elle avait surpris Ray et Helen en train de s'embrasser, le jour où les bus étaient partis, leurs jeunes corps serrés l'un contre l'autre dans l'ombre du hangar à fruits.

« Elle lui avait laissé un petit quelque chose d'elle, s'est souvenue Doris.

– Quoi donc ?

– Un médaillon. Quand il pensait qu'on ne le voyait pas, il n'arrêtait pas de jouer avec.

– Il nous prenait pour deux gamines aveugles, a ajouté Mary.

– Mais on était au courant de tout, pas vrai ? a renchéri sa sœur en souriant.

– Ça, oui ! »

Et pourtant elles étaient loin de tout savoir.

Quant à Evelyn, je n'ai eu que rarement de ses nouvelles pendant les années qui ont suivi la conclusion de cette histoire. Elle n'a jamais rencontré mon épouse ni mes enfants, mais je me suis aperçu après sa mort qu'elle possédait tous mes livres, et qu'elle avait gardé des coupures de mes nouvelles et de mes articles publiés dans la presse. Il m'est venu à l'idée qu'elle avait suivi mon parcours dans le seul but de vérifier qu'elle n'était jamais citée dans ces pages offertes au public. Jusqu'à la parution de ce livre-ci, elle aurait été satisfaite.

J'ai appris son décès par un appel de ma mère, assez peu de temps après les obsèques de Mrs Takahashi. Après m'avoir dit bonjour, ma mère m'a demandé si je me souvenais d'Evelyn Wilson « qui habitait du côté d'Auburn », et j'ai deviné aussitôt ce qu'elle allait m'annoncer. La mort de ma grand-mère m'avait atteint comme un choc physique, et celle de Mrs Takahashi m'avait fait sensiblement le même effet, mais le décès de celle que j'appelais ma tante, à ma vive surprise, s'est révélé pire encore, comme si une chape de plomb me tombait dessus. Ma fille, âgée de six ans à l'époque, m'a découvert assis près du téléphone sur le sol de la cuisine, la tête entre les mains.

« Papa, tu t'es fait mal ?

– Tout va bien, ma puce. »

Elle est tout de même montée sur mes genoux, tenant ma tête entre ses mains minuscules, et s'est mise à me bercer en me promettant que tout irait bien, reprenant les mots que je lui avais si souvent répétés.

J'ai assisté aux obsèques, revenant pour la première fois à Newcastle depuis 1971, me mêlant à des inconnus qui évoquaient la mémoire d'Evelyn Wilson. Lorsqu'une femme d'une soixantaine d'années est venue m'aborder après la cérémonie, en me demandant si j'étais bien John Frazier, il m'a fallu quelques secondes pour réagir au nom sous lequel elle se présentait. Il s'agissait d'Helen, la fille avec laquelle Evelyn n'avait plus de contacts lorsque je l'avais rencontrée. Quoique plus charpentée que sa mère, elle lui ressemblait suffisamment pour que je puisse l'identifier, et j'ai été stupéfait de ne pas l'avoir reconnue tout de suite. Helen Wilson, cette femme qui avait elle aussi perdu un enfant, n'avait pas souvent occupé mes pensées au cours des dernières années, et je brûlais maintenant de lui demander si elle avait su ce qu'était devenu son fils, Franklin Yamada, et si elle avait fini par se réconcilier avec Evelyn. Je n'en ai pas eu l'occasion, car elle s'est détournée de moi après m'avoir remis une carte de visite, un masque impénétrable sur le visage. Cette expression, je l'avais déjà observée sur Evelyn, et je savais qu'il aurait été absurde d'insister.

« Sympathique, cette femme, a commenté mon épouse.

– Tu sais, elle vient juste d'enterrer sa mère.

– Mince, j'ignorais que c'était sa fille. Tu aurais pu faire les présentations.

– Je ne la connaissais même pas. C'est la première fois que je la rencontre.

– Qu'est-ce que c'est, cette carte ? »

Je la lui ai donnée, et elle a lu à haute voix le nom d'un notaire à Auburn ; je ne comprenais pas du tout ce que ça signifiait, mais ma femme, plus futée que moi dans quasiment tous les domaines, a déclaré sur-le-champ :

« Elle t'a légué quelque chose.

– Qu'est-ce que tu veux dire ?

– Dans son testament. Elle t'a laissé quelque chose.

– Certainement pas.

– Je te parie que si. »

Mon épouse avait vu juste, cela va sans dire. Au moment où je suis entré dans le bureau du notaire, je m'attendais encore à recevoir une espèce de confession écrite, présumant qu'Evelyn connaissait dans sa totalité l'histoire de Ray Takahashi et qu'elle s'était tardivement décidée à me la révéler, car j'étais l'unique survivant de l'époque où nous avions cherché sa trace en vain. Mais au lieu de me remettre une mystérieuse enveloppe cachetée, on m'a prié de m'asseoir, et on m'a donné lecture des passages pertinents des dernières volontés et du testament d'Evelyn Florence Wilson.

« Je ne comprends pas, ai-je avoué au notaire.

– Qu'est-ce qui vous gêne, au juste ?

– Et sa fille, alors ? Ses petits-enfants ?

– C'est à vous qu'elle revient, Mr Frazier. De toute manière, je crois que sa fille ne veut pas en entendre parler. »

Je continuais à nier. La chose me paraissait tout bonnement impossible, mais le notaire m'a certifié que c'était bien la vérité. Une fois les documents signés, il m'a indiqué les démarches à effectuer pour valider le transfert de propriété. Mon épouse et ma fille m'ont accompagné, et la maison sur la colline avec ses vingt arpents de terres, la vieille maison blanche où les Wilson avaient établi leur foyer, est officiellement devenue mienne.

Nous sommes à la fin du printemps 1983, et c'est aujourd'hui que cette histoire s'achève pour de bon. Je suis venu superviser les travaux dans la maison et sur la propriété, puisque ma femme et moi avons décidé de la conserver, tout au moins dans l'immédiat, et d'en faire notre résidence d'été, un refuge où nous pourrons nous retirer quand je n'enseignerai pas, pour offrir à notre fille un équivalent des souvenirs d'enfance qui demeurent chers à mon cœur. Comme mon épouse attend notre deuxième enfant, nous avons aujourd'hui une raison supplémentaire de vouloir la garder, car nous commençons à nous lasser de la vie urbaine. Il se peut qu'un jour, nous nous y installions définitivement. Qui sait ?

En théorie, je suis ici pour m'occuper du nettoyage et des réparations, préparer les lieux avant l'arrivée de ma femme, de ma fille et du futur bébé, mais il est clair que je vais profiter de cet espace pour écrire, pendant que l'entreprise que j'ai engagée se chargera des travaux nécessaires : remplacer les bardeaux vermoulus, refaire la toiture, changer les rambardes et les planchers des deux vérandas, ainsi que les marches du perron à l'arrière de la maison.

L'ameublement d'origine est toujours à sa place, jusqu'aux moindres babioles, et j'ai pris un moment pour consulter les papiers de la famille Wilson – vieilles factures et autres, traces d'une époque où la maison abritait à la fois une famille et une entreprise agricole. Un jour, j'apporterai les documents les plus importants à l'administration, il se peut qu'un archiviste leur trouve quelque intérêt. Et même si le comté les juge sans valeur, je crois que je ne les jetterai pas, car ils contiennent des photographies, des cartes et des documents officiels qui remontent bien au-delà du tournant du siècle et fournissent une histoire à ce lieu que je ne pourrais pas supporter de voir détruit. Dans ces piles de papiers, j'ai découvert la photographie d'un jeune Japonais en compagnie d'un fermier blanc. Il n'y a pas de légende, mais j'imagine qu'il s'agit d'Homer Wilson et d'Hiro Takahashi, le visage illuminé par le soleil d'un été enfui depuis longtemps.

J'ai aussi embauché une équipe de paysagistes pour arracher les broussailles et tailler les arbres qui subsistent, survivants de l'ancien verger qui s'accrochent comme ils peuvent à la vie. On m'a assuré que l'autre maison, la maisonnette où les Takahashi ont vécu, ne pouvait pas être sauvée et qu'il faudrait la démolir, mais j'ai demandé aux ouvriers de se borner à condamner portes et fenêtres pour garantir la sécurité de ma fille : je ne pourrais pas me résoudre à supprimer ce bâtiment, je considère que je n'en ai pas le droit. J'aperçois la toiture affaissée depuis la chambre du premier étage, celle où dormait probablement Helen – de fait j'ai découvert sur le rebord de la fenêtre, à l'ancien emplacement du lit poussé contre le mur, des motifs de cœur qui me semblent tracés par une main féminine. Les frondaisons derrière la vitre ressemblent à un deuxième sol tendu au-dessus de la terre, un sol souple et tendre mais suffisamment résistant pour soutenir mes pas. Des chênes et des fruitiers divers dont j'ignore le nom, leurs feuillages semblables à des nuages verts descendus du ciel pour se blottir contre la chaleur terrestre.

Au milieu du mois de mai, le dénouement de cette histoire s'est imposé à moi contre toute attente, sans que je l'aie cherché. Il s'est annoncé par un crissement de pneus sur les gravillons devant la maison, que j'ai attribué tout d'abord aux artisans chargés de la réfection, dont les allées et venues continuelles se poursuivaient depuis trois mois.

Je l'aurais oublié aussitôt si quelqu'un n'avait pas toqué à la porte-moustiquaire.

Sur ce que je considérais toujours comme « le perron de Mrs Wilson » se tenait un homme assez corpulent en chemise blanche, âgé d'une cinquantaine d'années, ses cheveux clairsemés plaqués en arrière : il avait tout du prédicateur revivaliste du Sud, échappé d'une nouvelle de Flannery O'Connor. Après s'être présenté sous le nom de Jim Tuttle, il a voulu savoir si j'appartenais à la famille Wilson, si j'étais apparenté à Evelyn. En apprenant que c'était bien le cas, il a cherché à avoir des précisions.

« Je peux savoir qui vous êtes ? » ai-je demandé. Il a répété son nom, qui ne me disait toujours rien. « Qu'est-ce qui vous amène ici ?

– Eh bien, disons que… » Il bredouillait, son crâne dégarni déjà emperlé de sueur. « C'est à propos de… Il y a une chose dont je dois parler à quelqu'un…

– De quoi s'agit-il ?

– Est-ce que vous êtes le fils de Mrs Wilson, ou bien…

– C'était ma tante, ai-je coupé, de plus en plus exaspéré par son intrusion et par sa réticence manifeste à expliquer les raisons de sa présence à ma porte.

– Ah, votre tante…

– Qu'est-ce que vous me voulez ? Vous me dérangez en plein travail.

– Excusez-moi. J'aurais bien voulu vous téléphoner, mais je n'ai pas votre numéro.

– Me téléphoner à quel sujet ?

– Pour choisir un horaire qui vous aurait… mieux convenu.

– Convenu pour quoi, au juste ? Je ne vous suis pas.

– Mais bien sûr, c'est normal… » L'appréhension et la détresse posaient comme un voile sur son visage. « Vous n'avez aucune idée de ce qui m'amène.

– À ce stade, j'ai l'impression que vous ne le savez pas non plus.

– C'est drôle », a-t-il dit d'un air maussade. Sa veste était en lin léger, mais il transpirait aussi abondamment que sous un manteau en laine. « Je suis là parce que je tiens à raconter ce qui est arrivé.

– Arrivé à qui ?

– À mon père.

– Comment s'appelle-t-il ?

– Ed Tuttle Jr.

– Je regrette, mais je ne peux pas vous aider. Ce nom ne me rappelle absolument rien. À mon avis, vous vous êtes trompé d'adresse.

– Non, non. » Il s'était empressé de répondre car je m'apprêtais déjà à rentrer, pour aller retrouver ma machine à écrire et ma liasse de feuillets. « Ça concerne Mrs Wilson. J'ai besoin de me décharger de ça. C'est un secret qui est resté longtemps dans ma famille, et je ne le supporte plus.

– Mais pourquoi venir ici ?

– Parce qu'elle n'a jamais su ce qui s'était passé.

– De qui est-ce que vous parlez ?

– De votre tante.

– Écoutez, Mr Tuttle…

– Appelez-moi Jim.

– Vous voulez bien être plus précis ? ai-je répliqué avec un soupir.

– Voilà, il s'agit d'une affaire à laquelle mon père a été mêlé autrefois. » Tuttle a coulé un regard vers la maison en ruine qui avait jadis abrité les Takahashi. « Il y avait une deuxième maison sur la propriété. Une maison plus petite.

– Elle existe toujours, même si elle n'est plus habitable.

– En 1945, c'est nous qui y vivions.

– Pardon ?

– Dans cette petite maison. Du moins, il me semble que c'était celle-ci. Je n'avais que neuf ans à l'époque, alors il se peut que je fasse erreur.

– La famille d'Oklahoma, ai-je complété.

– Oui, c'est bien ça. Vous êtes au courant, alors ? Vous savez peut-être aussi qu'une famille japonaise habitait là avant nous.

– Les Takahashi.

– Tout à fait. Ce que j'ai besoin de raconter, à vous ou à quelqu'un d'autre, concerne le garçon qui a fait la guerre.

– Ray ? » J'avais quasiment crié ce prénom en me penchant vers ce pauvre Jim Tuttle, qui a reculé d'un pas, alarmé. « Vous parlez bien de Ray ? De Ray Takahashi ?

– Oui…, a balbutié Tuttle. Il s'agit bien de lui. Vous le connaissiez ?

– J'ai bien connu sa mère. »

L'expression qui est passée sur son visage était assurément de la peur.

« Elle est toujours en vie ?

– Non, il y a environ deux ans qu'elle est décédée.

– Evelyn Wilson aussi a disparu ?

– En effet.

– Et donc il ne reste que vous.

– Comme vous le voyez.

– Ça vous ennuie de me laisser entrer ? Il fait une chaleur épouvantable, et j'aimerais bien m'asseoir. »

J'ai marqué une hésitation, dérouté par l'étrange comportement de ce Jim Tuttle, sa façon de bredouiller, la sueur qui trahissait son manque d'assurance : on aurait cru qu'il tenait absolument à me transmettre une information mais qu'une fois arrivé jusqu'à moi, il ne rêvait plus que de prendre la fuite.

J'ai fini toutefois par accepter qu'il entre, et il s'est avancé d'un pas hésitant dans la maison qui, faute de nous offrir de la fraîcheur, nous abritait au moins du soleil. Je lui ai apporté pour commencer une bouteille de Coca-Cola, qu'il a collée contre son front en sueur comme un paquet de glaçons.

Nous nous sommes assis à la cuisine, et quand il m'a demandé si j'étais écrivain, désignant ma machine à écrire et ma pile de feuillets, j'ai esquivé la question en prétendant mener des recherches généalogiques, ce qui, en définitive, n'était pas si éloigné de la vérité.

« Vous feriez bien de m'expliquer la raison de cette visite, lui ai-je dit dès qu'il m'a paru un peu plus à l'aise, sirotant son Coca et tirant sur le col de sa chemise.

– Ce n'est pas quelque chose dont je suis fier, je tiens à ce que vous le sachiez.

– D'accord, vous n'en êtes pas fier, j'ai bien entendu. »

J'ai patienté, le laissant souffler et se désaltérer un peu.

« Elle est jolie, cette maison, a-t-il finalement repris. Je me la rappelle, quand j'étais gamin. On n'avait pas le droit d'y venir, mais vous savez, on se faufilait quelquefois dans les vergers, ma sœur et moi.

– Mr Tuttle... » J'ai corrigé de moi-même, devinant qu'il allait le faire spontanément. « Jim, il va falloir que je me remette au travail...

– Oui, oui, bien sûr, excusez-moi. Je suis juste un peu chamboulé. » Il a expiré longuement avant de reprendre la parole. « Que Dieu me donne la force... »

Et là, au cours de l'heure qui a suivi, il m'a révélé des choses que je pensais ne jamais apprendre et qui, me figurais-je, ne seraient jamais accessibles à quiconque : la vérité sur ce qui était arrivé à Ray Takahashi, par une nuit d'orage qui devait marquer la fin de l'été 1945, inaugurant un hiver gris et froid.

La chaleur de septembre a enfin cédé la place à la relative fraîcheur d'octobre, et Ray a pris l'habitude de dormir sur Boulder Ridge. En général il se couche dans l'herbe, enveloppé de son manteau, quoiqu'il lui arrive de monter la petite canadienne qu'il transporte dans ses bagages ; pour le repas, il fait réchauffer une boîte de haricots sur un feu de camp. Il vit de plus en plus détaché de la société des hommes. L'altercation qui s'est produite au *diner* a changé bien des choses, elle a transformé son cœur d'une manière qu'il n'avait ni souhaitée ni prévue, et pourtant il ne peut se résoudre à quitter ces lieux où il persiste, envers et contre tout, à se sentir chez lui. Le matin, quand il s'éveille sur ce terrain parsemé de rochers, parmi les chênes et les jacasseries des geais bleus et des moucherolles noires, des chardonnerets et des moineaux qui fusent comme de petites flèches, il ne peut s'empêcher d'être reconnaissant lorsqu'il ouvre les yeux sur cet endroit, et non sur cet autre sommet, dans les montagnes de France, ou dans les champs d'oliviers d'Italie, ou sous tout autre ciel que celui-ci, au milieu d'autres arbres, d'autres herbes que les herbes sèches et dorées de son pays, un lieu qu'il ne cessera jamais de considérer comme un droit de naissance.

Cependant, c'est quelque chose qui a un prix, et cela aussi, il le sait bien. Il s'est aperçu qu'ils le surveillaient, et il ne doute pas qu'il y ait un but, une intention bien précise derrière cela. Quelques jours après l'incident du *diner*, il est tombé sur une silhouette familière, dans une rue de la ville. Il avait déjà entendu dire, bien sûr, que Chet Kenner avait perdu une jambe en se battant dans le Pacifique, mais le voir là – avec sa jambe de pantalon épinglée au-dessous de la fesse gauche – lui a tout de même causé un choc. Ray a voulu l'éviter, mais Chet, à sa grande surprise, l'a salué comme un vieil ami.

Ils ont bavardé un moment, évoquant la guerre et leur retour au pays, leurs connaissances communes, et puis Chet lui a dit :

« Écoute, Ray, j'ai entendu raconter de drôles de trucs.

– À quel sujet ?

– D'après mon frère, les ouvriers agricoles ont parlé de toi.

– Bish t'a dit ça ?

– Ouais, tu sais qu'il travaille pour les Wilson.

– C'est vrai, je l'ai rencontré, a dit Ray avec tristesse. Et qu'est-ce qu'ils racontaient sur mon compte ?

– Il n'est pas très sûr, mais juste le fait qu'ils aient parlé de toi, ça m'inquiète pas mal.

– Je suis sûr que ça n'a pas d'importance. Les ouvriers sont bavards, c'est tout.

– J'espère que tu as raison. » Puis, après un temps de silence, Chet a suggéré : « Et si tu logeais avec nous pendant quelques jours ?

– Chez vous ?

– Eh, ce n'est pas si grave ! a dit Chet en souriant. Je ne te propose quand même pas de sortir avec moi.

– Ça ne gênerait pas ta famille ?

– Quelle importance, on s'en balance ! Ils feront avec, et puis voilà. Depuis que j'ai perdu ma jambe, ils sont prêts à me dire oui pour tout. Jusqu'à preuve du contraire. »

Ray s'est tu pendant un moment, le regard braqué sur la rue où les voitures passaient en ronflant.

« C'est vraiment gentil de ta part, Chet. Mais je ne peux pas accepter.

– Où est-ce que tu dors ? À la belle étoile ?

– Sur Boulder Ridge, la plupart du temps.

– Mince ! Si jamais tu changes d'avis, mon offre tient toujours. Tu peux simplement venir manger, si tu as envie d'un vrai repas. Bish serait content de te voir. »

Ray se voyait presque à la table de ces *hakujin*, toujours vêtu de son uniforme, en compagnie de Chet et de son jeune frère. Au lycée, il n'était pas très proche de Chet, mais il était clair qu'aujourd'hui, au vu des services qu'il avait rendus à la nation, les deux frères le jugeaient irréprochable, et si personne ne reconnaissait la valeur de ses actes, ces deux-là au moins avaient de l'estime pour ce qu'il avait accompli. Ray a continué à porter l'uniforme, comme si, en le gardant toujours sur lui, il lui était possible de l'incorporer à sa chair et de devenir enfin un véritable Américain. N'était-ce pas dans ce but qu'il avait boutonné la chemise militaire sur son torse nu, enfilé le pantalon et lacé les bottes ? Dans ce but qu'il avait tiré sur les nazis en France, regardé ses camarades se faire réduire en charpie jour après jour et nuit après nuit, dans tout le sud de l'Europe ? Est-ce que cela ne faisait pas enfin de lui, au bout du compte, un Américain ?

« J'apprécie ta proposition, Chet, mais je suis bien, sur la colline. »

Des violences avaient éclaté dans le comté, notamment avant le retour de Ray, mais il y avait eu aussi des marques de générosité, des fermiers *hakujin* qui avaient veillé sur les vergers et les fermes de leurs voisins d'origine japonaise et les leur avaient restitués, comme les Wilson avaient promis de le faire, après leur libération des camps. Un incident était toutefois survenu, plus tôt cette année-là : une famille d'origine japonaise avait vu sa maison détruite à la dynamite et, partout dans les collines, des incendies avaient ravagé des habitations, des hangars et du matériel appartenant à des Nippo-Américains. Quant aux insultes racistes – les « Japs » et les « bridés » –, elles allaient perdurer pendant quelques années encore. Pourtant, Ray ne comprenait pas que ces ouvriers misérables parlent de lui – si vraiment c'était le cas. C'était peut-être toujours le même sujet : Mrs Wilson leur avait donné l'ordre de l'empêcher d'entrer sur la propriété. Dans ce cas, il ne se faisait pas de souci, puisqu'il n'avait plus aucune raison de s'approcher de chez eux.

Pour finir, Ray a évoqué la mort de Jimmy Wilson, et Chet lui a répondu que la nouvelle était parue dans le journal – sa propre mère avait découpé la notice, il pourrait la lui montrer s'il le souhaitait –, mais en dehors du fait que Jimmy avait perdu la vie dans le Pacifique, elle ne contenait rien que Ray ne sache déjà. Pendant quelques années, le monde entier avait été pris de folie, et les garçons du comté s'étaient jetés bille en tête dans la broyeuse. Même Ray l'avait fait, car il avait espoir que sa famille enfermée dans les camps pourrait bénéficier d'un traitement d'exception, que le gouvernement, en échange de ses loyaux services, accepterait peut-être de les libérer. Au bout du compte, ses efforts n'ont pas porté de fruits, et l'arbre tout entier s'est rabougri, couvert de cloques.

Le jour où ils sont venus, il avait déjà décidé de quitter définitivement Newcastle, de repartir vers l'ouest en direction du Pacifique pour aller retrouver sa famille à Oakland. S'il était parti un jour, ou même une heure, plus tôt, il aurait peut-être pu avoir la vie sauve, et alors les choses se seraient passées autrement pour tout le monde : pour ses parents, pour Mrs Wilson, et même pour Helen. Et pour Franklin, bien entendu, surtout pour lui. Ray l'aurait peut-être retrouvé, il l'aurait aimé à distance, observant les jeux innocents de son fils depuis un trottoir de Seattle, un jour où le soleil aurait brillé fort et clair à travers la couche de nuages. Et même si le père et l'enfant ne s'étaient jamais vraiment rencontrés, si Ray ne s'était jamais fait connaître – Franklin avait des parents, les Yamada, qui sans nul doute l'aimaient farouchement, eux qui l'avaient recueilli dans un orphelinat –, l'amour de Ray n'aurait-il pas été pour son fils une sorte de bouclier ?

Ce jour-là la pluie menace, et ce froid lugubre lui rappelle la nuit sans fin des Vosges, le grésil descendant d'un ciel si noir qu'on aurait dit un couvercle d'ardoise bouchant le ciel au-dessus de leurs têtes, une obscurité sans profondeur que déchiraient par moments les explosions livides des tirs antiaériens qui continuaient à assaillir les montagnes autour d'eux, mêlant au grésil des éclats de cailloux et des mottes de terre boueuse. Parfois, c'était du sang qui se déversait en une averse de cauchemar, tandis qu'ils se blottissaient au fond des tranchées crevassées, grelottant et claquant des dents, tenaillés malgré la pluie par une soif inextinguible. Les heures passant, il en était réduit à rester couché dans la gadoue, le visage contre le sol, harcelé par le vacarme et la terreur. Il se trouvait entre deux hommes avec qui il avait traversé une bonne partie du sud de l'Europe. Victor Fujimori et Jim Ban. L'un et l'autre mourraient le lendemain ou le surlendemain, même si lui n'en saurait rien, et dans la torpeur irréelle de ce trou ils avaient déjà l'air de squelettes en uniforme, de têtes de mort grimaçant sous le casque. Autour de lui, ce n'étaient que cratères de ténèbres et de lumière, et ces corps retranchés retombaient au sol avec un bruit sourd après une brève et terrible illumination, silencieux et frappés à mort, pendant que l'artillerie, pour plusieurs heures encore, crachait infatigablement son feu. Tout ce qu'il pouvait faire, malgré son entraînement au combat et son désir de vivre, c'était se cramponner à son casque, muet, le souffle court, ne jetant de temps à autre qu'un petit jappement de frayeur. Et tous ces morts s'inscrivaient dans sa mémoire, surtout à la fin d'une bataille, quand ils avaient accompli la mission prévue, une de ces opérations commandées par un général posté à bonne distance du site où ils se terraient, sur cette montagne aux pentes boisées. C'était seulement quand on établissait la liste des victimes qu'il mesurait combien d'entre eux n'échapperaient plus à cette forêt de France. Parfois, il se demande s'ils déambulent encore dans les forêts, tous ces morts, prononçant leur nom en français ou dans un japonais maladroit, leurs formes spectrales pareilles à une brume luminescente au milieu des sapins ruisselants.

Sa propre survie a plus ou moins tenu du miracle. Aujourd'hui, sur un autre sommet, il regarde le paysage se fondre dans la paix de la pluie qui vient, pendant que les bêtes des champs et les oiseaux du ciel cherchent un refuge avant l'orage. Parce que le feu qu'il vient d'allumer doit être le dernier, Ray a renoncé à économiser son bois, qu'il doit aller ramasser de plus en plus loin de son camp de base, sur cette crête parsemée de rochers. Touchées par les premières gouttes de pluie, les flammes sifflent et crépitent.

Dès qu'il aperçoit la lueur des lampes torches qui danse sur la route, il comprend qu'il a commis une erreur en allumant ce feu. Pourtant il ne s'enfuit pas, car il reste dans son esprit une part lumineuse qui se demande encore si ce n'est pas Helen venue le rejoindre comme autrefois, par une de ces belles nuits fraîches, sa chevelure entre ses doigts pareille à des fils d'or au clair de lune, son corps tiède tout contre le sien. Ce n'est qu'en voyant vaciller et s'éteindre ces lointaines lueurs, d'abord une, puis les trois autres, qu'il commence réellement à prendre peur. De la poche avant de son pantalon d'uniforme, il tire le petit médaillon en forme de coquillage qui le suit partout, effleurant ses contours. Il l'a gardé au creux de sa paume à Anzio, à Monte Cassino et dans les Vosges, il l'a tenu pendant que le sang et les viscères de ses compagnons s'abattaient comme une pluie dans l'enfer des shrapnels.

Il s'attendait à ce qu'ils s'approchent furtivement dans l'obscurité qui règne au-delà du foyer, mais ils viennent à lui sans détour et leurs visages, dans la pâle réverbération de la lumière, semblent flotter en avant de leurs corps. Il attend sans faire un geste.

Plus tard, ils se demanderont pourquoi il n'a pas cherché une arme.

Une voix s'élève alors, sèche, cadencée par un accent que Ray ne connaît pas.

« Tu sais pourquoi on est là ? »

Il les voit un peu mieux, à présent. Trois hommes armés de fusils. Il devine que le quatrième, celui qui demeure invisible, toujours tapi dans le noir, porte également une arme, et malgré cela il ne bouge pas, débraillé dans son uniforme sale, sa silhouette découpée à contre-jour devant le feu, il se contente de les regarder, imperturbable, comme s'il avait toujours su qu'ils viendraient.

« Je ne vous connais pas. »

Voilà tout ce qu'il leur dit.

« Ben ouais, ça risque pas. »

L'homme qui a parlé est plus grand que les autres, il a un long cou et une petite tête compacte, la pluie qui commence à tomber tambourine sur le bord de son chapeau.

« Un peu, que tu nous connais pas », renchérit un autre.

Celui-ci est trapu mais plus petit que l'autre, ses cheveux fins plaqués par la pluie lourde. Le troisième est un homme banal, il a une expression apeurée dans les ombres de la nuit.

« On est là parce qu'on a un boulot à faire, déclare le grand.

– Quel genre de boulot ?

– Je crois que tu le sais déjà. »

Un silence, puis Ray demande :

« Qui vous envoie ?

– Ça aussi, je crois que tu le sais. Sinon, t'es encore plus demeuré que je le pensais.

– Mrs Wilson », dit Ray.

L'homme ne réagit pas, il se borne à changer légèrement de position.

« T'aurais mieux fait de te tirer quand on te l'a demandé. »

Et le petit ajoute :

« Il est trop bête, pas vrai ? »

Il est tellement excité qu'il sautille pratiquement sur place.

Ray s'apprête à répondre qu'il a déjà décidé de partir, il veut bien remballer ses affaires et s'en aller dans la minute si cela doit lui éviter une bagarre qu'il est quasiment sûr de perdre, mais en entendant cela ses mâchoires se contractent. Il redresse les épaules pour affronter la bande.

« Ferme ta gueule ! dit-il.

– On nous avait bien dit que t'avais un sale caractère.

– Laissez-moi, foutez-moi la paix.

– Trop tard, dit le petit. Qu'est-ce que tu comptes faire, hein, le Jap ? »

Il fait basculer son fusil, dont le canon se retrouve pointé sur Ray.

Pour un peu, il se mettrait à rire face à l'absurdité de sa situation, à l'idée qu'il a réchappé de tout – le déracinement des camps, le feu et l'épouvante des combats – juste pour échouer là, dans la lumière orangée d'un feu de camp, sur une colline qu'il avait fini par considérer comme leur refuge personnel, à Helen et à lui, un lieu intime où il avait pu explorer la géographie secrète de son corps.

« Ça ne me plaît pas, que tu braques ton arme sur moi », dit-il calmement. Il sent un tremblement à l'intérieur de lui, mais sa voix reste ferme. Penser que ça finirait comme cela. Qu'une telle chose était possible.

« J'en ai rien à foutre », fait le plus petit, avant de continuer sur un rythme de comptine : « Sale Jap, sale merde. »

Le plus grand l'arrête, secouant la tête avec dégoût.

« Bon sang, Tuck. On a un truc à faire, allons-y. »

Les hommes cessent de parler. Pendant que les deux autres le tiennent en respect au bout de leurs fusils, le grand lui lie les mains dans le dos avec un morceau de corde grossière. Une fois le nœud bien serré, il lance un sifflement et le quatrième homme se détache de l'obscurité. C'est lui qui porte le premier coup, il le pousse en le traitant de sale Jap et se remet à cogner. Ray lutte pour ne pas tomber, mais bientôt les forces lui manquent et il s'effondre dans l'herbe, telle une colonne de cendres s'écroulant dans l'eau de pluie. Il bénit cette fraîcheur contre son visage, car les coups pleuvent toujours, si nombreux qu'il ne les compte même plus : son visage qui explose de douleur, ses cuisses, son dos, sa nuque, sa poitrine, même ses poignets attachés. Des coups de poing, des coups de botte.

On lui souffle au creux de l'oreille :

« Tu vois, le Jap, tu ferais mieux de déguerpir, ou on finira le boulot.

– On devrait en finir tout de suite, dit un autre.

– Chuis pas un assassin, moi, proteste le premier. En plus, c'est pas pour ça qu'on nous a payés.

– C'est juste une gamine, elle sait même pas ce qu'elle veut. »

En entendant cela, Ray se sent remonter vers la surface à travers le délire de la souffrance, comme une méduse se hissant vers la lumière qui flotte au-dessus des eaux.

« Une gamine ? »

Son visage est tout engourdi, il sent un liquide tiède dans sa bouche. Sa langue frotte sur les arêtes d'une dent cassée.

« Il a dit quoi ? » marmonne quelqu'un. Et il reprend plus haut : « Qu'est-ce que t'as dit, le Jap ? »

Il lutte pour retrouver sa voix :

« Une gamine ? De qui vous parlez ?

– Merde, Tuck ! Il est même pas au courant. C'est dingue, non ? Il sait même pas à qui il doit dire merci. Putain, t'es carrément mal barré.

– Mon Dieu. »

Son cœur qui bondit dans sa poitrine est si lourd et si dur qu'il pourrait crever sa cage thoracique et jaillir hors de son corps, non pas comme une flèche mais comme un œuf dont le jaune irait se perdre dans l'herbe.

« C'est la mère qui nous paie, lui dit tranquillement un des hommes, mais c'est la fille qui a donné les ordres.

– Fils de pute, salauds de fils de pute. »

Il tâche de se lever et de leur résister, la corde s'est relâchée il ne sait comment et il parvient à tendre les mains, à les brandir en un grand arc qui trouve sa cible, il y en a un qui tombe et puis un deuxième, il faudrait qu'il se sauve, qu'il échappe à ces hommes, à cette colline et aux Wilson, qu'il passe les frontières de sa vie présente, et alors il s'élance pour s'éloigner du feu de camp, tanguant et bondissant, cherchant le mouvement pur comme un dément, habité par cette unique pensée : fuir, fuir, fuir.

Quand la détonation retentit il ne comprend pas tout de suite, lui qui a pourtant entendu tant de coups de feu, bien plus qu'il n'est raisonnable au cours d'une vie. Mais cela se passait ailleurs. Son corps bascule comme si on l'avait propulsé en avant, qu'une main secourable lui avait donné de l'élan. Un cri s'élève quelque part.

« Pas ça, merde ! »

Mais il s'effondre déjà, la force mystérieuse qui animait ses jambes s'est dérobée à lui.

Il le sent contre la paume de sa main, car il ne l'a jamais lâché, pas même au pire moment, pas même pendant que les hommes le tenaient ligoté et le rouaient de coups. Il est tombé à genoux et l'herbe, maintenant, semble l'attirer à elle, alors il s'abandonne sans lâcher le médaillon, suivant du bout du doigt les contours rigides du coquillage de métal. Quand il tourne la tête, quatre visages se détachent sur le ciel envahi de nuages sombres. Il se demande de qui il peut s'agir, peut-être pourront-ils l'aider à reprendre sa route, mais quand ils ouvrent la bouche, il ne comprend rien à leurs paroles.

« Merde, Tuck, tu l'as tué.

– Il voulait se sauver…

– Évidemment, imbécile. On était en train de le cogner. T'aurais fait pareil à sa place.

– Bah, c'était juste un Jap, dans le fond.

– Du coup, il va falloir qu'on creuse un trou. Avec toute cette flotte qui dégringole.

– Je vais chercher les pelles.

– Il voulait se sauver, qu'est-ce que je pouvais faire d'autre ? Il allait nous échapper.

– Ben ouais, c'était le but. Le faire partir, c'est pour ça qu'on nous a payés. »

Voilà les derniers mots qu'il a entendus. Au-dessus de lui, la plaque d'ardoise du ciel recule toujours plus loin et les hommes se penchent sur une sorte de tunnel noir creusé dans l'air, avec leurs visages qui se dessinent tout au bout parmi les nuages, et toute l'étendue du ciel s'enfuit vers les lointains, si bien qu'au dernier instant lui vient la pensée qu'il est perdu. Pourtant, lorsqu'il tourne la tête, il s'aperçoit qu'il n'a pas cessé de voler vers un autre ciel, une vaste surface d'un bleu très profond qu'il lui semble déjà connaître, plus familière que le monde qu'il vient de quitter, et il sait que, d'une certaine manière, il est rentré chez lui, et que ce retour est baigné de lumière dorée, les collines se déroulent à l'infini et son cœur éclate à la vue de cette terre pure et bénie.

Les grandes lignes de ce que je viens de raconter, je les tiens du récit que m'a fait Jim Tuttle cet après-midi-là, même si certains détails, que nul ne peut connaître, sont de mon invention. C'était le père de Tuttle qui s'était tapi dans l'obscurité, hors du cercle de clarté projeté par le feu de camp.

« Ce Tucker était un sale type, m'a dit Jim Tuttle. Il a fini en prison à Folsom pour une affaire de meurtre.

– Et personne ne l'a dénoncé ?

– C'était pas leur genre. Écoutez, Mr Frazier, je suis chrétien – un chrétien évangélique, plus précisément – et je ne veux pas de cette tache sur ma conscience.

– C'est votre père qui vous a tout raconté ?

– Oui, juste avant sa mort. Il avait peur d'aller en enfer.

– Le coup de feu, c'est lui qui l'a tiré ?

– Non, c'est Tucker.

– Ensuite ils l'ont enterré sur place ?

– D'après mon père, oui. Mais je ne connais pas l'endroit précis. Ce serait une belle façon de clore l'histoire que de le transférer dans un cimetière chrétien, mais il n'y a pas moyen de retrouver le corps. J'ai essayé, et tout ce que j'ai vu c'est de l'herbe, des arbres et des rochers. Tout se ressemble, là-haut.

– Il était bouddhiste, ai-je précisé, comme si cela devait répondre à ses préoccupations.

– Quand même, ce n'est pas bien qu'il soit tout seul là-bas. »

À l'instant de prendre congé, Tuttle s'est arrêté sur le pas de la porte et, de la poche de sa chemise, il a fini par extraire ce qu'il cherchait, une chaîne en argent à laquelle était accroché un pendentif.

« Est-ce que par hasard ceci vous évoque quelque chose ?

– Qu'est-ce que c'est ?

– Mon père m'a dit que le soldat le tenait dans sa main. »

J'ai remercié Jim Tuttle d'être venu, et il m'a remis une carte de visite avec ses coordonnées avant de monter en voiture. Tandis que je le regardais s'éloigner, des coups de marteau retentissaient à l'étage, ainsi qu'un brouhaha de voix à l'extérieur. Tout ce qui s'était effacé pendant le récit de Jim Tuttle s'infiltrait de nouveau dans le monde vivant.

Je n'ai pas desserré le poing avant d'être revenu à la table de la salle à manger, devant ma machine à écrire ; là, j'ai étudié attentivement l'objet que m'avait donné Jim Tuttle. La chaînette était fine sans être trop fragile, et le petit médaillon en forme de coquillage ressemblait à de l'argent, même s'il s'agissait sûrement de fer-blanc. Avec les années, des creux et des rayures étaient apparus sur le métal. Il ne s'ouvrait pas facilement, mais j'ai réussi à soulever le couvercle, et j'ai contemplé le portrait minuscule qui aurait pu être celui d'Evelyn Wilson, mais qui, bien sûr, était celui d'Helen. Sur l'image granuleuse, le visage de femme encadré par le médaillon n'était pas très distinct, mais on voyait bien qu'Helen, loin de posséder la farouche beauté de sa mère, était une fille ordinaire – qui n'en avait pas moins régné sur le cœur de Ray Takahashi. Elle y occupait tant de place que le jeune homme avait conservé son portrait pendant toute la durée de son internement et de la guerre, et qu'il le portait encore sur lui quand il avait regagné ces lieux qu'il persista à considérer, jusqu'au dernier instant, comme son foyer. Qu'Helen – et non sa mère – ait décidé d'embaucher des hommes pour le chasser hors de sa vie semblait aussi affreux que plausible. N'était-elle pas, dans le fond, la digne fille de sa mère ?

La maison est achevée, désormais, en tout cas nous n'irons pas plus loin dans la rénovation, car mes fonds sont épuisés. Peut-être devrais-je m'en réjouir, car j'ai fini par comprendre que ce type d'entreprise pouvait être sans fin, et qu'on en venait à se demander, au fil du processus de réfection, si l'objet qui demeurait était bien le même qu'au départ. Si l'on rénove une maison planche par planche, s'agit-il toujours de la même au bout du compte, ou s'est-elle transformée en autre chose ? L'opération menée ici est loin d'être aussi radicale, mais elle a suffi à me donner le sentiment d'être chez moi, bien que les meubles d'origine n'aient pas tellement bougé depuis la première fois que je suis entré dans le salon.

À présent, ma fille cavalcade d'une pièce à l'autre et fait des allées et venues dans les escaliers, la porte-moustiquaire claquant sur son passage dans un bruit formidable. À nous trois, nous avons pris possession des lieux comme peut le faire une famille, notre simple présence transformant en foyer un ensemble de pièces, d'escaliers et de couloirs. Nous dérangeons sans doute les fantômes qui ont pu s'attarder sur les lieux, et qui s'enfuient par les bardeaux neufs pour s'envoler dans la nuit bleue de l'été.

J'ai rapporté à l'adjoint du shérif ce que je sais du meurtre de Raymond Takahashi : je devine déjà que cela ne mènera à rien – une affaire vieille de trente-huit ans, avec un corps introuvable et un coupable disparu, ne présente pas beaucoup d'intérêt aux yeux de la justice –, mais j'ai estimé qu'il était de mon devoir d'agir ainsi. J'ai également envoyé une lettre à Doris Harris, née Takahashi, dont j'avais conservé l'adresse, afin de lui raconter l'histoire. Dans l'enveloppe, j'ai glissé le pendentif. Il ne m'appartient pas, et je suppose qu'il n'appartient pas non plus à Doris. Les mots me manquent pour l'expliquer, à moi-même autant qu'aux autres, mais peu de choses dans ma vie se sont avérées aussi difficiles que cacheter cette enveloppe et la poster.

Il m'arrive parfois de sentir, à l'intérieur de cette vieille maison, la présence des Wilson – Evelyn et Homer, mais aussi Helen et Jimmy dans les chambres de l'étage, radieux fantômes dont les jours de lumière se prolongent jusque dans nos vies. Ils brillent dans l'air comme des guirlandes argentées. Et Ray est là aussi, bien sûr, un Ray encore enfant qui ne pouvait pas imaginer la folie à venir. Leurs rires font un bruit de clochettes, leur souffle a un parfum de fruits.

Bien sûr, il y a ici d'autres ombres, et beaucoup parmi elles viennent de moi. Sans aucune justification, j'ai reçu en héritage cette maison, les vieux arbres fruitiers et ce qui restait de l'ancienne habitation des Takahashi. J'ai du mal à ne pas y voir les dépouilles d'une guerre à laquelle j'ai participé plus ou moins volontairement. À l'heure où vous lisez ces lignes, les restes de Ray Takahashi sont toujours perdus quelque part sur Boulder Ridge, et ses proches ont été définitivement transformés à la suite de cet événement irréversible. Que cette famille n'ait pas été détruite par les actes de violence impunis que les Wilson – ma propre famille – lui ont infligés, frontalement ou de manière plus insidieuse, ne fait qu'apporter la preuve de sa force. Et il n'est pas impossible que ma décision de m'installer ici malgré tout, d'occuper avec ma famille ces lieux que je n'ai aucunement mérité de posséder, soit un indice de ma faiblesse.

Certaines nuits, quand les rêves se dérobent à moi, je viens m'asseoir devant la fenêtre du premier étage, dans cette chambre que j'associe à Helen et que nous utilisons comme espace de rangement. J'ai installé un fauteuil près de la vitre et j'y passe parfois une partie de la nuit, pendant que ma fille dort dans sa chambre et que ma chère épouse se repose dans notre lit. J'ai dit que les rêves se dérobaient à moi, mais c'est plutôt moi qui les fuis, car il demeure, au plus noir de mes nuits, un courant turbulent qui traverse mes pensées, et je l'identifie assez bien pour savoir que si je m'abandonne au sommeil sous son influence, je serai renvoyé là-bas dans la chaleur poisseuse, malgré le passage des années. Alors j'allume une cigarette et je contemple la fraîche quiétude de la nuit. En face, sur la colline, le toit de l'ancienne maisonnette des Takahashi dessine une ligne un peu tordue par-dessus les douces cimes enveloppées de nuit. Devoir l'admettre me remplit d'horreur, mais l'idée me vient dans ces moments-là que j'occupe une position idéale pour appeler une frappe aérienne. Un-Zéro-Sierra. Foxtrot-Juliett. Six-Zéro. Deux-Sept. Zéro-Cinq. Trois-Six. Et ces messages se transformeraient en flammes. Il s'agit surtout, je le crois, d'un appel à l'aide, car chaque fois qu'arrivait l'impact, je sentais mon cœur se dénouer, libéré et plein de gratitude.

Mon épouse me trouve parfois là, assoupi dans mon fauteuil, la cigarette entre mes doigts réduite à une colonne de cendres. Elle me réveille, puis nous retournons nous coucher ensemble ; si ma fille ne dort pas, nous descendons tous les trois prendre notre petit-déjeuner, et notre journée commence ainsi. À six ans, Susie a des questions plein la tête, et moi je tâche de lui répondre en buvant mon café et en mangeant mes céréales. Un peu plus tard, nous sortons marcher au milieu des chênes et des derniers poiriers et pruniers, et en dépit de tout ce que j'ai fait par le passé, malgré le poids de la culpabilité que j'ai héritée ou acquise, malgré cela ou peut-être à cause de cela, je sais que j'ai de la chance, non seulement d'être en vie, mais aussi d'avoir trouvé une espèce de grâce, ou d'avoir été trouvé par elle. Il y a des jours, de nombreux jours, où la lumière dorée semble jaillir du sol, et c'est pour moi un émerveillement constant d'être là pour l'accueillir. Quelque part, des fantômes continuent à illuminer le ciel. Et pourtant, c'est cette pensée qui revient le plus souvent :

Douce vie, n'as-tu pas été avec moi tout du long ?

REMERCIEMENTS

J'ai grandi à Placer County, et je vis actuellement dans la ville dont je me suis inspiré pour écrire ce roman. Je me suis donc senti particulièrement honoré de pouvoir recueillir les témoignages de nombreux habitants du comté, qui m'ont fait don de leur temps, de leur attention et de leurs souvenirs, ainsi que de photographies et de pistes de recherche. Merci à Ray et à Irene Yamasaki, et à leur fille Denise qui m'a mis en relation avec ses parents ; merci à Shig Yokote, vétéran du 442e régiment, à qui j'ai eu la chance de pouvoir parler quelques mois avant son centième anniversaire, et qui m'a confié ses souvenirs avant, pendant, et après la guerre (j'ai également eu le privilège d'assister à sa fête d'anniversaire) ; merci à Stu Kageta, qui m'a fait part de ses expériences et de celles de son père, Frank, artilleur dans le 442e régiment ; merci à Claire Camp, née Tsujimoto, de m'avoir reçu chez elle, livré ses commentaires et prêté des ouvrages essentiels sur le camp de Tule Lake. Dès le début de mon travail, Ken Tokutomi s'est révélé un guide et une source de contacts formidables, dressant pour moi un tableau de la Japantown d'autrefois à Newcastle et m'aidant ainsi à trouver mes repères dans ce lieu qui n'existe plus. En complément, le documentaire de Bill George, *Newcastle, Gem of the Foothills*, m'a éclairé sur le contexte de l'époque, tout en m'offrant quantité de récits sur cette période révolue.

Dan Wilson, pour sa part, a eu la gentillesse de me faire passer plusieurs anciens annuaires du lycée local, riches en photographies, qui m'ont permis de me faire une idée de la population du comté avant et après la guerre. L'historien local David Unruhe, qui a participé à l'ouvrage *The Japantowns of Placer County,* m'a fait profiter de son savoir, de ses contacts et de ses conseils, ainsi que d'une foule de livres et de dossiers tirés de sa collection personnelle. Mike Holmes a eu la générosité de partager avec moi le résultat de ses recherches sur les événements survenus dans la région après la déportation des Japonais. J'ai également consulté avec profit les collections de la bibliothèque de Placer County dont une section est dédiée à Auburn – avec, notamment, un fonds d'histoire orale –, et celles des archives du comté. Paul DeWitt m'a aimablement accompagné au musée Nippo-Américain de San José, et a répondu pendant la visite à mes nombreuses questions.

Parmi les innombrables sources que j'ai consultées pour la rédaction de ce roman, certaines se sont révélées tout particulièrement utiles : *Changing Dreams and Treasured Memories : A Story of Japanese Americans in the Sacramento Region*, par Wayne Maeda, et la remarquable collection de témoignages oraux rassemblée par la Sierra College Press sous le titre *Standing Guard : Telling our Stories.* Chez Tomeo Okui Takae, auteur de *Recollections : An Autobiography of the Wife of a Japanese Immigrant*, j'ai trouvé des informations éclairantes sur la vie à Newcastle dans la première moitié du XXe siècle. Je citerai aussi l'importance des ouvrages de Mary Matsuda Gruenewald, Hiroshi Kashiwagi, Donald Keene, Julie Otsuka, Eileen Sunada Sarasohn, Hisaye Yamamoto, et Wakako Yamauchi. La liste des familles auxquelles je dédie mon roman est extraite du *Tule Lake Directory and Camp News*, publié grâce aux recherches de

H. Inukai ; elle m'a été communiquée par les Rangers du Pacific National Monument de Tulelake en Californie, à la mémoire des soldats tombés pendant la guerre.

À plusieurs reprises, mon ami William T. Vollmann m'a gentiment accompagné à la bibliothèque de l'UC Davis, et m'a aidé à collecter des informations sur le passé agricole de la Californie, des années vingt au début des années soixante, lorsqu'une épidémie a quasiment détruit l'industrie fruitière d'une partie de l'État.

Je souhaiterais également exprimer ma reconnaissance aux participants de deux colloques littéraires centrés sur les auteurs dont les œuvres de fiction dépassent l'expérience vécue : leurs interventions ont guidé mon approche de mon propre récit. Merci donc à Jodi Angel, Skip Horack, Bich Minh Nguyen, Derek Palacio, Rob Spillman, Luis Alberto Urrea et Naomi Williams. Je remercie aussi Matthew Salesses pour son passionnant travail pédagogique, en particulier autour du thème des auteurs blancs écrivant sur des personnes de couleur ; il m'a beaucoup éclairé, tout comme l'ouvrage de Viet Thanh Nguyen, *Nothing Ever Dies : Vietnam and the Memory of War*, qui aborde la manière dont l'Amérique a conçu et traité l'Asie, tant sur son territoire qu'à l'extérieur. J'insisterai aussi sur la pertinence des écrits d'Edward W. Said (*L'Orientalisme* ; *Culture et Impérialisme)*, et de Judith Butler (*Vie précaire. Les pouvoirs du deuil et de la violence*), qui m'ont aidé à problématiser ces thématiques.

En ce qui concerne l'expérience américaine au Vietnam, je me suis rapporté aux sources suivantes : *Mekong First Light* de Joseph W. Callaway ; *The Boys of '67* d'Andrew West ; *The Killing Zone* de Frederick Down Jr. ; *Putain de mort* de Michael Herr ; *Kill Anything That Moves : The Real American War in Vietnam* de Nick Turse ; et le documentaire de Liz Reph, *Brothers in War*. Un grand merci à Tobias Wolff, auteur de *Dans l'armée de Pharaon. Souvenirs d'une guerre perdue*, qui a eu la gentillesse de relire mes pages sur la guerre du Vietnam et a pris le temps d'échanger par mail avec moi. Autour de la problématique « mettre des mots sur l'innommable » – tâche que mon personnage échoue à accomplir –, le lecteur pourra se pencher sur *Les Paradis aveugles* et *Roman sans titre* de Duong Thu Huong, *Wandering Through Vietnamese Culture* de Huu Ngoc, *Le Chagrin de la guerre* de Bảo Ninh, *Un général à la retraite* de Nguyên Huy Thiêp, *Floating Lives* de Nguyên Ngoc Tu, *Ghosts of War in Vietnam* de Heonik Kwon, ainsi que sur les anthologies *Wild Mustard : New Voices from Vietnam* (sous la direction de Charles Waugh, Nguyên Lien et Van Gia), *Night, Again* (sous la direction de Linh Dinh) et *Vietnam : A Traveler's Literary Companion* (sous la direction de John Balaban et Nguyen Qui Duc).

Je tiens à remercier tout spécialement Marie Mutsuki Mockett et Naomi Williams pour l'attention qu'elles ont portée à la culture, à la langue et à la personnalité japonaises. Pour leur soutien et leur sollicitude, je remercie Tetuzi Akiyama, Marcelo Hernandez Castillo, Alexander Chee et Emily Nemens. Un immense merci également à Michael Spurgeon et à Jonathan Franzen, qui m'ont aidé à repérer les passages du roman dans lesquels les excentricités de ma prose confinaient à l'inintelligible.

J'adresse à Eleanor Jackson, mon agent et amie chère, l'expression de mon affection et de ma gratitude pour tout ce qu'elle a déjà fait et tout ce qu'elle continue à faire : merci d'avoir encore foi en moi quand je n'ai plus foi en moi-même. Merci à Katie Adams, ma géniale éditrice chez Liverlight, qui est parvenue à comprendre où je voulais en venir sur la base de ma première mouture – un récit maladroit et terriblement embrouillé. Katie, tu m'aides constamment à progresser, mais ce roman-ci, tu l'as carrément sauvé. Merci à toute l'équipe de Liverlight, notamment à Cordelia Calvert et à Gina Iaquinta : elles ont droit à ma reconnaissance la plus sincère.

Parmi les 110 000 personnes d'origine japonaise qui ont été internées suite à l'ordre exécutif 9066, 18 789 ont été enfermées dans le camp de Tule Lake, sur un terrain de 3 000 hectares. Aujourd'hui, il n'en reste plus qu'une étendue désolée d'herbes sèches, qui laissent à peine deviner les ruines des fondations en béton des bâtiments. Elle est de nouveau cernée d'une clôture en barbelés et, le jour où je me suis rendu sur place avec mon amie l'écrivaine Debra Gwartney, il n'y avait aucun Ranger disponible pour nous ouvrir le portail. À certains égards, la situation m'a paru assez intéressante : cette grille qui avait servi à empêcher des gens de sortir empêchait maintenant d'autres gens d'entrer.

Je dédie ce roman aux familles et aux descendants de tous ceux qui ont survécu. Je le dédie aussi à mon épouse, Macie, et à mes enfants. Si une quelconque grâce existe dans ma vie, c'est à vous que je la dois.

DU MÊME AUTEUR

Aux Éditions Albin Michel

LES ANIMAUX, roman, 2017

« Terres d'Amérique »

Collection dirigée par Francis Geffard
(Extrait du catalogue)

CHRIS ADRIAN
Un ange meilleur, nouvelles

SHERMAN ALEXIE
Indian Blues, roman
Indian Killer, roman
Phoenix, Arizona, nouvelles
La Vie aux trousses, nouvelles
Dix petits Indiens, nouvelles
Red Blues, poèmes
Flight, roman
Danses de guerre, nouvelles

TOM BARBASH
Les Lumières de Central Park, nouvelles
Beautiful Boy, roman

DAVID BERGEN
Une année dans la vie de Johnny Fehr, roman
Juste avant l'aube, roman
Un passé envahi d'ombres, roman
Loin du monde, roman
La Mécanique du bonheur, roman

JON BILLMAN
Quand nous étions loups, nouvelles

TOM BISSELL
Dieu vit à Saint-Pétersbourg, nouvelles

AMANDA BOYDEN
En attendant Babylone, roman

JOSEPH BOYDEN

Le Chemin des âmes, roman
Là-haut vers le nord, nouvelles
Les Saisons de la solitude, roman
Dans le grand cercle du monde, roman

TAYLOR BROWN

Les Dieux de Howl Mountain, roman

KEVIN CANTY

Une vraie lune de miel, nouvelles
Toutes les choses de la vie, roman
De l'autre côté des montagnes, roman

DAN CHAON

Parmi les disparus, nouvelles
Le Livre de Jonas, roman
Cette vie ou une autre, roman
Surtout rester éveillé, nouvelles
Une douce lueur de malveillance, roman

MICHAEL CHRISTIE

Le Jardin du mendiant, nouvelles

CHRISTOPHER COAKE

Un sentiment d'abandon, nouvelles

TOM COOPER

Les Maraudeurs, roman

CHARLES D'AMBROSIO

Le Musée des poissons morts, nouvelles
Orphelins, récits

CRAIG DAVIDSON

Un goût de rouille et d'os, nouvelles
Juste être un homme, nouvelles
Cataract City, roman
Les Bonnes Âmes de Sarah Court, roman

ANTHONY DOERR
Le Nom des coquillages, nouvelles
À propos de Grace, roman
Le Mur de mémoire, nouvelles

DAVID JAMES DUNCAN
La Vie selon Gus Orviston, roman

DEBRA MAGPIE EARLING
Louise, roman

LOUISE ERDRICH
L'Épouse Antilope, roman
Dernier rapport sur les miracles à Little No Horse, roman
La Chorale des maîtres bouchers, roman
Ce qui a dévoré nos cœurs, roman
Love Medicine, roman
La Malédiction des colombes, roman
Le Jeu des ombres, roman
La Décapotable rouge, nouvelles
Dans le silence du vent, roman
Femme nue jouant Chopin, nouvelles
Le Pique-Nique des orphelins, roman
LaRose, roman

BEN FOUNTAIN
Brèves rencontres avec Che Guevara, nouvelles
Fin de mi-temps pour le soldat Billy Lynn, roman

TOM FRANKLIN
Le Retour de Silas Jones, roman
Braconnniers, nouvelles

TOM FRANKLIN & BETH ANN FENNELLY
Dans la colère du fleuve, roman

HOLLY GODDARD JONES
Une fille bien, nouvelles
Kentucky Song, roman

KEVIN HARDCASTLE
Dans la cage, roman

ALAN HEATHCOCK
Volt, nouvelles

RICHARD HUGO
La Mort et la Belle Vie, roman
Si tu meurs à Milltown, récits

MARLON JAMES
Brève histoire de sept meurtres, roman

ADAM JOHNSON
La chance vous sourit, nouvelles

BRET ANTHONY JOHNSTON
Souviens-toi de moi comme ça, roman

THOM JONES
Le Pugiliste au repos, nouvelles
Coup de froid, nouvelles
Sonny Liston était mon ami, nouvelles

THOMAS KING
Medicine River, roman
L'Herbe verte, l'eau vive, roman

SANA KRASIKOV
L'An prochain à Tbilissi, nouvelles
Les Patriotes, roman

RICHARD LANGE
Dead Boys, nouvelles
Ce monde cruel, roman
Angel Baby, roman
La Dernière Chance de Rowan Petty, roman

MATT LENNOX
Rédemption, roman

BRIAN LEUNG
Les Hommes perdus, roman
Seuls le ciel et la terre, roman

MAXIM LOSKUTOFF
Viens voir dans l'Ouest, nouvelles

ROBIN MACARTHUR
Le Cœur sauvage, nouvelles
Les Femmes de Heart Spring Mountain, roman

DAVID MEANS
De petits incendies, nouvelles

DINAW MENGESTU
Les Belles Choses que porte le ciel, roman
Ce qu'on peut lire dans l'air, roman
Tous nos noms, roman

STEFAN MERRILL BLOCK
Le Noir entre les étoiles, roman

PHILIPP MEYER
Le Fils, roman

BRUCE MURKOFF
Portés par un fleuve violent, roman

JOHN MURRAY
Quelques notes sur les papillons tropicaux, nouvelles

MATTHEW NEILL NULL
Le Miel du lion, roman
Allegheny River, nouvelles

TOMMY ORANGE
Ici n'est plus ici, roman

KEVIN PATTERSON
Dans la lumière du Nord, roman

BENJAMIN PERCY
Sous la bannière étoilée, nouvelles
Le Canyon, roman

DAVID JAMES POISSANT
Le Paradis des animaux, nouvelles

DONALD RAY POLLOCK
Le Diable, tout le temps, roman
Une mort qui en vaut la peine, roman

ERIC PUCHNER
La Musique des autres, nouvelles
Famille modèle, roman
Dernière journée sur terre, nouvelles

JON RAYMOND
Wendy & Lucy, nouvelles
La Vie idéale, roman

ELWOOD REID
Ce que savent les saumons, nouvelles
Midnight Sun, roman
La Seconde Vie de D.B. Cooper, roman

EDEN ROBINSON
Les Esprits de l'océan, roman

KAREN RUSSELL
Swamplandia, roman
Foyer Sainte-Lucie pour jeunes filles élevées par les loups, nouvelles
Des vampires dans la citronneraie, nouvelles

JON SEALY
Un seul parmi les vivants, roman

NATHAN SELLYN
Les Caractéristiques de l'espèce, nouvelles

HUGH SHEEHY

Les Invisibles, nouvelles

WELLS TOWER

Tout piller, tout brûler, nouvelles

DAVID TREUER

Little, roman

Comme un frère, roman

Le Manuscrit du Dr Apelle, roman

Indian Roads, récit

Et la vie nous emportera, roman

BRADY UDALL

Lâchons les chiens, nouvelles

Le Destin miraculeux d'Edgar Mint, roman

Le Polygame solitaire, roman

GUY VANDERHAEGHE

Dernière traversée, roman

Comme des loups, roman

Comme des feux dans la plaine, roman

CLAIRE VAYE WATKINS

Les Sables de l'Amargosa, roman

SHAWN VESTAL

Goodbye, Loretta, roman

VENDELA VIDA

Se souvenir des jours heureux, roman

Les Habits du plongeur abandonnés sur le rivage, roman

JOHN VIGNA

Loin de la violence des hommes, nouvelles

WILLY VLAUTIN

Motel Life, roman
Plein nord, roman
Ballade pour Leroy, roman
La Route sauvage, roman

JAMES WELCH

L'Hiver dans le sang, roman
La Mort de Jim Loney, roman
Comme des ombres sur la terre, roman
L'Avocat indien, roman
À la grâce de Marseille, roman
Il y a des légendes silencieuses, poèmes

COLSON WHITEHEAD

Underground Railroad, roman

CALLAN WINK

Courir au clair de lune avec un chien volé, nouvelles

SCOTT WOLVEN

La Vie en flammes, nouvelles

Composition : Nord Compo
Impression : CPI Bussière en février 2021
Éditions Albin Michel
22, rue Huyghens, 75014 Paris
www.albin-michel.fr
ISBN : 978-2-226-44232-1
ISSN : 1272-1085
N° d'édition : 23499/01 – N° d'impression : 2049691
Dépôt légal : mars 2021
Imprimé en France